死体の
汁を
啜れ
白井智之

夜鴬

死神广播

[日] 白井智之

佳辰 译

著

江苏凤凰文艺出版社

JIANGSU PHOENIX LITERATURE AND
ART PUBLISHING, LTD

目录

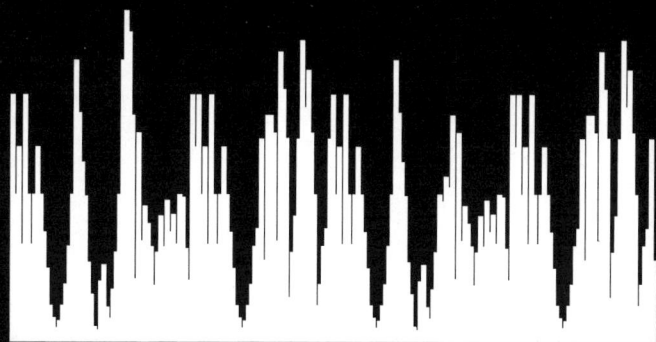

前日谈

下平平死神广播

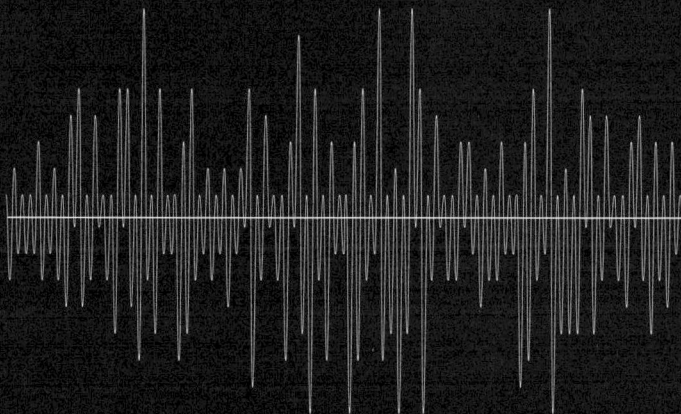

01:00  08:00

青森山太郎决定去死。

他斩获丸木户奖，以小说家的身份华丽出道，已是五年前的事了。

丸木户奖，即牟黑市丸木户史郎推理文学奖，是由兔晴书房和牟黑市联合主办，三文[1]作家丸木户史郎担任评委的推理小说新人奖，为世间输送了大量四五流作家，被誉为推理文学界的残垣断壁。

青森自幼就喜欢推理小说，特别中意那些被斩首、断臂、剥皮的尸体。二十五岁那年，他参加完打工面试，在回来的路上看到了丸木户奖的征稿通知，萌生出创作推理小说的想法也就成了注定的事。

他废寝忘食写就的《从二楼开始瞎眼》一举夺得丸木户奖，之后发行的单行本销量高达二十万册，这是自丸木户奖开办以来

1　指廉价粗俗的大众文学。(除特殊说明外，本书脚注均为译注)

极其罕见的盛况。接下来发表的《马耳里的可燃物》《穷鼠躺平》《炖罪不炖人》也广受好评，由人气老戏骨井之中蛙出演的剧场版更是大受好评。

不过，有道是好事多磨，新人作家的前进之路上，有个深坑在等待着他。

出道四年后的一个夏夜，青森和同行袋小路宇立一边烤肉，一边热火朝天地闲扯着推理话题。

"——我想到了这样一个诡计，你觉得如何？"

袋小路一边用熟练的手法把剪刀剪好的排骨码放在铁丝网上，一边这样说道。他将一头金发梳成了大背头，看起来就像是 V 影院[1] 的跑龙套，不过他也是跟青森同时获得丸木户奖的推理作家。虽从未公开过长相和年龄，但从数年前开始就正式出演了牟黑 FM 的深夜节目，是个半吊子的蒙面作家。他的处女作《人类课堂》是一部寓言式的作品，以旅行异次元的学校为背景，描述了深陷仇恨和嫉妒的错综复杂的人际关系。该作获得了一批读者的疯狂追捧，可自那之后，袋小路的作品却都止步于初版。

"这……这可是前所未闻的诡计啊！"

青森看着码放在铁丝网上的排骨，发出了不合现场气氛的喊叫。

1　指不在电影院公开，专门以录像带的形式发售的电影。

"对本格迷来说肯定没错。不过，四分五裂的尸体未免太奇怪了，不符合我的风格。青森君，不如你用在自己的小说里，如何？"

"真……真的吗？"

恰好这段时间，青森正搜肠刮肚地构思新作。

"不过，这是袋小路先生想到的诡计吧。"

"是我们两个人一起吃肉的时候想到的，应该算两个人的诡计。"

就这样，青森创作出了第五本长篇新作——《肠与JK》。

这部作品一经出版便引发了强烈的非议，据说是该作与铁道推理[1]小说巨擘——大内明照所写的《度假胜地美野里的恶作剧杀意》里的诡计酷似。青森提心吊胆，拿来一看，果然跟《肠与JK》完全一样，运用的是把尸体弄得稀碎的诡计。

网络留言板和社交平台上充斥着"抄袭""山寨""垃圾""擦屁股纸""锅垫""苍蝇拍"等各式各样的恶语詈骂，而出版方兔晴书房不断收到诸如"赶紧道歉""编辑的眼睛是不是瞎了""老早就想这么干了是吧""无聊爆了"之类的抱怨言辞，青森被迫道歉，《肠与JK》被召回，就这样成了绝版。

话虽如此，青森仍是一位畅销书作家，兔晴书房的编辑当即约定他的下一部作品。一年后，青森的《要趁热打兴奋剂》出版，

1　以铁路和列车为背景的推理小说，多用基于时刻表的诡计。

这才挽救了口碑，从骚乱中回归。虽说网上也能看到一些重提抄袭的帖子，但或许是因祸得福，这本新作销量很好，口碑也很不错。

然而，疯狂的齿轮并未停转。就在青森酝酿下一部作品的冬夜，他接到了一个电话。

"青森君，救救我。"

是袋小路的声音。据说他是因为对白洲组组员的女人出手，被关进了事务所里。牟黑市没什么红灯区，黑帮组织却有不少，白洲组就是以南牟黑区为地盘的黑帮。

"到明天为止，要是还搞不到两千万赔偿金，他们就要把我的器官都卖了。一千五百万已经有了眉目，可是还差五百万。求你了，能借给我吗？"

他奄奄一息地说着，简直跟 V 影院的跑龙套没两样。

"可我没那么多钱啊。"

"借钱不就行了？按你挣的数目，动动手指就能弄到五百万左右吧。"

青森一口应承下来。要是这么做能保住袋小路的器官，倒也不算贵。

翌日，青森从三家信贷公司总共借了五百万日元，他把钱装进背包，去了白洲组事务所。

"喂，小哥，你在看什么地方？"

走到站前大街的时候，青森在一家柏青哥店前面被一伙凶神恶煞的人包围了。他们就像少年棒球队那样，人手一根球棒。青森被带进了小巷，背包被抢走了。

"求……求求你饶了我吧。"

青森跪倒在地上，一个头发像拖把的男人用金属球棒猛击了他的太阳穴。

直到夜幕低垂之际，青森才恢复意识，耳朵仍在淌血。他拨了袋小路的电话，可是没有应答。

翌日，青森去了牟黑医院就诊，被诊断是轻微脑震荡。他拿着止痛药回到了自己的公寓，感觉就像做了一场漫长的噩梦。

稿件的截稿期将近，青森打开笔记本电脑，刚想继续往下写，却不由得打了个寒战。他没法阅读文字了。明明每个字都很眼熟，可他却看不懂是什么意思。本以为是眼睛疲劳的缘故，可几天过去了，情况还是没有半分改善。

青森折笔了。看不懂文字就没法写小说，跟唯利是图的兔晴书房编辑也很快断绝了联系。

每晚都有讨债人找到他的公寓。他开始打工，贩卖从代理商那里拿到的净水器。但扣除介绍费和手续费后，实际收入微乎其微，根本不够还款。在借用其他消费贷款以贷养贷的过程中，债务就像滚雪球一样越滚越大。

这种状态一直持续到了某个春日的早晨。就在青森一边吸着杯面一边观看电视节目《公马骨粉》时，他看到了一个眼熟的男人。

"袋小路宇立先生的作品《夜之遗言》，入选第六十九届日本推理作家协会奖长篇及系列短篇集奖项。"

青森不敢相信自己的眼睛。

本该被卖了全部器官的男人，怎么会出现在电视上呢？

袋小路用狩猎帽和太阳镜遮住一半的脸，身上穿着名牌休闲西装，笑容可掬地接受采访。他皮肤晒得黢黑，留着胡子，胳膊上套着念珠之类的东西。

青森终于意识到自己上当了。

畅销的书全是青森的作品，这件事对有些人而言并不有趣。袋小路故意把《度假胜地美野里的恶作剧杀意》的诡计告诉青森，怂恿他写进新书，试图败坏青森的声誉。

袋小路的计策虽然成功了，但青森的知名度反倒因此提高了，新书也获得了不错的口碑，于是袋小路便采取了下一步行动。

他和白洲组的人狼狈为奸，谎称自己被监禁，抢走了青森的钱。

电视上，一个从未读过一本小说的搞笑艺人正在吹捧袋小路的作品。

青森笑了。自己简直愚蠢到让人笑掉大牙。

五年前，从面试回家路上看到丸木户奖的征稿通知开始，青森就一门心思扑在小说上，现在却落得无路可走的境地，活在世上对他而言已毫无意义，青森决定自行了断。

既然如此，干脆像《从二楼开始瞎眼》的凶手一样，往悬崖下舍身一跃吧。

　　青森喝完杯面的面汤，在家门口拦了一辆出租车，向牟黑岬进发。

长着猪脸的尸体 **1**

通过对多名组员的采访，记者了解到上月十三日发生于南牟黑五丁目的枪击事件相关的事实，白洲组组长白洲鲩丸氏（52）恰于事发两天前遇害。据说白洲氏先是头部惨遭剥皮，然后被人勒杀。

与黑道交好的推理作家袋小路宇立（33）表示"十三日的枪击事件有可能是对组长被杀的报复"。

摘自《牟黑日报》二〇一六年五月一日晨报

①

秋叶骏河曾让很多人沉入水中，自己掉进去却是生平头一遭。

秋叶是黑帮中人，和盘踞在南牟黑区的白洲组组长白洲鲭丸称兄道弟，深得组长的信任。当天他为了照顾宠物，拜访了组长的家。

他拿出从白洲那里借来的钥匙打开大门，被筑地塀[1]包围的庭院一角，金太郎正专心地挖着土。

因为住户讲究排场，所以庭院被打理得井井有条。阳光透过松叶的缝隙照射进来，池水波光粼粼，令人不禁萌生出在廊下饮盏茶的想法。就在他平心静气地眺望庭院的时候——

放在玄关前的自动喂食器发出哗哗的响声，配合饲料从饲料罐中吐了出来，在银色的盘子中堆成了沙色的小山，定时器设定在正午和下午五点分别投放一次饲料。

1　日式墙壁形式，指表面覆盖木板，并设有顶檐的土墙。

　　金太郎从洞里抬起头，直勾勾地盯着溢出的饲料，然后飞快地向银盘冲了过去，真是名副其实的猪突猛进 [1]。秋叶手忙脚乱地往后退去，不料一个趔趄，脚底踏空摔进了池塘。

　　"呜哇！"

　　秋叶拨开混浊的水，从水面上露出头来。他吐出肚子里的水，把沾在脸上的头发撩到了头顶。

　　金太郎把硕大的鼻子探进银盘里，一心一意地嚼着饲料。金太郎的优点之一就是吃东西有滋有味。秋叶爬到地面，将重得像铠甲一样的衬衫脱了下来。

　　金太郎是一头猪。

　　白洲组长刚开始养猪的时候，组员中出现了很多反对的声音。黑帮怎么能养猪，这是二十四小时电视 [2]？就算是养宠物，起码也得是看门狗吧。

　　而秋叶这边虽然对组长的精神状况有些担忧，但对照顾宠物猪本身并无不满，他并不是想做点什么事业才加入黑帮的，而是自己能做的工作就只有混黑帮而已。只要受命，猪也好牛也罢，他都可以照料。

　　就这样过了一年，曾经牢骚满腹的弟兄们，如今也开始争抢

1　日本网络流行词之一，形容像野猪一样不顾一切向前冲。

2　全称《24 時間テレビ　愛は地球を救う（24 小时电视，爱拯救地球）》，为日本 NTV 电视台每年夏天播出的大型慈善募捐节目。

打扫猪舍的当班名额，那是因为金太郎真的非常可爱。

吃过午饭，金太郎甩着尾巴朝洗手间跑去。

它从不在吃饭的地方拉屎，与愚蠢迟钝的形象相反，猪是很聪明的。

秋叶把衬衫挂在晾衣杆上，给自动喂食器补充饲料，用喷水器冲掉围墙和猪舍的污垢，顺便帮金太郎清洗了身体。

下午三点，就在他刚喘了口气的时候，口袋里的手机传来了振动。

"有话要说，回事务所一趟。"

是白洲组长发来的短信。一有麻烦事，白洲就会将听话的秋叶叫出来。

秋叶穿着微湿的衬衫走出了白洲邸。

就在大门即将掩上之际，秋叶听到金太郎寂寞地哼了哼鼻子。

*

"赤麻组盯上了我的项上人头。"

在总部会议室的主宾席上，白洲组长一脸严肃地抽着烟斗。

乌黑的背头，细长的眼睛，鹰钩鼻，尖下巴，一副黑帮中人的样子，无奈身材矮小，缺乏魄力，给人的感觉就像是在经纪公司的强迫之下出演黑帮电影的三流演员。这天他穿着白衬衫，系着松垮的领带，打扮得活像成人影片里扮演学生角色的大叔。

"赤麻组送来了恐吓信吗？"

白洲组长默默地摇了摇头。

"是占卜师说的吗？"

那边故意咳嗽起来，似乎是说到点子上了。

这个男人从几年前开始，就痴迷于一个自称神月步波的年轻占卜师，在莫名其妙的猿猴和狸猫的摆件上投入了巨量金钱，在自家养猪也是出自她的建议，秋叶甚至怀疑她在和朋友打赌，看能把人耍弄到什么程度。

"她说在水晶上看到我被袭击的场面。步波老师的占卜一定会应验的，能袭击我的人恐怕只有赤麻组的那些人了。"

将对方陷于惶恐不安的境地是这些人的惯用伎俩。

"赤麻组没理由来找老大的碴儿吧。"

"或许是送鼻太郎的事伤到他们了。"

上月底，就在赤麻组若头[1]两年刑满之际，白洲组送去一头名叫鼻太郎的猪作为出狱贺礼。最近白洲组长好像有把猪当成熊猫看待的倾向。

"也有可能被误解为是在挑衅。"

"难道不是吗？"

"要是不好好照顾小动物，运气就会变坏。我对金太郎就像对自己的孩子一样倾注了爱。可在鼻太郎身上却什么都没做。它如

1　黑帮里地位仅次于组长的高级头目。

今在赤麻组里搞不好已经吃尽了苦头。"

"一般来说是被吃了吧。"

"明天你去赤麻组看看情况,这是命令。"

在白洲组长的一意孤行下,秋叶离开了会议室。

*

牟黑市是东北地区的港口城市,有七万五千人口,是个毫无特色、比比皆然的日本小城,不过,匪夷所思的是,这里经常出现凶杀案件。

去年发生的凶杀案有四十七起,从人口比例来看的话,都快赶上南非开普敦了。既没有贩毒集团称霸街市,也没有极端武装互相倾轧,却不知何故接连发生命案。气候寒冷导致性格乖僻的人变多,近亲交配导致大脑皮层缩水,美军散播的特殊气体——诸如此类的荒谬传闻不胜枚举,但真实的缘由仍不得而知。

在牟黑市,日子过得最舒适的就是黑帮的人。

这座城市有两大黑帮组织——以北牟黑区为地盘的赤麻组和以南牟黑区为地盘的白洲组。赤麻组与白洲组不仅名义上交好,背地里更是狼狈为奸。由于辖区被牟黑川隔开,因此也不用担心地盘争夺。内心焦虑的大概只有白洲组长,组员们谁都不以为意。

话虽如此,让黑帮前去敲门打探情况似乎也不大合适。四月十一日——受命探查赤麻组的第二天,秋叶联系了赤麻组的妹尾蝉吉。

妹尾是牟黑深夜 FM 节目《井之中蛙侠义广播》的死忠听众，他对节目如痴如醉，甚至还在肩膀文了官方角色青蛙君，秋叶则在胸口文了《下平平死神广播》的标志。他和秋叶是好友，只要在街上遇见，就会热火朝天地讨论起广播节目。

"我们老大对鼻太郎很关心，能不能让我看下它的情况呢？"

给妹尾打电话的十分钟后，秋叶收到了请他直接去事务所的邀请。

秋叶在门口打了个电话，没多久妹尾就出来迎接了。他双肩瘦弱，体格不像流氓，皮肤光滑，孩子气十足，是个相当漂亮的青年，也是上了年纪的黑帮大哥讨厌的类型。他是因为喜欢黑帮电影而加入黑帮的，尤其追捧井之中蛙主演的《醉鬼黑道》系列。

妹尾像海关工作人员一样检查秋叶的夹克衫，取出里面的刀具和电子设备。他把秋叶的小刀和手机，以及录了两年份"死神广播"的录音笔封入塑料袋，揣进怀里，然后将轻装的秋叶领到三楼的休息室。

那里有一间打通了墙壁的大房间。前一半是摆放着沙发和茶几的休息室，后一半则像巨大的盆景一样铺着人工草皮。转角处有个比狗窝大一圈的小屋，猪从里面探出脸来。到处弥漫着除臭剂的味道，不禁让人联想到洗手间。

"养在房间里吗？"

"因为鼻太郎很害羞。"

"除臭剂是不是用太多了？"

"之前我一边照顾它，一边欣赏它的小尾巴，结果把屎尿撒到地上了。"

看起来还挺费心费力的。此时"当事猪"趴在地上，闭着眼睛，脖子上绑着一个像喇叭筒一样的半透明罩子。

"真漂亮啊。"

"是伊丽莎白圈。狗狗偶尔也会戴的吧。右前腿上有疮痂，要包着不让它舔。"

这么一讲，感觉它的气色的确比金太郎差了一些。秋叶正要靠近猪舍，妹尾一把抓住了他的肩膀。

"好不容易才睡着的。"

"只是看看而已，若论照顾猪，我可是前辈哦。"

"受伤以后会积攒压力的。想想看被不认识的人围观会是什么感觉。"

话说这家伙该不会是迷上鼻太郎了吧。

"知道了。我会转告老大，它过得很好。"

不知道是不是知晓了妹尾的顾虑，鼻太郎粉红色的鼻子舒服地晃了一晃。

就在这时，两个男人走了过来。身穿夏威夷衬衫和凉鞋的胖大叔是组长赤麻百禅，穿着三件套西服的做作小哥则是刚从牢里出来的若头伊达鹿男。

"你就是白洲组的秋叶君吧？真会挑地方。"

赤麻意味深长地说着，把手探进了胸前的口袋。秋叶打量四周，门边有伊达，窗边有妹尾，可谓退路全无。自己是中圈套了吗？

"每个月的例行活动。但这次人数不够，一起来怎么样？"赤麻把用旧的扑克牌放在桌子上。

猪外交似乎取得了成果。

*

赤麻组长真的非常厉害。一开始还以为是妹尾和伊达为了讨好而故意放水，没想到无论是抽王八、排七还是猪尾巴全都不是他的对手。

妹尾在游戏期间一直在观察猪舍的情况，时不时调整一下伊丽莎白圈的位置。小屋里的住客看起来没什么精神，一点没有要出去的意思。

当伊达发牌时，赤麻组长正悠闲地啃着年轮蛋糕。

"请老大一定要注意饮食，这样就不用再求医生了。卡路里控制得还好吗？"妹尾责备道。

"不，身为组长，胖点才合适。"赤麻一脸认真地回答道。

下午六点，当秋叶和伊达正竞逐着大富豪的末位时，休息室的电话响了起来。妹尾拎起听筒，一边应和着，一边瞥了眼秋叶，回答完"我会转达的"就挂断了电话。

"是白洲组长打来的，他要你赶紧到他家去一趟。"

有种不祥的预感。难道占卜师又说了什么吗？可不去事务所，而是去白洲组长家，这又让他有些担心。莫非是金太郎出了什么事？

"妹尾，开车送一趟吧。"赤麻担心地说。

"我要照顾鼻太郎。"

妹尾表示了拒绝。比起组长的命令，还是猪更优先，这已经是晚期症状了。

秋叶拜托妹尾把寄存的小刀、手机和录音笔拿了过来。一看手机，白洲组长已经打来两通电话了。

"不好意思，我先走了。"

秋叶低头行了一礼。

"下回再来玩吧。"

赤麻像挥扇子一样挥舞着弃牌。

*

秋叶乘坐出租车赶到了白洲邸。

白洲邸位于牟黑市西南，鸣空山的山脚。距离白洲组的事务所约十五分钟车程，距离赤麻组的事务所约三十分钟车程。他曾和老婆、两个孩子住在一起，自从两年前离婚之后，就一人独居了。

下午六点三十五分，秋叶在白洲邸的正前方下了出租车。对面公园的长椅上坐着一位喝着烧酒的大叔，除此之外再没别人了。

为照顾金太郎而借的钥匙已经还了回去。秋叶按响门旁的对讲机，在摄像头前等了三十秒，没有回应。组长的爱车宾利停在停车场，看来他已经回家了。不安之情一点一滴地膨胀起来。

秋叶攀上围墙，跳到了院子里。

他朝可恨的池塘斜了一眼，穿过庭院走向玄关。金太郎也不见了，是在后面的小屋里睡觉吗？

"我是秋叶，您还好吗？"

他敲了敲玄关的门。里面没有回应，窗户上拉着窗帘，看不到里面的情况。

要破窗而入吗？正在烦恼的时候，手机传来了振动。

"不好意思，你回去吧。"

是白洲组长发来的短信，收信时间为六点四十分。

把我叫到这里，却突然改了主意，显然情况不对。如果他在家里，露个面不就好了。是有什么隐情吗？

思来想去，秋叶仍旧无能为力。自己是白洲组的组员，不能违抗组长的命令。

秋叶怀着如坠云雾的情绪，就这样离开了白洲邸。

2

翌日，四月十二日，白洲没有来事务所。

"一定是被赤麻组的人绑走了，这是挑衅。"

若头权堂气势十足地说道。权堂是白洲组的二当家，曾担任一家名为白洲兴业的前台企业代表。他块头很大，和白洲形成鲜明的对比，光是胳膊就有白洲的腰这么粗。他是个血气方刚的法外狂徒。在田园牧歌式的黑帮居多的牟黑市里属于罕见的类型。

"是不是去旅行了？"

秋叶委婉地反驳道。一旦发生对抗，与妹尾的广播节目讨论会、与赤麻的扑克大赛都将化为泡影。

"老大怎么会不跟我们打招呼就出门旅行呢？"

"或许是占卜师怂恿的吧。"

对讲机恰得其时地响起，可疑的占卜师现身了。

"我在水晶上看到了可怕的东西。组长危在旦夕，请马上赶去白洲邸。"

黑色帽子和刺绣连衣裙一如往昔，但由于没有化妆，神秘气氛淡了不少，看上去像是没有品位的美术系大学生。

"你说得像煞有介事的，我们可不会上当。"

年仅二十岁的新人若林骆太破口大骂。

"要是你们不信，我也有我的主意。"

步波摘下项链，将银蔷薇吊在若林的鼻尖前面。

这个女人除了占卜，还会催眠术。经常以白洲为对象进行可疑的催眠疗法，秋叶也曾在宴会的余兴节目中自认为是一头猪，哼哼地叫了一阵。

"你很想去组长家，越来越想——"

"知……知道了。"

若林捂着耳朵叫了起来。

抛开占卜师的话不谈，确实也不能否认白洲组长倒在自家的可能性。组员们陆续离开事务所，开着二手小货车排成一列向白洲邸进发。

上午十一点十五分，权堂按响了白洲邸大门的对讲机，果然没有应答。组员们翻过围墙去往玄关，一路上也没看到金太郎的身影。他敲响玄关的门，里头杳无回应。

"嗯？"

若林把手伸进门左手边的自动喂食器和墙的缝隙间，摸出一个咖啡罐。柯里昂调和牌黑咖啡，500 毫升铝瓶装，在事务所一楼的自动售货机上也有售卖，是组员特供的一种饮料。

"这是老大掉的吗？"

若林左右摇晃着罐子，里面好像是空的。

前天午后秋叶给饲料罐补充饲料的时候，这里并没有掉出罐子。白洲是在这个位置被谁袭击了吗？若是这样，昨天的电话和短信又是怎么回事？

"老大，对不住了。"

权堂挥舞着撬棍，打破了面向庭院的窗玻璃，把胳膊伸进去拧开圆筒锁，然后打开窗户进了客厅。秋叶也紧随其后。

里面是一片血海。

只见一个全裸的男人双臂倒剪在后，双腿并在一起，俯卧着倒在地上，看起来就像是被斩首的罪人，胳膊和腿被扎带绑了起来。

从后背覆满的曼荼罗纹样的刺青来看，那个男人无疑就是白洲。

只是脖子以上不是白洲，而是猪头。

原以为是被人斩首换成猪头，但仔细一看却非如此。头和躯干是连在一起的。

"竟然会有这样的尸体。"

白洲的脑袋上被套上了猪头。

*

"感觉不像个狼人，而是猪老大呢。"

互目鱼鱼子低头看着白洲的尸体，嘴里嘟囔道。

"好像是一家难吃的拉面店的店名。"

听了秋叶的笑话，权堂眼梢一吊，互目则事不关己似的按下了平板电脑的相机快门。

山羊绒长夹克搭配紧身裤——这个穿着不知从哪家百货商店里买的奢侈品牌服装的女性，乃是牟黑警局刑侦科的警官。乍一看像是正经八百的精英刑警，可她却与牟黑市的黑帮沆瀣一气。作为获取地下社会情报的回馈，帮助他们浑水摸鱼地规避县警总部的管束，将诈骗、盗窃、抢劫、放高利贷、介绍卖淫、贩卖毒品等违法行为暗中摆平。要是没有她，这里大部分的黑帮此刻都会被关进牢里。

追随着互目的视线，秋叶在房间里打量了一圈，只见沙发和桌子被推到角落，大概是凶手为了腾出空间而挪动的吧。沙发上胡乱堆放着白洲的西装和内衣。

在宽大的地毯中间，摆放着一具脖子以上像人体模型一样的白洲尸体和一个瘪掉的猪头。隔着洗碗池的厨房地板上，滚落着被斩首的猪的尸体。

"特地带头猪来，真是个没事找事的凶手。"

"不，这头猪是老大养的。"

权堂以一副极不痛快的表情说明了组长养猪的经过。

"真是个了不得的占卜师啊。不仅没预测到惨案，还几乎成了帮凶。"

当事占卜师不顾组员的劝阻，往客厅里看了一眼，当即口吐白沫昏了过去。现在正在牟黑医院接受治疗。

"你认为是赤麻组的人干的吗？"

"不知道，我又不是占卜师。"

互目一边这样说着，一边在尸体前弯下腰来，陈述了自己的几点见解。

死因是窒息，推测应该是被细绳一类的东西勒毙的。仔细观察死者的脖子，就能看到从头部流出的血迹中夹杂着红色的索状勒痕。但死者身上没有出现试图挣脱绳索的抓伤，所以推测他被勒死时应该是失去了意识，或是身体处于极度衰弱的状态了。

头部被损坏得不像人样。若是仔细观察的话，整个区域都有化脓和发炎的迹象。

推定死亡的时间是在昨天——四月十一日的下午五点到晚上九点。不过，若是六点钟给赤麻组打去电话的是他本人的话，那死亡时间就是从那个时间点到九点。从夹克里找到的手机上还留着当时的通话记录。

"这里没有本该出现的东西，你知道是什么吗？"

互目故弄玄虚地说。权堂摇了摇头。

"是排泄物。窒息而死的尸体一般都会留下粪便和尿失禁的痕迹。死者这是从被拘禁到死亡前都不吃不喝，直肠和膀胱都排空了吧。"

"你的意思是说白洲没有立刻被杀吗？"

互目点了点头。

"被杀前一天，四月十日晚上，他应该就被拘禁了。凶手在白洲组长回家的路上袭击了他，将其打晕后搬进客厅，又脱掉他的衣服，露出身体，然后用扎带捆住手脚，拿刀削去头上的皮。之后，凶手又去杀了白洲饲养的宠物猪，在厨房砍掉猪的脑袋，剔除脑和骨头，将其套在白洲头上。做成猪老大的样子后，在十一日下午五点到晚上九点，用绳索勒住白洲的脖子，令他气绝身亡。"

真是了不得的大工程，凶手究竟是极度痛恨白洲，还是想威胁组员们呢？

"这是什么？"

互目突然停下脚步，把手伸进沙发下，掏出了一团白色的塑料带。

"是老大藏的。"

权堂接了过去，揭开塑料膜，从里面出现了一把手枪。

"老大胆子很小，为了防备突然袭击，到处藏武器。其他地方还有很多。"

门口的相框后面和洗手间的水箱里也藏着手枪，但是都没有取出的痕迹。应该是没来得及反击就被抓住了。

"怎么办呢？要是警察来调查的话，凶手就得被送上法院，关进大牢了。"

"不行，要是被人误以为我们害怕得要向警察哭诉的话，那就太没面子了。"

权堂之所以叫来互目，并非为了委托调查，而是想要事先互通有无，万一消息走漏的话，还能请她在警察中间斡旋。

"是吗？那就交给你了，不过别闹得太凶哦。"

按互目的看法，与其取缔黑帮，不如暂时让他们逍遥法外，话虽如此，还是得有一定的限度。

"要是普通群众受害了，我们也不能坐视不理啊。"

互目事先打了预防针。

*

一行人回到白洲事务所后，召开了临时头目会议。

"蜜月期到此为止，赤麻百禅会得到彻底的惩罚。"

代理组长权堂一边说着无赖话，一边瞪着众人，似乎已经认定是赤麻组所为。平时把行侠仗义当耳边风、悠闲度日的头目们，在权堂面前也显得干劲十足——

"干死他们！""这是一场歼灭战！"

秋叶则是游移不定的态度，擅自杀害组长的人实在是不可理喻。从现实考量，想杀黑帮的只有黑帮。但他并不认为昨天还其乐融融打着牌的赤麻组组员们是杀害白洲的凶手。

"秋叶，你怎么不说话？"

权堂找碴儿道。秋叶虽然是小喽啰，但由于被白洲看重，被迫以舍弟头补佐[1]的头衔出席头目会议。

"我在想赤麻组为什么要突然袭击老大呢？"

秋叶马上转移了话题。

"是因为老大送了一头猪，感觉被侮辱了吧。"

白洲在生前也有过同样的担心。他从鼻太郎那里读取出"猪很适合你们"的信息，于是做出了"你才是猪"的回复。可是，

1　黑帮里统率组员的头目被称为舍弟头，舍弟头补佐是其副职。

赤麻组的人看起来也很疼爱猪。

"现在没有赤麻组的人犯案的证据吧。"

权堂撇着嘴，从装满遗物的袋子里拿出手机。

"这是老大的手机。上面有昨晚六点给赤麻组事务所打电话的记录。他是被赤麻组派来的流氓打了一顿，为求活命才打电话的吧？"

实际上这个电话是打给秋叶的，但此刻不能说出来。在赤麻组事务所玩牌的事情要是被发现就玩完了。

"嗯？六点四十分还给你发了一条'你回去吧'的短信。这是怎么回事？你跟老大在一起吗？"

权堂用蝮蛇一样的三白眼向秋叶瞪了过来。

"怎么会。我也不知道是什么意思，还想今天问问来着。"

秋叶装傻道。

"你有没有隐瞒什么？"

"这是哪里的话。对了，大哥，要是发生对抗，赤麻组也会准备相应的理由。说不定会说我们捏造了事件。首先不该名正言顺吗？"

秋叶即兴发挥说了句看似很有道理的话，几个头目一齐点了点头。

"太过心急会坏事的。"

权堂把手机放在桌面，一屁股坐到了椅子上。

"明天一边详查跟赤麻组有牵扯的组员动向，一边走访现场周边的住户。"

"要是没有证据呢？"

另一个头目问。

"那就没办法了。我们去把赤麻绑来，逼他开口。"

3

秋叶极其讨厌麻烦的事情。

四年前，高中毕业的秋叶就职于一家与黑帮毫无干系的普通企业。这是一家总部位于市区的小型保险代理公司。他被分配到法人营业部，从早到晚都辗转于各种办公场所推销保险产品，给啤酒肚大叔倒酒，唱着古早的流行歌曲。进公司半年后，不知为何，老员工纷纷消失了，客户却增加了一倍。但他始终坚信社长的那句"宁吃少年苦，不受老来贫"的箴言，继续辛勤工作。

半年后的一天，秋叶刚出家门就晕了过去，被送往牟黑医院。

在病房里闲得发慌的秋叶，蓦然发觉自己已经半年多没听广播了。学生时代觉得在《下平平死神广播》里听段子才是人生的意义，可自己后来变成怎样了呢？出院翌日，秋叶就递交了辞呈。

体力恢复后，秋叶开始在鱼店打工。打工的话出勤时间是固定的，也不用承担责任。也就是说，不必担心因过劳而倒下。

秋叶只要摆好货卖完鱼，打扫一下卫生就能回家了。去市场进货、切鱼等麻烦事都交由店长来做，所以也乐得轻松。

三个月后，老主顾居酒屋倒闭关门，工资就变得越来越难拿了。摆货和打扫卫生的时间不再计入工时。卖不出去的鱼由打工的人掏钱买走。因为没法用鱼来支付房租，所以增加了排班，但不知为何，收入却在持续下降。

半年后，秋叶被刺身菜刀割破手腕，再次被送往牟黑医院。

秋叶陷入了迷茫。自己只想赚些不至于食不果腹的小钱，听着深夜广播悠闲度日，为何就这么难呢？

就在这时，他听到了前公司的一位前辈自杀的消息。那位前辈喜欢玩柏青哥，被公司开除后还欠了一大堆外债。在葬礼上诵经的时候，一群小混混拥了进来，叫嚣着要遗属还钱。

秋叶恍然大悟，他们的工作就是大叫大嚷地收缴欠款和保护费，这样的话，在相当有限的劳动时间里就能攒到足够的钱了吧。虽说一旦发生大规模的对抗，事情就有所不同，但这些都是过去的事了。

秋叶这样想着，便找到白洲鲵丸称兄道弟，名正言顺地加入了黑帮。

＊

尸体被发现后的翌日——四月十三日。

秋叶双手提着大大的垃圾袋，听着录音笔录下的一年前的"死神广播"，从公寓里走了出来。今天在事务所露面之后，从早到晚都在现场附近打探情报，为了不被市民举报，他穿着葬礼前一天买的素色西装。

就在他把垃圾袋扔进垃圾堆放处的时候，一个似曾相识的少女蹬着自行车从眼前经过。

谁？

虽然他不觉得自己认识什么少女——

从记忆的抽屉中找到那张脸的瞬间，秋叶大吼一声。

"喂，你给我停下！"

随着"吱"的一声，只有前轮停了下来，失去前进方向的后轮抬了起来，少女飞向空中，一头栽到了人行道上。

"喂，你干吗啊？"

"这是我的台词才对吧，你要去哪儿？"

秋叶一边摘下耳机一边诘问少女。

"学校。"

少女背着书包。香草色的毛衣配上格子裙，确实是学生模样。

"为什么占卜师要去上学？"

"为什么占卜师就不能去上学？"

那倒也是。

"明明只是个高中生，还学人玩占卜和催眠术？胆子可真肥哇！"

"不是学样，我已经好好修炼过了。你想再当一次猪吗？"

步波似乎还记得秋叶。跟昨天看到尸体昏过去的时候相比，她的气色好到仿佛换了个人似的。

"老大死了。你就说实话吧，你接近白洲鲩丸的目的是……？"

"就是为了赚钱。"

"赚钱为什么要找黑帮？冤大头不是多得很吗？比如攒了养老金的老阿婆。"

"我爱怎么赚就怎么赚，在日本，经济活动的自由是受到保护的。"

"你怎么知道老大死在家里？真是水晶里映出来的吗？"

"怎么可能。只是突然失去了联系，我猜想他可能遇到麻烦了。要是人不在事务所的话，正常想想就能猜到有可能是在家里。要是听起来像预言的话，只能说明我手段不错喽。"

"前天下午五点到九点，你在什么地方？"

"我一直待在家里，你可以去问我妈。"

她扶起自行车，右脚踩在了踏板上。

"差不多了吧？"

"还有一件事。"秋叶突然想到什么，"你的催眠术能让人杀人吗？"

步波含着笑。看起来既像是苦笑，又像是乐在其中。

"要是条件具备的话，也不能说没有可能。不过应该很难吧。"

"条件是什么？"

"对象信任我，容易受到暗示。清醒的时候就抱有杀意，有足够的体力，被杀的人不会反抗。"

"真多啊。"

"催眠术是一种让大脑变糊涂并进行暗示的技术，并不适合需要让大脑满负荷运转的复杂行为，顶多只是一些简单的暗示，比如让身体的一部分动弹不得，或自以为是一头猪。"

就这些？一旦揭了老底，终归有些扫兴。

"我要走了，要迟到了。"

步波开始蹬踏板，秋叶一把抓住她的左臂。

"等等，还有没有别的办法——"

左臂从袖子里滑了出来，步波在路上毫无阻滞地前进着。从肚子侧边伸出来的真手抓着车把手。

"除了催眠术，还有很多办法可以迷惑人哦。"

步波得意地挥了挥右手。

*

在前往事务所的路上，秋叶用尼古丁让大脑活跃起来。

对抗的危险迫在眉睫。对于为了避开麻烦事而成为黑帮的自己来说，这是不可忽略的事态。防止流血的唯一办法，就是抓住凶手，给予适当的处分。

那么，凶手究竟在何方呢？秋叶有了一个想法。

十一日下午六点，秋叶在赤麻组事务所打牌的时候，接到了一个自称是白洲的人打来的电话。这个电话就是白洲本人打的，应该错不了。当天知道秋叶前往赤麻组的人只有白洲，如果有人想呼叫秋叶，理应会拨打秋叶的手机或是白洲组事务所的电话，绝不可能拨打赤麻组事务所的电话，被凶手拘禁的白洲应该是想伺机联系秋叶。

那么，白洲为什么会联系秋叶呢？

若是被赤麻组的人袭击，可以打给白洲组事务所，或是其他组员的手机。特地打到赤麻组来呼叫秋叶，理由只有一个：凶手就是白洲组的人。如果打到事务所的话，就有可能被凶手的同伙接到。

晚上六点四十分，秋叶在赶往白洲邸的时候，收到了一条内容为"你回去吧"的短信，貌似是白洲发来的。可打电话来的同一个人用短信把他轰走是不合逻辑的。所以这条短信是凶手发的，他听到对讲机里传来了秋叶的声音，所以立刻发来短信把其打发走了吧。

秋叶并没有在对讲机里报上自己的名字，因为对方没有出声，这也是理所当然的。凶手通过屏幕看到了脸，认出是秋叶。凶手果然是白洲组的组员。

想到这里，他突然得出了一个突兀的推理。

刚才步波说过的话萦绕在耳畔，用这种方法可以不冒风险杀掉白洲，也可以解释凶手为什么要给他套上猪头。

秋叶从肺里吐出一口烟，把烟蒂按进雨水沟里，打开了事务所的门。

4

"头儿，我可以说句话吗？"

权堂坐在仿真皮的椅子上，解开领带，微微敞开的领口露出了刺青。他是在研究白洲组长应该会有的行为举止吗？

"杀死老大的凶手就是占卜师神月步波。"

秋叶干脆利落地断言道。逻辑没有问题，剩下的就是胆识和气场了。

"据说那小鬼有不在场证明。"

"并不是直接下手，而是用催眠术弄死了老大。"

正在给权堂擦鞋的新人若林扑哧一下笑出了声。

"你这是电视看多了吧。要是能用催眠术杀人，全日本的黑道都会雇用催眠师的。"

权堂嘲弄了一句。

"秋叶先生的话，是广播听多了吧。"

若林插话道。

"步波不是用催眠术操纵凶手，而是让老大自认为是猪。"

权堂的眉毛往上一挑。

"十号晚上，步波造访了白洲邸。在之前的催眠疗法中，她已经掌握了催眠老大的诀窍。她让老大认定自己是猪，再把他带到庭院里，做了一个只要移动就会勒死人的机关。她把长绳的一端系在他的脖子上，另一端系在花园的树上，在中间打一个松垮的死结，再将脖子穿进绳圈里，这样就算完成了。最后她把自动喂食器设置到第二天傍晚，便离开了宅邸。第二天，当老大看到从自动喂食器里出来的饲料，便朝着银盘猛冲，然后窒息而死。"

就像三天前的金太郎一样，白洲全速冲向饲料。

"步波和家人一起制造了不在场证明，昨天早上回收了绳子，把尸体搬进客厅。

"顺带一提，这个机关有一个难点，那就是老大家的庭院里有池塘，即便被催眠，要是看到池塘里倒映出的脸，还是会意识到自己是人。步波也是在做好机关之后才发现这点的吧。于是她使出苦肉计，把金太郎的头套在老大的头上，让老大即便看到池塘也不会发现自己其实是人。"

总部会议室里鸦雀无声，弥漫着这样的紧张感——权堂接下来的话，将决定全组未来的动向。

"真让人吃惊，没想到你竟然有侦探的才能。"权堂抬了抬嘴角，"马上把占卜师给我带过来。"

"那个……"

新人若林又插了句嘴。

"怎么？你有意见吗？"

权堂把鞋往地板上蹭了一下，刚刚刷亮的鞋尖起了瑕疵。

"不，我没意见。可要是秋叶先生的推理是正确的话，步波老师又为何剥掉老大头上的皮呢？我以为只要套上猪头就好了。"

尽管外表看起来像是夜总会里没人点的招待员，若林的话却说得井井有条。

"她大概是恨极了老大吧。没法亲自杀死他，但要剥皮泄愤。"

"这样啊。但猪是不会用手机的哦，如果认为自己是猪的话，就不能打电话或是发短信了是吧？"

"那个——"

秋叶和若林对视了一眼。先不论短信，打电话的应该是白洲本人。

"确实是这样。"

悄然无声的沉默之后——

"给我拿下！"

权堂一声大喝，五名组员从屏风后跳了出来，秋叶还没来得及拿刀就被倒剪双臂，小腿上挨了一脚，跪倒在了地上。

"这是做什么？"

"别装傻了，就是你杀了老大吧？"权堂边说边站起身，"我正打算在这个房间把你擒住，你倒一个人闯进来了。本来可以立马把你拿下，可我大人有大量，还是决定听听你的说辞。可是你说得太离谱，我费了老大劲儿才憋住笑。"

之前听他的口气明明已经相信了，姑且不说这个。

"你说我杀了老大，究竟是怎么回事？"

"你以为不会露馅吗？世道可没那么简单。鸣空山公园的一个流浪汉做证说，他在十一日傍晚看到你去了白洲邸。"

坐在长椅上喝烧酒的大叔浮现在了脑海里。

"你小子好像和赤麻组的人走得挺近的嘛，有人密告看到你在那边的事务所进进出出。"

真想回去把正在玩牌的自己狠揍一顿。

"是赤麻教唆你干的吧？"

权堂靠近秋叶，虽然想洗刷冤屈，但那边似乎不由分说就要掐住自己的脖子了。

"不说话？还不死心是吧？"

权堂在秋叶的肚子正中打了一拳，胃里顿时翻江倒海，一大堆呕吐物溢了出来。秋叶擦了擦嘴抬起头来，眼前出现了黑洞洞的枪口。

"要是你早点招供，就给你来个痛快，要是不招，就慢慢弄死你。"

"咔嚓"一声，尾栓被拉了起来。

反正横竖要死，还是轻松一点，赶紧结束算了。虽然没有什么特别的留恋，但听不到下周的"死神广播"还是有点遗憾。

"对不起，是我干的——"

轰鸣声贯穿耳膜。

地板像蹦床一样左摇右晃，烟尘漫天飞舞。

睁眼一看，一辆出租车恰好冲进了会议室，空气里飘来一股橡胶烧焦的味道。驾驶座的车门打了开来，一个白发斑斑的中年男人从里面探出头来。

"客人！你突然说什么怪话，害得我不小心冲进了黑帮的事务所。"

男人转向后座骂了起来，脚边是被压在轮胎底下的权堂。

"喂，让开！"

秋叶一把推开组员们，从驾驶座上把中年男人拽了下来，钻进了车子。

他把挡位挂到 R，用力踩下油门，轰飞瓦砾后驶离了事务所，全然不理会枪声，在马路上急速飞驰。引擎盖脱落了，不过并不影响行驶。

"等一下，请问这是要去哪儿？"

开了一公里左右，后座的男人开口说道。这人一副从小学生直接长成大人的模样，皮肤比尸体还白，乱糟糟的鸟窝头似乎并不是撞车所致。

"这可不大好办啊，我要去牟黑岬。"

虽然不认识他是谁，但并没有把他从车上放下来的余暇。

"不想死的话就把嘴给我闭上！"

"我不想活了，所以跟你挑明了吧。我要自杀，不用劝我。被朋友背叛，被流氓骗钱，现在连小说都写不出来。你能理解我的心情吗？我是个活在世上毫无价值的人啊。"

看来是一个废话很多的小说家。

"那就去死吧，跳到马路上。喂，快跳啊。"

"必须是牟黑岬才行，你也太没礼貌了。看你从黑帮的事务所出来，是杀手还是什么？"

"不是我干的，我是被冤枉的。"

"啊哈哈，这是怎么回事？作为去冥府的赠礼，请务必说给我听听。"

男人在后座不停地揉着肩膀和腰。

虽说是个惹人火大的家伙，但什么都不说也很尴尬。于是，秋叶一边在县道上疾驰，一边说明着事情的经过。男人则"嗯嗯""原来如此""这样吗"，看似愉悦地附和着。等回过神来的时候，他已经把这几天发生的事情一五一十地说了一遍。

"太惊人了。我最喜欢研究尸体了，但从没想过要在上面套上猪头。既有恐怖电影花哨的味道，又有股神秘的气息。这就是所谓的组合之妙吗？"

男人叽叽喳喳说个不停。是不是吃了什么奇怪的药呢？

"原来真有这种像推理小说一样的凶案。不过解谜未免太简单了。"

嗯？

"解谜简单？什么意思？"

秋叶朝着后座回过了头。

"就是字面上的意思。"

"请向前看。要是连这点都不懂就是冒牌的了。你知道我对杀人案件想得有多深吗？"

"凶手是谁？"

"原来你不知道啊。那么，为了慎重起见，请让我确认一下组长家的东西。首先，客厅里有组长的尸体，还有从头上削下的毛发和皮肤，猪头，被掏出的猪脑、肉和骨头，厨房里放着无头猪的尸体，沙发缝和洗手间的水箱里藏着手枪，玄关前的自动喂食器后面放着咖啡罐，就这些吗？"

秋叶回想了一下白洲邸的现场，似乎没有其他特别的发现。

"没错。"

"原来如此，那就错不了。我已经知道真相了。"

男人拍拍秋叶的肩膀，快活地说道。

5

秋叶将信将疑。

狸猫摆件并不能提升运气，占卜师也没法看透未来。

一个突然出现的自称推理作家的人解开了案件的谜团，这种像荒诞喜剧一样的事情在现实中是不可能发生的。

"如果组长是在自家客厅被勒死的，那么有一样东西是必须有的，那就是排泄物。"

男人对怀疑的眼神无动于衷，滔滔不绝地陈述着自己的推理。

"当人无法呼吸的时候，血液里的氧气浓度会下降，大脑失能，肛门和膀胱的括约肌变得松弛，就会大小便失禁。死亡时的姿势多种多样，但尸体附近没有排泄物是很不自然的。"

"他是不是在死前的一段时间不吃不喝呢？刑警是这么说的。"

"可是事务所自动售货机里卖的罐装咖啡掉在门口，而且里面是空的，柯里昂调和500毫升的铝瓶装咖啡是吧。要是组长离开事务所的时候咖啡就喝完了，或者只剩下少量咖啡，他就不会特地带回家去，而是直接扔在事务所了。组长带着喝了一半的咖啡罐上了车，在开车途中喝光了。十号晚上遇袭的时候，组长已经摄入了相当多的水分，就算第二天真的不吃不喝，也不可能尿不出来。"

"在拘禁期间，不是可以请求凶手，让他去上洗手间吗？"

"马桶水箱里藏着手枪，如果去上洗手间的话，组长应该会尝试用手枪反击。"

映照在后视镜里的秋叶张大了嘴。

"那他的尿哪儿去了？"

"没有理由特地只打扫尿液，在发现尸体的客厅里，一开始就没有尿。因为尸体残留了大量血迹，所以组长的确是在这个房间里被剥皮的，但被勒死的地方并不是在那个房间。"

"在神月步波的家里？"

"忘了占卜师吧。如果她和家人住在一起，是杀不了组长的。"

"那是在什么地方？"

"在赤麻组事务所三楼的休息室哦。"

男人淡然地说。

"那不就是我跟赤麻和妹尾他们玩牌的房间吗？老大在什么地方？"

"猪舍。"

有那么一瞬间，秋叶根本听不懂对方在说什么。

"从猪舍里露出脸的并不是鼻太郎，而是组长哦。

"凶手十号晚上埋伏在白洲邸的围墙内侧，打晕组长，夺走钥匙进入家里，然后剥掉组长的衣服，剃掉他的头皮，给他套上猪头，把手脚并在一起用扎带固定，并堵住了他的嘴巴，最后还没忘了给他套上尿布。

"然后凶手把做好的猪老大连夜送到赤麻组事务所的三楼，把他塞进猪舍，只让套着猪头的脑袋露出来，在脖子上围上伊丽莎白圈，将躯干藏在猪舍里面，看起来就像是一只蔫头耷脑的猪在休息。几天前之所以弄撒了猪的排泄物，喷上除臭剂，就是为了掩盖血和脓水的臭味。真正的鼻太郎应该是被打了镇静药，藏在仓库里了吧。"

两天前看到的猪的模样浮现在脑海里。它气色不好，除了偶尔活动一下脖子，其余时间都是俯卧的状态，一直在闭目养神。

"凶手在扑克大赛中途假装调整伊丽莎白圈，靠近猪舍，勒紧事先绑在脖子上的绳子，就这样杀死了组长。到了夜里，等事务所的人都走光了，他再将鼻太郎送回猪舍，把组长的尸体搬回白洲邸。能做到这种事的，只有在赤麻组照看鼻太郎的妹尾蝉吉了。"

当秋叶想看看鼻太郎的样子时，妹尾以强硬的态度拦住了他。本以为他是彻底迷上了鼻太郎，但当时若是无视阻拦，往猪舍里看的话，会发现里边有人类的躯干。

"等等，就算这样也没理由剥掉头皮，直接把猪头套在脑袋上不就行了吗？"

"妹尾的目标之一就是把组长的家伪装成杀人现场，以制造不在场证明。组长被杀的时间点，妹尾正在事务所打牌，一同的组员可以做证。但要是组长家里没有血和排泄物，那么杀人后把尸体搬进来的事情就有暴露的风险。妹尾之所以要削掉组长头上的皮，流出大量的血液，是想让人觉得这就是谋杀现场。"

当秋叶接到自称是白洲的人打来的电话，从事务所告辞的时候，赤麻想让妹尾开车送他，但妹尾以"我要照顾鼻太郎"为由拒绝了。那是为了确保不在场证明，所以没法离开事务所吧。

"打到赤麻组事务所的电话是怎么回事？"

"这完全是妹尾的自导自演。他应该没料到你会来事务所，所以灵机一动，想出了让你背黑锅的办法。在打牌的过程中，妹尾用暗藏起来的组长手机拨打了事务所的电话，让你去组长家，然后算准你到达的时机，发来一条'你回去吧'的短信，让你在闯进门之前打道回府。"

因为他不可能把流浪汉目击秋叶的事情算计进去，所以打算伺机与白洲组的组员取得联系，报告秋叶造访了白洲邸的事吧。

"动机是什么？老大和赤麻组发生纠纷了吗？"

"如果是赤麻组主使犯罪的话，应该用不着欺骗自家的组员，只需要统一口径就行了。"

"是妹尾对老大的私怨吗？"

"那也不是。要是采取如此暴力的杀人手段，应该能想象得到嫌疑会很快指向赤麻组组员。没有理由选择让自己招致怀疑的方法。"

"到底是怎么回事？"

"听说妹尾在劝赤麻组长减肥，妹尾原本可能是打算用一模一样的诡计杀死赤麻组长吧。但因为赤麻组长太胖，套不了猪头。虽然他尝试说服组长减肥，无奈当事人根本没有那种想法，所以就把目标换成了白洲组长。"

"那是为什么？"秋叶大声问道，"哪边的组长都行吗？"

"没错。妹尾正是因为喜欢黑帮电影才加入黑帮的。在他看来，或许现实中的黑帮太过无聊了吧。两边的组长都是一副岁月静好的样子，沉迷占卜和打牌。没有对抗的火苗，就不可能出现黑帮电影里那种互相残杀的场景。所以，他才要用残忍的方式杀死组长，想让两边的人发生冲突。"

秋叶脊背一阵发凉。要是所言非虚的话，那妹尾纯粹就是黑帮电影看多了。

"那他为什么要栽赃给我？"

"因为这样比较省事吧。十一号下午，你去了赤麻组的事务所，然后去了组长家。而另一边，组长在给你发送短信后不久就被杀了。从客观角度来看，只能认为是你依照赤麻组的指示杀了组长。比起单纯干掉组长，还不如让你成为实施杀人的凶手。这样一来，赤麻组牵涉其中就显得更加确凿无疑。也就是说，他认为这样确实可以引发斗争。"

秋叶猛踩刹车，翻过中央隔离带上的绿化带，决定来个强行掉头。坐在后座的男人像节拍器一样晃个不停。

"等等，你要回去吗？那就请把我放下来吧。我要去牟黑岬。"

秋叶没有理会男人。要是救命恩人死在这种地方可不好办。

"就是参考一下，骗你钱的黑帮是哪边的？"

"哦，是白洲组的。"

那还真是省事了。

即便现在回到事务所，呼吁自己的清白，白洲组的人想必也听不进去吧。秋叶的生存之策只有一个。

那就是再闹一场，把白洲组搅得乱七八糟，然后用头领的项上人头作为见面礼，敲开赤麻组的大门。

"我来替你报仇雪恨。"

虽然要做的事增加了，但在周五深夜一点的"死神广播"开播之前，应该能够解决。

秋叶朝着事务所踩下了油门。

一无所有的尸体 **2**

十六日凌晨两时半许，一名高中生在牟黑河边一处民宅的车库内发现一对倒地的男女，于是立刻向警方报案。经确认，男子已经死亡，女子被送往附近医院。虽然尚不知晓详情，但据传该男子的脖颈和四肢皆遭切断。根据精通肢解的推理小说作家袋小路宇立（33）的说法，"凶手很可能对男性受害者怀有强烈的憎恨"。

摘自《牟黑日报》二〇一六年六月十七日晨报

①

"听说牟黑医院接到了杀人预告，说要么让院长人头落地，要么就把员工宰了。"

"好厉害啊，去瞧瞧吗？"

在资料阅览休息室里，一个看似无所事事的大叔正在和人咬耳朵。

今天是五月十四日，因为是周六，牟黑市立图书馆的休息室里聚集了很多初高中生。四月末的翻新工程刚刚结束，墙壁和书架都是光滑溜溜的。可不知为何，里面却弥漫着一股中年大叔耳朵背面特有的臭气。或许是旧书散发出的独特气味会让人联想到大叔吧。

"别了吧。都不知道最近的年轻人在想什么。"

缺了门牙的大叔望向这边，随即将眼睛瞪得滚圆。

只见步波腋下夹着一本厚厚的书，书名是《世界断头台入门》，这样的书似乎与高中生无缘，也绝非用来处决同学。

步波从初中开始就靠给黑帮大叔算命赚钱。养育她的家庭情况特殊，以至于不赚钱就无法过上像样的生活。

可就在一个月前，金主大叔被人套上猪头杀死了，她只能一边在胡同里给来往行人算命，一边物色另外的赚钱路子，却一直没有寻到像样的活计。正当她寻思是不是该倒卖内裤的时候，突然来了位面色如土的推理作家。

"黑帮不准我死。"

这倒是极为罕见的烦恼。

一问才知，他是因头部遭到重击后大脑出现故障，明明是作家却读不了文字。虽说他曾一度决定了结自己的性命，但由于一时兴起，帮人解开了杀人事件的谜团，所以被黑帮的小喽啰看中，被威胁说"敢死就杀了你"。

"那就雇一个助手，让他代写文字不就好了吗？"

步波道出了自己的想法，作家的眼睛、嘴巴一张一合，然后以一副拨云见日的表情喃喃地说了声"原来如此"。

"太谢谢了，你真是我的恩人。"

他从钱包里掏出一张钞票，随手放下后站起身来。

"等等——"步波一把拽住了他的 T 恤，"请问，当小说家赚钱吗？"

作家停下了脚步，"嗯"的一声噘起了嘴唇。

"得看人气吧，独著是按定价的百分之十计算版税，我最畅销的《从二楼开始瞎眼》卖了二十万本，其余的大约是两三万本的样子。”

步波立刻在脑子里噼里啪啦打起了算盘，单行本一册的定价是一千七百日元，二十万本的话，版税收入就是三千四百万日元，别看这家伙一脸贫困学生的穷酸样，却赚得盆满钵满。

于是步波攥住作家的肩膀，硬是把他摁到了椅子上。

“小哥，你要不要雇用我呀？”

作家一脸惊呆的表情。

“我……我不懂占卜的啊。”

“我来当写作助手吧，我很擅长打字的。”

从小学开始，步波就通过批量生产书评来赚取小钱，所以手指应当比普通高中生灵活得多。

“你来替我写吗？原来如此，还挺不错呢。”

然后经过薪资谈判和签订合同等流程，步波寻获了新的金主。

这位青森山太郎目前正在努力创作新长篇《死从天降》，本书讲述了一位名叫大鹹斩味的名侦探突遭杀人鬼斩首，在死前的数秒回想自己五十余年的人生，让人分不清是宏大还是愚蠢的故事。

青森不能阅读文字，也没法从报纸和书籍中获取知识。他的小说大都荒诞无稽，几乎没有查阅材料的必要。但由于这次是对故事主线部分产生了疑问，所以专门给步波付了休息日的加班费，请求她收集资料。

"被砍下的人头，在现实中能存活多久？"

这便是本次调查的课题。

有一个著名的都市传说。在断头台处刑风靡法国的时候，有一位好奇心旺盛的科学家请求死刑犯在生命结束的瞬间不停眨眼，于是被砍下头颅的死刑犯，眼皮持续开合了数十秒——

步波也从爱好超自然的同学那里听到过类似的故事。但倘若问她是否相信，答案自然是否定的。人类相当脆弱，其中最脆弱的部位便是大脑，只要撞到了头或喝多了酒，意识便会进散湮灭，大脑就是这等粗劣的造物。若从躯体上被切离下来，是决计无法维持意识的。

步波在阅览席上落了座，浏览起《世界断头台入门》的目录。只见第五章上标记着"被砍落的头部之意识"，就是这个了。正当她即将翻开书页的时候——

"到啦！"

耳朵里传来一声犹如断舌小猫的声音，整层楼淤塞的空气瞬间变得像高原一样清澈。

步波循着声音源头望去，只见一个小孩正拾级而上，圆点图案的 T 恤配上五分裤，橡子模样的发型甚是可爱，看上去约莫两岁。

"到二楼喽，小凪[1] 真了不起呀。"

1　凪是日语汉字，意为风平浪静，可用于人名。——编注

穿着白色上衣和牛仔裤的女人正从稍高一些的地方注视着她。

女人因为驼背尽显老态，看起来已经年过四旬了。开胸的连衣裙上垂着黯淡的头发，脸上粉底涂得太浓，好似殓容一般，被摸了头的小孩则开心地一遍遍喊着"二楼，二楼"。

对于只要登上楼梯便能让人展露笑颜的小孩来说，自己的人生是多么乏善可陈。还是尽快结束工作，喝点碳酸饮料吧。目送两人走向三楼后，步波又将目光移回了《世界断头台入门》。

真用死刑犯做过实验吗？答案是肯定的。

断头台诞生于法国大革命时期，是用于替代斩首的人道主义刑具。斩首之刑失误较多，据说有过连吃二十四记斧头才掉脑袋的倒霉蛋。若用上断头台的话，可以将加诸死刑犯身上的苦痛降至最低。

要是头颅上仍留有意识，切离后犹能感知疼痛，那断头台便绝非人道之物了。学者们迫切需要知晓头颅的生命活动能够持续多长时间。于是，他们对着头颅说话，掐他的脸颊，还往鼻孔里塞刷子。

实验结果大都模棱两可。切断的头颅由于断面出血导致血压急遽下降，虽说确实有人仍能做出动作，但大都是些难以区分是不是肌肉痉挛的细微反应。

那么，头颅是否真的没有意识呢？这也绝难断言。某些记录就能让人觉得生命活动仍在继续。

夏洛蒂·科黛[1]在遭到处决后，刽子手助手将她的头颅举向观众，还抽打了她的脸颊。此时，她的脸上显著地流露出怨愤的表情，很多围观者都目睹了这一幕。

解剖学家塞居雷博士将送至研究室的头颅置于太阳光下暴晒，头颅睁开了眼睛，然后那张面孔分明显示出活力，主动合上了双眼。被学生用针扎舌头时，会痛苦地扭曲着脸，将舌头缩进嘴里。

亨利·朗吉耶[2]被斩首数秒后，有人曾喊其姓名，据说他睁开眼睛，向医生直直地看了过去，第二次呼唤也做了回应，但第三次之后便再无反应了。

若从这样的记录中得出结论，那便是头颅可能会在短时间内保有意识。虽说是个模棱两可的结论，但既然不能再做实验，也就无法可想了。

步波合上书页站了起来，突感一阵眩晕。或许是一直思索着头颅的缘故吧，就似晕车一般难受。

她在大厅的自贩机上买了热带杧果苏打水，乘电梯上到屋顶，周身吹着不温不火的风。储水槽和室外机呈纵向排列，连接其间的管道弯弯绕绕遍布混凝土地面。因为翻新工程焕然一新的地方就只有三楼。

1　夏洛蒂·科黛(Charlotte Corday)，法国大革命期间刺杀了雅各宾派的革命家马拉，被判斩首之刑。

2　亨利·朗吉耶(Henri Languille)，法国罪犯，于 1905 年遭斩首，波略医生(Dr. Beaurieux)详细研究了其死后的情形。

"屋顶，屋顶。"

这个叫小凪的孩子正按一定的节奏哼着这样的调子，把不知从哪儿捡到的橡皮筋钩在手指上弹飞，然后立刻跑去捡起来。只需望一眼就能将心中的阴翳一扫而空，小孩可真是厉害。而那个母亲模样的女人则弓着背在长椅上玩手机。

为了躲避阳光，步波躲进了储水槽的阴影处，然后"噗"的一声拉开了热带杧果苏打水的拉环。

就在她眺望着形似大叔脸上色斑的碎云时，小凪靠了过来。橡皮筋落在了步波脚下，小凪跨越了室外机和管道，似乎是跑来捡橡皮筋的。

"手指枪好厉害呀。"

本以为小凪是来捡橡皮筋的，不承想她却用胡桃般的眼眸凝视着这边。

"你常来图书馆吗？"

小凪不置可否，似乎在判断对方是否值得回应。

"你喜欢图书馆吗？"

步波发觉她不时瞥着自己手里的东西。

"杧果苏打水，想喝吗？"

橡子脑袋点了一点，真是挺坦率的小孩。

于是，步波把罐子递到她跟前。

"住手！"

一个女人突然跑了过来，像激动的猿猴般咧着嘴，一副步波再多嘴多舌便要挨揍的架势。只见那个女人一把抓起小凪的手，拽着她回到长椅边。

——都不知道最近的年轻人在想什么。

步波想起了缺门牙大叔的话。

反正是把自己当成了杀人魔或者绑架犯之类的吧，真是个没礼貌的女人。

步波拾起了脚边的橡皮筋，钩在食指和拇指上，朝女人的后背射了出去。

2

"——大鳅斩味打着嗝，静静地闭上了眼睛。"

青森一本正经地宣言。

步波输入文字，然后往回车键上一敲——

"搞定！"

青森伸出双手躺倒在被子上，步波也不由得双肩脱力，倒在了被褥上。

六月十六日凌晨两点，青森山太郎的长篇新作《死从天降》终于完稿了。

眼睛一闭，名侦探那波澜壮阔的人生就在眼皮子底下流转不休。正当步波回味着有如自己写就一本小说的成就感时——

"已经这么晚了，让你陪我到这个点真是不好意思。"

青森骤然回过神来，猛地支起身体，大约是意识到了三十岁的男性与女高中生深夜共处于一个屋檐下的危险性吧。

即使青森仍思如泉涌，步波也会在晚上十点过后结束工作。这并非为了谨遵劳动基准法，而是倘使熬夜，第二天早上就起不来了。毕竟在占卜师和写作助手的身份之前，步波首先是个高中生。

要说为何只在今天奉陪青森待到深夜，倒并不是即将完稿热情高涨，而是七点以后下起雨的缘故。直至傍晚时分还是万里无云的晴空，夕阳刚落便下起了瓢泼大雨。步波当然没有带伞，去便利店买把廉价伞过于浪费，去问青森借一把死水母一样的伞也让人心情憋闷。所以，只得工作到雨停，结果便一直待到日期更替。

"回见。"

明明毫无睡意，青森却故意打着哈欠，步波小心翼翼地走出了公寓。

雨势在零点过后即刻歇住，浮云蔽空，月影消融，沉入黑暗中的街市看上去比平日里更加杂沓不整。

步波在身心舒畅的疲劳感中蹬着自行车。助手的打字费是每页原稿两千日元，自选资料的收集费是一次三万日元。

包括废稿在内，本次一共录了五百五十页稿子，收集了五次资料，总共赚得了一百二十五万日元。步波有段时间得了腱鞘炎，

手腕差点儿废掉了。但一想到混黑道时摸爬滚打的辛苦，就觉得
还算轻松。

步波强忍笑意，翻过牟黑川上的桥。由于落了雨，河滩的泥
土变得泥泞不堪，山风也下来凑热闹，只要脚下一松，轮胎便被
裹挟进去。就在她用力蹬着踏板穿过泥坑的时候——

……道路的尽头出现了一个小小的影子。

"啊！"

步波慌忙攥紧刹车。

在被灯光照亮的道路中间，孤零零地站着一个孩子。

步波下了自行车，战战兢兢地靠近那个背影，只觉得橡子模
样的发型似曾相识。眼前的孩子并非幽灵，而是一个月前在图书
馆遇见的女孩小凪。

"你……你怎么了？"

水珠图案的 T 恤随风摇曳。小凪抬头望向步波。她的脸上沾
满血污，衣服也弄脏了，不过看上去没有受伤。

"没事吧？你妈妈呢？"

小凪面无表情地望向树丛的对面。在离桥约二十米远的地方，
有一座颇有年代感的民宅和车库。

"你是从那里来的吗？"

橡子脑袋缓缓地点了一点。

步波点亮手机电筒，拉着小凪的手向民宅走去。

那是木质结构的二层建筑，大约有四十年历史。涂料剥落，墙皮片片翘起。兴许是为了防止盗窃，门窗上钉着木板，里头并不像有人的样子。步波按了下门铃，果然毫无反应。

相邻的车库应该也建于同一时期，从未见过的 V 字形铁皮屋顶上积着雨水，生锈的钢板上遍布着灰尘。

两扇卷帘门一左一右比肩而立，中间有一扇装有老式圆筒小铁门，但并未用木板封住。步波将手搭在拉杆形的门把上，门"砰"的一下应声而开。

一股腥味直扑鼻腔。

举起手机电筒照了照室内，只见离门一米左右的地方躺着一个女子，匍匐在地，双手朝里，后脑勺皮开肉绽，耳孔里也淌着血。

步波弯下腰，用灯光照向她的侧脸。宽大的牙龈很是眼熟，这正是一个月前，那个在图书馆屋顶上把步波视作可疑人物的女人。本以为她已经死了，不料仍有脉搏。

步波重新握紧手机，照亮更深的地方。在距离女子身躯约莫半米的位置，是一张沾满鲜血的男人脸庞，涂满发胶的头发上掺杂着白色的物体。这是小凪的父亲吗？虽说面相看上去像壮硕之人，模样却有些怪异。

数秒的思考过后，步波这才发觉异样感的真相——

男人的脖子以下空无一物。

步波将电筒调亮，只见车库中央有个台板，上面摆着一堆像是人的躯干的东西，但也难以确定。就似橱窗里陈列的躯干雕像一般，上面的手脚头颅尽数缺失。

木板上有个半圆形的凹槽，嵌着失去头颅的脖子。与切面相接的是收纳在刀托里的一口铡刀，形状类似巨大的中式菜刀，一定就是这东西砍下了那人的头。

铡刀的左右两侧装有高约三米的竖框，内侧嵌有金属轨道。铡刀上方钉了一根木桩，木桩上头绑着一根粗尼龙绳，一直延伸至天花板。

此时此刻，步波终于明悉了这个装置的作用。

"真有这样的尸体吗？"

那个人被断头台砍下了头颅和四肢。

3

"你报警做什么啊？"

互目鱼鱼子发出了古早不良少女般的叹息声。

距离发现尸体已经一个小时了。步波被大叔们的质问轮番轰炸到天亮。好不容易回家打开电视，只歇了十分钟就又被叫了出来，来到了牟黑医院的楼顶。

"要是打110报警电话，指挥中心就会留下没法抹去的记录，这点你该知道的吧？"

这个用浅口鞋的鞋跟叩打着混凝土的人是牟黑警署的刑警。她有着只在漫画里出现的周正五官，身穿定制紧身西装。作为让牟黑市治安得到飞跃性改善的功臣，她还曾经接受过有线电视的专题报道。但其真实身份却是与黑帮联手，成功化解多起恶性案件的无德刑警。在步波还是黑道专属占卜师的时候，曾在事务所与她有过数面之缘。

"白洲组长死的时候你也在现场吧。难不成就是你干的？"

尽是些七颠八倒的话，看来调查相当棘手。就问话过程中从大叔们口中了解到的案情概要，再加上从早间特别节目里获取的信息，就是这个情况。

六月十六日凌晨两点三十分左右，一个家住牟黑市的高中生打来了报警电话，声称在空房内发现了尸体。于是，北牟黑派出所的警察迅速赶到河边的车库，在此发现了一名被肢解的男子和一名后脑勺遭受重击的女子。救护车随即赶到，将女子送往牟黑医院。

由于这位警察和两名受害者相识，所以当场确定男性为桑泻厨太郎，女性为小俣一叶。

桑泻厨太郎时年五十四岁。他在北牟黑七丁目经营着一家名为"锹形虫王海格力士"这般听起来很蠢的昆虫商店。虽然像是昆虫发烧友走投无路时做的生意，但据说他本人讨厌昆虫，所以不得而知。

小俣一叶时年四十四岁，以前在鹿羽市的食品工厂里从事生产管理的工作。去年因为家人去世而离职，从那之后的八个月里都处于无业状态。

桑泻厨太郎和小俣一叶是表兄妹，不知出于什么缘由，他俩带着厨太郎的女儿小凪，于三周前在北牟黑二丁目的公寓里开始了同居生活。

厨太郎的死亡推定时间是十五日晚上九点至十一点。

根据推测，一叶头部遭受猛击的时间段也差不多。由于车库周围并没有留下足迹，所以凶手在零点雨停之前一定已经离开了现场。

凶手在空房的车库里制作的断头台，虽说结构简单，但和西洋处刑时使用的实物相比毫不逊色。一口宽五十厘米，看上去像是独立铸造的铡刀夹在两条金属轨道之间，以粗绳吊起。之后将目标物置于平台之上，把想要切断的部位推入半圆形凹槽中。若放开固定用的绳索，铡刀便会落下，顷刻间骨肉分离。

厨太郎的手脚尽遭断头台切断，就连见惯了无数惨死尸体的县警搜查一科的精英们，也对这具尸体切断面的光滑程度瞠目结舌。

法医进行验尸时，检测出其嘴里有雨水成分。应当不是自己主动喝的，而是被凶手灌下的吧。也不晓得是有意折磨还是出于别的什么意图。

　　另外，小俣一叶头部遭受重击引起脑挫伤。虽说和表哥相比只是皮肉受损，至今却仍未恢复意识。大门低一点儿的位置留有血迹，后脑勺的伤口与车门的形状一致。应当是被凶手使劲撞飞出去，后脑勺磕在门上所致。搜查本部的判断是，正当凶手折磨厨太郎的时候，一叶突然现身，陷入慌乱的凶手狠狠地将其推了出去。

　　当两人被发现的同时，厨太郎的女儿小凪也得到了保护。小凪今年两岁零四个月，因为衣服上沾了血，所以理应也曾出入车库，但并未受伤，她来到现场的原委经过尚且不明。

　　车库的主人于二十年前便已去世，该车库和本宅一直处于空置的状态。据悉，过去曾有专门盗窃车牌的团伙盘踞于此，用以存放从街上偷来的车牌，并将其安装在被盗车辆上。在车库深处的工作间里，至今仍留有他们带进来的工具和汽车零件。

　　"一个高中生在凌晨两点半发现尸体，这难道不奇怪吗？"

　　互目靠在水泥墙上，嘴里叼着香烟。她站在医院的屋顶，将这座寒酸破败的港口城市尽收眼底。

　　"只是被工作耽搁了一些时间。"

　　"你找到新老板了？"

　　"我在写小说。"

　　"小说？"

互目的表情就似看到辘轳首¹一样。

"我提一个问题，换你一个问题。我在家看新闻时就注意到了，警方隐瞒了重要的案情，对不对？"

步波回想起十一个小时前在车库看到的情形，还有数个比断头台的锋利刃口和嘴里的雨水更为重大的事实没有见诸报道。

厨太郎的四肢和脖颈的确遭到切断，但手脚的断面上压着毛巾，并用胶带固定。凶手之所以止血，目的是在斩首之前让他不致失血过多而死。

厨太郎的口中有个洞，从舌头垂直穿过下巴。在厨太郎躺着的台面上，把头部嵌进凹槽的位置，也有一个带血的孔洞。

吊起铡刀的绳索两端都系有铁桩。一头的铁桩钉在铡刀的顶部，而另一头的铁桩则血迹斑斑地落在地上。根据询问案情时听到的消息，这根桩子尖头的形状，跟厨太郎的舌头、下巴，以及台板上的洞完全一致。

"你说得没错，这事作为茶余饭后的谈资太过刺激了。"

互目两指夹烟，胳膊垂在扶手上面。

"凶手将厨太郎的手脚砍掉后，把他的脖子嵌入凹槽，用一根桩子穿过舌头和下巴，将头部固定在台座上。再将断头台的铡刀吊起，把绳子的一头绑在嘴里的桩子上。厨太郎想要保住脑袋，

1　通常以女性形象出现的长颈妖怪，特征是脖子可以伸缩自如。

就只能死死咬住从嘴里伸出去的绳子，以防桩子松脱。但凡下巴稍有放松，就会桩起刀落，脑袋搬家。"

灰烬从烟头上簌簌而落。

"凶手大概是想看厨太郎死命咬着绳子的样子吧。虽然不清楚厨太郎到底挺了多久，但没过多长时间，他的脑袋就飞上天了。"

互目的推理正如步波所料的那样。

"这么说来，动机是复仇吗？"

"说好一人问一句的嘛，昨晚你到底在什么地方？在做什么事情？"

互目压低了声音。

于是，步波从地上站起身，将自己成为青森山太郎助手的原委经过原原本本地解释了一遍。

"怎么选了这么个土气的工作啊。"

"又没做亏心事。现在轮到我了，凶手的动机是复仇吧？"

"我又不是凶手，我怎么会知道。"

"听说厨太郎和一叶是表兄妹，却住在一个屋檐下，有什么缘由吗？"

"两人的家庭成员都因事故死亡，好像是厨太郎一人照顾不了女儿，就把苦于没钱支付房租的一叶叫过来一起住了。"

"哪些人死了？"

"厨太郎的老婆、一叶的父母。"

"三个人都没了？"

互目捋了捋厚重的刘海，说了句不像是刑警该说的话：

"这家人全都遭了诅咒。"

4

朝医院的入口望去，员工和病患不停地进进出出。就算有个人被砍掉了头颅，日常生活也可以一成不变，上回的杀人预告就是恶作剧吧。

"谵妄，腰痛，饮酒过量。"

互目倚在栏杆上，朝空中喷着烟气。

"这就是三人意外死亡的原因。"

虽说听起来很可疑，但牟黑警署认为这些人的死都不是刑事案件。

桑泻厨太郎的妻子瑠璃，今年五月恰是在这家牟黑医院的楼顶意外身亡。

瑠璃于去年年底被查出左颈罹患恶性淋巴瘤，住进牟黑医院接受治疗。五月十四日下午，瑠璃把护士叫到病房，要求护士将她的家人从楼顶带回来，但此时并没有人前来探病，会面名单上也无任何记录。由于瑠璃服用了安眠药，所以护士认为是谵妄症发作，遂把她的诉求晾在一边。

当日傍晚，前来查房的护士发现瑠璃不在病房。三十分钟后在屋顶找到了她，她的身体被压在为扩建工程而准备的混凝土材料下面。为了慎重起见，警方确认了监控录像，查出瑠璃的家人中并没有谁去过医院。

"这就是谵妄症吗？"

去年八月二日，小俣一叶的母亲玉绪抱着旧杂志走下自家楼梯时，不慎失足摔落，颈椎嵌入小脑造成脑挫裂伤，两天后在牟黑医院不治身亡。

"这就是腰痛啊。"

在妻子死后两个月的十月九日，小俣一叶的父亲匡在鹿羽市的建筑事务所结束加班后，去夜店"路易松"喝了酒，开着面包车回了家。随后在鹿羽山上的公路上转向不及，撞破护栏坠入山崖。

翌日早晨，警方用吊车将面包车拉了上来，发现一根竖起的树枝戳破了挡风玻璃，刺穿了匡的咽喉和心窝。山路上没有刹车的痕迹，发动机舱也未见异常。

"这就是饮酒过量吗？死得也太惨了，当真是诅咒吗？"

步波环视屋顶，扩建工程因为瑠璃的意外死亡而中止，混凝土材料也被撤走了。

"你这是没把转运商品卖出去所以觉得遗憾？"

"真货我也碰不到啊。话说嫌犯出现了吗？"

"我可不吃这套哦。"互目嘴里冒着烟气，"下面该轮到我问了，你是怎么认识厨太郎的女儿的？"

"我是在图书馆见到她的。本想给她喝杜果苏打水，结果被当作可疑分子。"

步波说出受青森之托去图书馆收集资料的经过。本以为一叶定是凪的母亲，可似乎只是姑母。

"咦，那脑袋还能存活一段时间吗？"

互目露出了今天第一抹微笑。

"好像还能存活片刻，不过真实情况要做实验才能知道。"

"要是能抓到凶手，我得好好问问。"

"嗯，该我了。"

步波转过肩膀，靠在了铝合金的门上。

"凶手好像对受害者恨之入骨，厨太郎做了什么招人嫉恨的事吗？"

"以前好像一直在做骗人的生意，说好等虫子繁殖出幼虫就出钱收购，却将生殖器官剪断的成虫卖给别人。要是不小心生了幼虫，也会找碴儿不肯给钱。"

那可太过分了。

"现在金盆洗手了吗？"

"一年前他对伊拉卡卡酒店的千贯昆布社长出手，结果吃了官司。被判赔偿对方损失，掏了三百万。正是太得意忘形才栽了跟头。"

伊拉卡卡酒店是为数不多将总部设在牟黑市的知名企业之一。

这家酒店在东北一带开了不少分店，经常放些堪比家庭录像的廉价广告。社长应该积累了相当的资财，似乎没有做断头台的必要。

"千贯社长昨晚有不在场证明吗？"

"有的。从晚上八点至零点，他和朋友去了经常光顾的居酒屋喝了四个小时的酒。"

既然做了询问，想必警方也曾怀疑过这个男人。话虽如此，他起诉厨太郎已经是一年前的事了，要是事到如今才砍掉他的脑袋，未免也太心血来潮了吧。

"照这副德行，厨太郎应该还惹过别的纠纷吧。"

"两年前，他非礼了一个女高中生，还把她打成重伤。"

就是这个——步波心想。

"起因好像是厨太郎在牝鹿线的列车上摸了她的屁股。受害者是车崎奈央，当时十五岁，是鹿羽高中的学生。"

"这不是我的学姐吗？"

"奈央向工作人员寻求帮助。厨太郎却把奈央拽进洗手间，又是扇脸又是揪头发，让她负了两个月才能痊愈的重伤。厨太郎遭到拘留，花了两百万达成和解。奈央因为事件的打击没法再去高中，半年后退了学。"

这足以成为把厨太郎削成人棍的动机。

"车崎奈央昨晚有不在场证明吗？"

"有。奈央和父母一起搬到了鸣空市，昨天晚上九点到凌晨五点一直在鸣空市内的快餐店里打工。"

"那个时间段应该是她独自当班，也有没客人的空当期吧？"

"你是说翻越鸣空山赶到牟黑市吗？哪怕开车单程也要一个小时，肯定会被发现的。"

互目的头号种子选手似乎仍是酒店社长。

"刑警的直觉完全指望不上啊。"

"我可不像你，没法用占卜决定事情。"

"前辈，赶快过来——啊，不好意思！"

后脑勺一阵剧痛。回头一看，只见一个不认识的男子正握着门把手，他把门推开的时候似乎撞上了步波的脑袋。

塌鼻子的下面是突出的门牙，虽然长得活像一头滨鼠，但压扁的耳郭一看就知道是柔道部出身，应该也是牟黑警署的警察吧。

"一叶女士时间不多了。"

那头滨鼠压低声音说道。

5

小俣一叶正躺在床上。

她头上的绷带缠得跟头盔一般，口鼻被氧气面罩覆盖，房间里弥漫着一股驱虫剂和小便混杂在一起的臭味。

病床边，小凪和一位素未谋面的老婆婆并肩站着。

老婆婆应该是小凪的祖母吧。医生和护士在稍远一些的地方注视着这家人。

这时医生发觉一叶呼吸中断，赶忙将听诊器按在她的胸口上。

"——小凪啊。"

在半透明的面罩背后，嘴唇忽然动了一下。小凪不可思议地用手捂着脸。

"对不起，小凪。"

一叶的声音细小而又嘶哑，互目正要上前说话，医生伸手制止了她。

"别忘了，爸爸的事，妈妈的事……"

这口气在中途断了开来。等了五秒，十秒……依旧没有下文，嘴唇就这样一直张着。

医生再次用听诊器按了几下，从护士手里接过电筒，往瞳孔照了照，说了声"过世了"。

或许是不堪沉默，互目一言不发地走了出去，步波紧随其后。

"什么都没问到啊。"

"真是的，这种哭哭啼啼的场面我早就看腻了。哪怕是谎话也罢，要是她能说出凶手的名字就好了。"

互目毫不掩饰内心的焦躁，点上香烟后走入吸烟室。

"既然没有决定性的证据，那就花钱让黑帮的人认罪不就得了？"

"要是早两个月杀人，我就这么做了。你也知道对抗的事情吧。"

以四月白洲组组长遇害为契机，白洲组和赤麻组展开了流血的对抗。进入六月后，枪战逐渐趋于平静，但水面之下的紧绷状态仍在持续，看起来双方都没闲心去给警察帮忙。

看着互目靠着墙壁，用拇指腹揉着眉间，步波突然灵光一现，计上心头。

"要是我找到凶手，你会给我钱吗？"

只听见"噗"的一声，互目的口水飞了出来。

"这算什么？水晶球上能映出凶手吗？"

"怎样都好，请给我两百万。"

"你瞧不起大人是吧？"

"请回答我。要是我找到凶手的话，能拿到两百万吗？"

互目垂下肩膀，伸出食指朝前勾了勾，于是步波将耳朵凑了上去——

"我给你三百万。"

*

"三……三十万？"

青森摘下眼镜，盯着步波的脸。时隔两日，公寓里此刻正飘着未晒干的臭袜子的气味。

"一旦查明凶手，警署就会以非正式的渠道往你账户上打进三十万日元。要是用这笔钱还上借款，打工就能少轮几班，可以写更多的小说哦。"

步波拼命地煽动着青森。

从传闻来看,这位作家解开组长遇害之谜似乎确有其事。他满脑子都是杀人案,大抵跟杀人犯的想法很相似吧。

没等青森回复,步波就道出了事情的经过。青森先是百无聊赖地擦着眼镜镜片,当知道步波遇见的是一具被砍下四肢和头颅的尸体时,他骤然探出身体入神地听着,两眼闪闪发光。

"太惊人了,这真是一具一无所有的尸体啊!而且还死了三个亲戚。虽然由我来说似乎有些奇怪,不过还是驱驱邪比较好吧。"

"虽然只剩下小凪了。要是有兴趣的话,可以去现场瞧瞧,意下如何?"

"就算不这么做,凶手也只能是一个人。"

青森的话音顿然冷淡下来。

"是车崎奈央吗?"

"就是撞到头部的小俣一叶女士。"

青森把长在喉部奇怪位置的毛发揪了下来。

"若非如此,就无法说明一叶女士身在现场的理由。就听到的情况来看,进入车库的方法有两种,要么拉起左右两边的卷帘门,要么打开正中间的门。不过之前盗窃团伙曾在此保管战利品,所以应当都装了锁。折磨厨太郎的时候,凶手应当是上了锁的。只要一叶女士不是凶手,至少不是共犯,就绝对进不了车库。"

正如青森所言，车库的门上装着老式圆筒锁。

"如果是一叶杀了厨太郎，那又是谁撞飞了一叶呢？"

"有两种可能。不是其他共犯袭击了一叶女士，就是死于偶发性的意外事故。但我不认为这桩案子有多个凶手。要是真有共犯，就不可能放过在河岸边游荡的小孩。"

"你是说一叶死于意外？"

"是啊。她和被压在混凝土材料下的桑泻瑠璃，以及在楼梯上失足的小俣玉绪很相似吧？"

"那她是不慎摔倒，撞到脑袋了？"

"不，当你找到他们的时候，车库的门锁是打开的。若她是在折磨厨太郎的途中摔倒的，门应该是锁着的才对。

"线索仍旧在小凪身上。当一叶望着强忍痛苦的厨太郎的时候，小凪来到了车库。制作断头台需要时间，一叶应该在车库进出过好几次了，小凪也跟着一起来过，所以记得那个地方。大概原本是让她看家的吧，可她却耐不住寂寞，前来寻找一叶。"

步波的脑海中浮现出那个小小的橡子脑袋。若是一个月前那个轻而易举地越过屋顶室外机和管道，跑来讨杜果苏打水的孩子，是会有这样的胆量。

"听到小凪的声音，一叶的脸怕是大惊失色，她虽然憎恨厨太郎，却把小凪视作女儿一般疼爱，实在没法把她丢在下雨天的河滩上，所以她打开门锁，想把小凪放进来。"

"一个月前的那天，看到步波和小凪搭话，一叶就脸色大变，冲过去把她拽了回来。在当时的步波看来，就是爱操心的母亲想要保护自己的爱女吧。

"但就在那个时间点，厨太郎的脑袋恰好掉在了一叶的脚下。不知道是体力耗尽，还是临死前想和女儿说句话，厨太郎把嘴张开，插在舌头和下巴上的桩子被拔了出来，悬在头上的铡刀落下，脑袋滚到了地板上。

"一叶不由得低头看着斩落下来的人头，就在那一瞬间，被父亲的头吓到的小凪松开了门把手，外加从山上吹来的风，门猛地撞上了一叶的头部，引发了脑挫伤，一叶不久便丢了性命。

"从结果上看，小凪算是报了杀父之仇，可她也不可能理解得了。正当无处可去的小凪在河边游荡时，恰好遇见了你。"

"一叶为什么要把表哥杀了？"

"她是想保护小凪吧。这个家族中古怪的死亡接连不断，或许一叶认为是超自然的东西——诅咒和邪祟之类，袭击了这个家。"

"才没有那种东西。"

"这是当然。但若一叶真信这个，那么对她而言，就等于真实存在了。那么在这个家族中，最容易招人怨恨的是谁呢？正是厨太郎。他专门搞些骗人的生意捞取钱财，还对揭发色狼行径的女高中生大打出手，像这样有悖道德的坏事不知干了多少。一叶通过残杀厨太郎，抢在前面完成了诅咒，想借此保护小凪。"

青森陈述完毕，满足地喝了口水。

刚听说案件就能立刻推导出如此多的道理，可见这个作家绝非等闲之辈，一眼看穿杀害白洲组长的凶手绝非偶然所为。

可是，这个推理仍存在着问题。

"我觉得不太对哦，因为一叶女士有些驼背。"

青森呛住了，刚喝下的一口水全都喷了出来。

"欸？"

"当我打开车库门的时候，一叶的身体倒在距离门一米左右的地方，再往前半米左右便是厨太郎的脑袋和断头台了。要是真发生了青森先生所说的事情，那么当一叶俯视着从断头台上落下的脑袋时，就应该是背对着门的。既然她是驼背，那么当门突然关上的时候，只会撞到屁股，再怎么样也不至于重创头部。"

"嗯，这样啊。"

青森干脆地收回了推理，抱着胳膊望向天花板。

"要是一叶的死不是意外，那凶手就另有其人了。明明给厨太郎带来如此巨大的痛苦，为何会让一叶死得那么容易呢？"

"砍下厨太郎的脑袋难道另有原因？"

"难不成是为了确认他会不会眨眼？"

真是越来越搞不懂了。

"要不要去现场瞧瞧？"

步波再次询问。

"嗯。"

青森快活地点了点头。

6

雨水打湿了车库的墙壁。

"是蝶形的房顶呢，在下雪的地方很罕见哦。"

青森抬头仰望 V 字形的铁皮屋顶，嘴里说着冒充内行的话。

滨鼠警察打开门锁推开了门。尸气相当浓烈，若不使劲绷着肚子，几乎要猛呛出来。

青森踏进车库，摁下墙上的开关，天花板上的白炽灯瞬间照亮了断头台。室内看起来比前天更加宽敞，若把车库内部曾被盗窃团伙用过的作坊也算在里面，面积大概有三十坪。尸体虽已经被搬了出去，但断头台的周围仍遍布着大量血迹，实在无法想象是从一头动物身上流出来的。就连靠在一旁墙壁上的梯子也沾着血。

青森弯下腰，观察着门把手。手柄是不锈钢的，根部抬起了约五毫米，上方数厘米的地方是圆筒锁的旋钮。

"你们在门把手上有发现指纹吗？"

青森向滨鼠警察问道。或许是被互目硬塞了领路人的任务，他从门边一脸不服地看着两人。

"有两名受害者和小凪的，剩下的就只有她的指纹了。"他伸出粗大的手指指向了步波，"凶手应该戴着手套吧？"

青森皱着眉头，向里面的工作间走去。那里除了大小不一的扳手和电动螺丝刀等工具之外，还散落着一些像是机器人内脏一样的用途不明的东西。

"嗯？"

他拿起了两根绳子，是看上去很结实的尼龙绳，都是四米左右的长度，比连接在断头台铡刀上的还要短些。看向绳子的断口，只见纤维像旧刷子般绽开来。

"是凶手在测试断头台的时候搞断的吗？"

青森对着绳子观察了片刻，然后看向了位于核心的断头台。刀片依旧收在刀托里，插在铡刀上部的桩子上绑着一根绳子。青森察看了绳子的另一头，那里也绑着一根血腥的桩子，正是刺穿厨太郎的舌头和下巴的东西。

青森从工作间里取来卷尺，开始测量各个地方的长度。步波则替读不了文字的青森朗读刻度。断头台高七十厘米，上面的竖框高三米，将两者相加，断头台的高度便是三米七。天花板高四米，所以两者的空隙是三十厘米。从门到断头台有三米的距离，吊起铡刀的绳子则有六米长。

"绳子是搭在横梁上的吗？"

"是的，横梁背面留下了痕迹。"

滨鼠指了指头顶，在紧挨着天花板的地方以一米半的间距排列着钢材。

"嗯？"

青森一边抬头仰望，一边朝前走着。突然脚底下一滑，差点儿抱上了断头台的铡刀，总算在千钧一发之际站稳了身体。他回头看向滑倒的位置，发现厨太郎的头颅滚落的地方出现了一小片水洼。

"漏雨了啊。"

就似瞅准了时机一般，水滴从天花板上滴落下来，水面"啪"的一下晃了几晃。

"这水洼昨天也有吗？"

步波摇了摇头，当时的情景全都历历在目。

"可能是有水滴吧，但应该没有积水。"

"真奇怪呢。前天的雨应该下得很大吧。"

"会不会是滴进滚在地上的人头嘴里了？听说法医解剖的时候也在嘴里检测出了雨水。"

"不是的。"滨鼠警察插嘴道，"除了嘴里，摆在台面上的躯体的喉咙里也发现了雨水。厨太郎嘴里的雨水是在他脖子还没断的时候滴进去的，也就是他的脑袋掉在地上之前。"

"凶手在拷问厨太郎的时候，断头台是不是在离门更近的位置呢？所以从天花板上滴下来的雨水才会落进厨太郎的嘴里。"

青森抱着胳膊喃喃地说。

"厨太郎是趴着躺倒的吧？雨水应该进不了嘴里。"

"那就是杀人之后凶手又回来了一趟，虽然不知道原因。"

"嗯，感觉不太对，既然难得过来一次，那就确认下吧。能帮我搬个垫脚的东西吗？"

步波从工作间里搬来一张带脚轮的桌子。青森爬上桌面，往横梁后面看去。

"正如警察先生说的，灰尘上有绳子留下的痕迹。"

言毕，他即刻爬下桌子，然后每隔一米半移动一次桌子，逐一确认了房梁的背面。

"有什么问题吗？"

"没。悬挂绳索的痕迹只有一个，那就是断头台上方的横梁。也就是说，断头台一直处于现在的位置。"

确认完最后一道横梁，爬下桌子的青森，鼻息明显变得粗重起来。

"一定发生了什么。"

"一无所有才是问题。我总算明白断头台的作用了，正如步波所说，凶手制作断头台并不只是为砍下脑袋，还有更多的理由。问题还有一个——"

"你在说些啥莫名其妙的？"

滨鼠警察焦急地跺着脚，他转过身来，屁股撞到了梯凳上，发出一记无比响亮的声音。

"哇，糟了！"

A 字形的梯子瞬间一分为二，滨鼠警察的脸顷刻变得煞白。

"保存现场可是搜查的原则哦。"

"不是的，你瞧——"滨鼠警察戴上手套，从地板上拾起六角螺栓，"固定铰链的螺丝掉了，这梯子本来就是坏的。"

"原来是这样啊！"

这声突如其来的怪叫，把滨鼠警察吓了一个激灵。

"到底是怎么回事？"

青森从滨鼠警察手上夺过六角螺栓，与铰链上的螺丝孔比对了一会儿，然后对他说道：

"有件事想要拜托你，请安排我和小凪好好谈谈。"

*

牟黑市立图书馆的屋顶上，仍旧吹着不温不火的风，和一个月前没什么分别。

步波倚靠在栏杆上眺望街道，虽算不上高楼大厦的屋顶，所见的景色却有如微缩模型，无论是小俣匡坠落的鹿羽山悬崖，还是桑泻瑠璃被压死的牟黑医院楼顶，以及车崎奈央遭遇非礼的牝鹿线列车，万事万物都似人造品一般。

将视线拉回屋顶，在翻新工程中被遗弃的管道对面，摆着一条长椅。那里有着一对肩并肩的小小背影。透过银发可以窥见浅粉色头皮的老人是桑泻妙子，见惯的橡子头则是桑泻凪。失去家人的小凪被祖母妙子收留了。

"你好呀，小凪，好久不见。"

步波走到小凪跟前，在长椅边上弯下了腰。

"你好。"

小凪害羞地垂下眼睛，嘴里嘟囔着。

"小凪呀，你现在是在哪里呢？"

这是依照青森指示说的话。小凪面无表情，一刻不停地拽着
五分裤的下摆。

"小凪，这是哪儿？"

步波大声重复了一遍。小凪抬起头，目光停留在步波手里的
热带杧果苏打水上。她睁着清澈的眼睛，眨巴了几下然后说了句
"屋顶"。

"不，你在图书馆！"

青森突然从储水槽的背后飞奔出来，把打算制止的滨鼠警察
的胳膊甩了开去。

"图书馆，你听说过吗？图、书、馆。"

"住手！"

滨鼠一个倒剪双臂制住了青森。小凪拧着纤细的鼻子，抱着
祖母的膝盖，眼看就要哭出来了。青森扭过头望着滨鼠警察说：

"我已经知道杀害桑泻厨太郎和小俣一叶的凶手是谁了。"

滨鼠警察满腹狐疑地眯着眼睛。

"啊，是谁干的？"

"凶手不是一个人，杀害厨太郎的是——"

青森斜眼望着小凪，挤出一丝微小的声音。

"我会向互目刑警解释的。"

7

"这毛豆一点儿都不好吃啊。"

六月十九日晚，距离发现尸体已经过了三天。刑警、推理作家和助手三人组，在刑警经常光顾的居酒屋"破门屋"二楼的房间里并排坐在一起。

"这样才好。肉硬邦邦的，鱼臭烘烘的，啤酒也不够热，就连毛豆都难吃得要死。正经客人谁会来这儿，刚好适合密谈。"

"哈哈，不愧是现役刑警。"

听到互目瞎编乱造的理由，青森两眼放光。也不知道是在捧臭脚，还是当真佩服。

"那么，你当真要给三十万吗？"

青森正襟危坐，嘴里说出了类似电话诈骗受害者的话。互目摸出香烟看向步波，把"贪污犯"三个字写在了脸上。

"要是能听到令人满意的解释，我当然会付这个钱。我可不会像某些昆虫店老板一样吹毛求疵地砍价。"

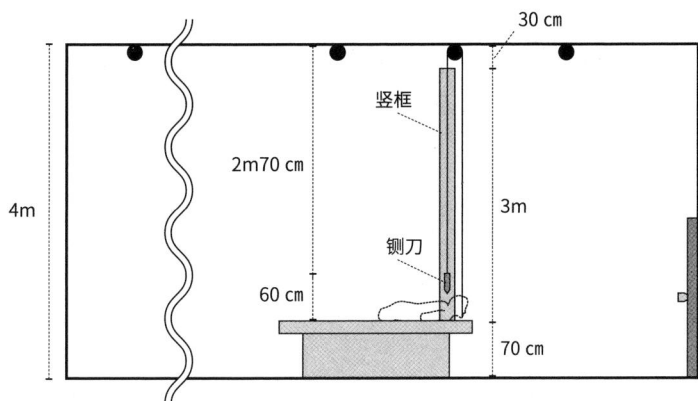

図1

青森松了口气，然后拍了拍手。

"好，现场有两个让我觉得不大对劲的地方，一个是断头台绳子的长度。"

说着，他从包里拿出了素描簿，第一页上画着车库和断头台的位置关系总括图，这是昨晚步波以每张两千日元的要价画的（图1）。

"断头台是为一次性砍下人头而发明的工具，先将头部固定，使铡刀从高处沿着轨道落下，准确无误地将脖子斩断。这就是断头台最重要的作用。

"那我们在车库里发现的断头台呢？竖框高三米，高度和西方用过的实物相比毫不逊色。不过奇怪的是，用来吊起铡刀的绳子

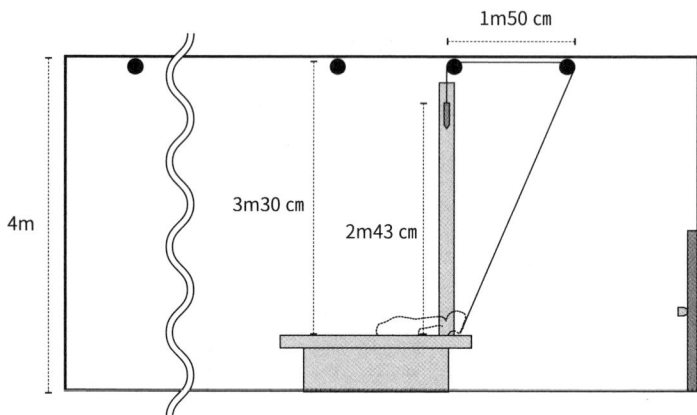

图2

足足有六米长。

"车库的天花板高度正好是四米。厨太郎被放在高七十厘米的台子上，因此他距离天花板是三米三。要是在厨太郎嘴里钉入桩子，然后再把铡刀绑在绳子上，铡刀就只能抬高六十厘米。倘若把绳子剪短一些，铡刀就能从三米高的地方落下来，可凶手却特意让铡刀从六十厘米高的地方掉下来。"

"你的意思是，凶手不想一刀剁掉脑袋，故意从较低处下刀？"

"既然如此，就不会特地制作三米高的断头台了。据说尸体上的刀口很平整，只有这条绳子不太对劲。"

青森又将素描簿翻过一页（图2）。

"我想到了这样的假设。如果凶手在两条横梁之间系上绳子又会怎样呢？横梁的间隔是一米五，台板和天花板的距离是三米三。只要用初中学过的勾股定理一算，就能发现铡刀可以维持在两米四三的高度。这样的话，一刀砍掉脑袋就不会有任何问题了。可当我调查了横梁的背面，除了断头台正上方的那条横梁以外，都没有挂过绳子的痕迹。很遗憾，这个假说并不成立。"

"真啰唆啊，正确答案是什么？"

青森拦住了正欲擅自翻开素描簿的互目。

"另外还有一个不对劲的地方。昨天去查看现场车库的时候，我们发现门和断头台之间有个小水洼。不过十六号那天步波找到尸体的时候，据说并没有水洼。那天雨下得很大，为什么雨水没积在地上呢？"

"你是说断头台原本的位置更靠前，阻挡了雨水落到地上？"

"若是如此，也该用到前面的横梁才是。天花板和断头台之间的确有什么东西挡住了雨水，但那并不是断头台本身，阻挡雨水滴落的东西正是绳子。"

"别给我兜圈子了。水洼上方的横梁可没挂过绳子，哪会有雨水落到绳子上面。"

"不，还有一种可能性。"

青森又将素描簿翻了一页（图3）。

"这是整个机关的整体图。厨太郎口中的绳子，是通过手柄状的门把手和天花板上的横梁把铡刀吊起来的。门把手的根部之所

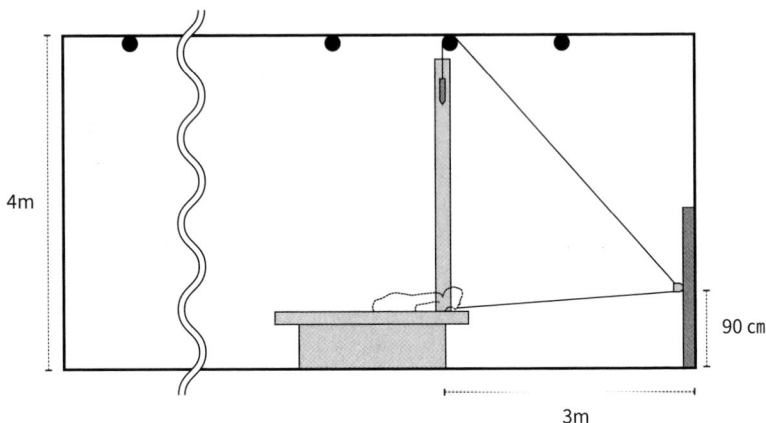

图3

以略有抬起，是因为铡刀的重量使门变形了。

"原本厨太郎要是咬紧绳子，铡刀就不会掉下来。可如果有人想进车库又会怎样呢？门是朝外开的，铡刀只要悬在半空，就不会轻易移动。即便如此，假使外面的人用力把门拽开，厨太郎迟早会咬不住绳子，桩子也会从舌头上脱落。然后断头台的铡刀就掉了下来，将脖子一刀切断。

"这下该听懂了吧。这可不是普通的断头台，凶手之所以制作这个装置，就是为了让小凪亲手砍掉父亲的头。"

互目吸了一半的烟从手指上掉了下来。

"真能那么顺利吗？"

"一次完成应该很难吧，之所以卸掉胳膊和腿，应该是凶手用来预演的。

"从天花板上落下的雨水，顺着连接在门把手和断头台之间的绳子流入厨太郎的体内。这似乎过于偶然。其实并不是这样哦，车库房顶呈 V 字蝶翼状，在这种构造之下，正是非左非右的中间最容易漏雨。因为门位于两扇卷帘门的正中，想要用门把手设置机关，自然得在正中间设置断头台。正因为如此，漏雨的位置和断头台的位置发生了重叠，结果就是从天花板上落下的水滴恰好击中了绳子。"

互目摆出一副吃了苍蝇的表情。

"顺便再确认一下绳子长度吧。断头台的绳子是六米，门到断头台的间距是三米，把手的高度是九十厘米。我们再用勾股定理计算，就能得出若要在断头台吊起铡刀，就必须用七米三二以上的绳子。和刚才相反，这次则是绳子太短了。"

"哈？"互目眉头紧锁，"那就是说这个机关又不行了？"

"不是。既然雨水没落到地上，那凶手就一定用了这个机关。厨太郎的脑袋被砍掉后，有人换掉了绳子。这不是凶手干的，而是第三者发现了凶手的意图，将断头台的绳子换成了比实际短的东西。能做到这点的就只有一个人。"

青森用舌头润湿嘴唇，直接望向步波。

"我要说不是呢？"

"门把手上留下的指纹只有厨太郎、一叶、小凪和步波四人。

被杀的厨太郎以及昏迷过去的一叶自不必说，两岁零四个月的小
凪也换不了绳子，剩下的就只有步波了。"

"有可能戴着手套吧。"

"当警察先生带我们两个去车库查看的时候，我刚要检查横梁
背面，步波就从里面的工作间搬来了桌子。可就在那个时候，断
头台的墙壁上还竖着梯子，事实上梯子的铰链已经坏了，完全不
能使用。但步波为什么会知道梯子坏了呢？我只能认为在报警之
前，她打算把换好的绳子挂在横梁上，所以尝试过梯子。"

步波一时语塞。

"对不起，确实是我做的。"

十六日深夜，踏进车库的步波理解了断头台真正的目的。虽
说目前小凪一无所知，但随着时间的流逝，总有一天会知晓真相。
为了保护她的人生，唯有隐藏断头台真正的意图。想到这里，步
波就将断头台的绳子换成了短的。

"步波之所以把绳子换掉，似乎还有一个秘密。关于那个稍后
再行确认，先将步波所做的事整理一遍吧。

"发现尸体的第二天，被互目叫出来的步波知道调查进展不顺，
这让她非常着急。要是调查的进度一拖再拖，那么好不容易埋葬
的真相怕是要重新复活。即便不能将思路全都捋顺，可一旦知道
开门的一瞬间究竟发生了什么事，警方便会意识到断头台的真正
作用。

"于是，步波采取了下一个对策，即要求我解开谜团。这并非为了揭露真相，而是为了让我想出符合现场状况的前因后果。

"但当时我公布的推理，正是一叶在小凪引发的事故中丢了性命，步波之所以把我牵扯进来，原本就是为了隐藏小凪杀害父亲的行为，一叶死亡的真相并无意义，于是她便舍弃了这个说法，然后把我带进车库，想让我思考出更好的推理。"

"我不在乎在这桩案子中横插一脚的家伙，我只想知道谁是杀了那两个人的凶手。"

互目像擦桌子般将毛巾一通乱抹。

"那我们就回归正题。先回顾一下案件的经过吧。首先是小凪的母亲在医院死于事故，该事故的真相也与本次的案件相似。凶手正是操纵小凪，诱使她逼死了母亲。"

"桑泻瑠璃死的时候，小凪应该没有来医院吧。"

"嗯，凶手为了欺骗瑠璃，故意将小凪带到了图书馆。

"首先，凶手为了先手准备打出了两个电话。第一个是声称杀害牟黑医院员工的预告，第二个是打给瑠璃的，告诉她小凪要上门探望。

"五月十四日下午，凶手违背了与瑠璃的约定，和小凪一起去了图书馆，然后在屋顶把手机交给了她，让她和瑠璃通话。瑠璃以为女儿已经来了医院，所以自然会问这样的问题。"

——你在哪里呀？

"小凪想要回答自己所在的位置，但她并不知道这间设施的名字。牟黑市立图书馆直至四月底之前还在进行翻新工程，所以她在这之前也没来玩过吧。小凪便以凶手教给她的话回答了瑠璃的提问。"

——我在屋顶哦。

"瑠璃听到这话，深信女儿误入了医院楼顶，长期住院的瑠璃当然知道楼顶堆满了建筑材料。瑠璃请求护士把女儿带回来，可护士只是看了眼探视者名单，就判断她是谵妄。若放到平时，还可能会去屋顶看看，但这天医院收到了杀害员工的预告，即使警备万全，也不太敢涉足人迹罕至的屋顶。于是，瑠璃在不安的驱使下去屋顶寻找女儿，然后不幸被压在了混凝土材料下面，命丧当场。"

"这是一个全靠撞大运的计划啊。"

"如果什么都没发生，直接去医院，就说顺路去了趟图书馆，然后再来探病好了。凶手自然是带着小凪去图书馆的一叶。"

步波回想起了一个月前，在清风吹拂的屋顶上看到的情形。

——二楼，二楼。

——屋顶，屋顶。

那天，小凪曾几度说出自己的位置，这是一叶专门教给她的吧，为的就是在打给瑠璃的电话中出现"屋顶"一词。

——你常来图书馆吗？

——你喜欢图书馆吗？

步波朝小凪搭了话，一叶即刻脸色大变，向两人跑了过去，硬把小凪带回了长椅。那是因为一旦小凪记住了"图书馆"这个词，计划就泡汤了，所以才要慌慌张张地把她拽走。

"为什么要用这么麻烦的杀人手法？"

"果然还是为了复仇吧。我想一叶是遭到了厨太郎的胁迫。陆续支付了和解金和赔偿金的厨太郎手头紧张，于是威胁一叶，逼她杀死父母领取保险金。在厨太郎的不断逼迫下，心力交瘁的一叶不久之后将母亲从楼梯上推下杀害。一叶的父亲觉察到原委，在女儿杀他之前开车冲下悬崖自行了断了。"

"太惨了。"

"是很惨呢，一叶对逼死父母的事懊悔不已，对于悠闲度日的厨太郎越发怨恨。

"不久之后，她决意复仇，不仅要夺去其性命，还得为其带来同等的痛苦。首要任务便是借小凪之手让璃璃和厨太郎丧命，为她灌输弑亲的记忆。"

三天前在病房听到的对话又回响在了耳畔。

——对不起，小凪。

一叶是为了让厨太郎和自己的父母一样，体会到被女儿杀死的恐惧和绝望。然后，她以嘶哑的声音将其说了出来，当时小凪就靠在床边。

——别忘了，爸爸的事，妈妈的事……

一叶想让小凪一直深陷杀害父母的记忆之中，这才是她的愿望。

"我知道凶手就是一叶。"

互目调整了双腿的位置。

"可案子还没有了结。在厨太郎死后到女高中生去车库的那段时间里，应该还有什么人把一叶撞倒了吧？那人是谁？"

"线索仍旧在现场。步波小姐，你还隐瞒了一件事情。"

青森看向步波，故意清了清嗓子。

"步波在报警之前，解开了断头台上的绳子，将工作间里的另一条绳子系在桩子上，可是那根解下来的绳子藏到哪里去了呢？

"这时雨已经停了，去外面扔绳子会留下脚印，所以她不得不把解下的绳子放回工作间。"

"这不对吧？"互目的话声一僵，"工作间的两条绳子都只有四米左右，想要通过门把手和横梁吊起铡刀根本不够长啊。"

"那是因为绳子被拉断了。步波来到车库的时候，断头台的绳子已经断成了两截。"

耳鸣猝然袭来，青森的声音变得依稀难辨。

"在绳子被扯断之前，凶手那边发生了意料之外的状况。各位都知道门把手的根部有些翘起来，那是因为门实在支撑不住铡刀的重量，所以形状发生了变化。这样一来，门和把手之间就会出现间隙。也不知该是算幸运还是不幸，绳子恰好钻进了缝里，卡在门板和把手的间隙中，然后就固定在那里了。

"对此毫不知情的一叶通过卷帘门去了外面，把小凪叫了进来。小凪用尽全力想要把门拉开，厨太郎也拼命咬着绳子。厨太郎并没有放开绳子，可由于拉力骤然增加，绳子无法支撑铡刀的重量，不多时就在横梁和门之间断开，铡刀落下，将厨太郎的脑袋砍了下来。"

互目摸了摸喉咙，仿佛在确认自己的脑袋是不是还连在身上。

"这时一叶也回到了车库，理由有几个，首先是为了在小凪开不了门的时候助她一臂之力，还有就是假装检查断头台，趁机触摸铡刀底座，这样哪怕事后被发现指纹也不会遭到怀疑。更重要的是，为了亲眼看到厨太郎被女儿杀死的瞬间。"

"这时绳子断了，门打了开来，一叶冲进车库，可眼中所见光景却和预期有所不同。厨太郎虽遭斩首，可插在舌头和下颌的桩子并没有脱落，脑袋依旧好端端地放在台板上面，门把手和脑袋之间绷着一根绳子。"

青森翻开素描簿，以下是最后一幅图（图4）。

"厨太郎发现一叶回来，拼尽最后的力气，咬着绳子抬起舌头，拔起了插在台面的桩子。在绳子的牵动下，厨太郎的头飞向了门的方向。"

就像先以两指拉紧橡皮筋，然后突然抽出其中一指。

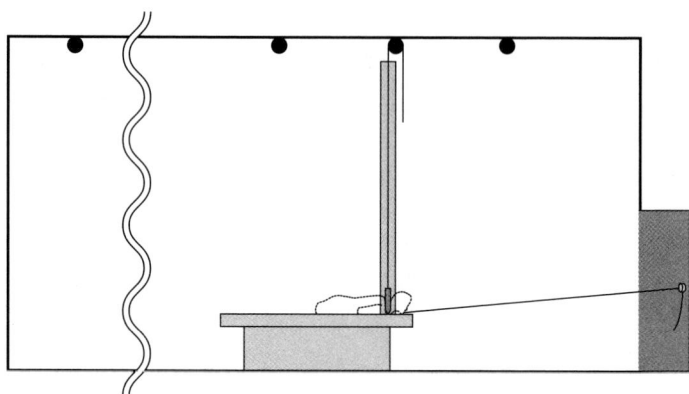

图4

"由于头部遭到剧烈撞击，一叶跌倒在地，后脑勺撞到门上，不久便丢了性命。"

互目捂着喉咙，将嘴巴张得老大。

"杀了一叶的，正是厨太郎被斩落的脑袋。"

放空血的尸体 **3**

二十一日，有人在鸣空山的山庄里发现了一桩凶杀案的现场，一男一女遇害。尸体被指认为伊拉卡卡有限公司社长千贯昆布（58）和社长秘书船井茂仁香（41），两人皆遭倒挂，喉咙被利刃割开。

精通宰杀家畜的推理小说家袋小路宇立（33）对该案发表了看法："尸体是不是因为被放空了血，所以才失去气味了呢？"

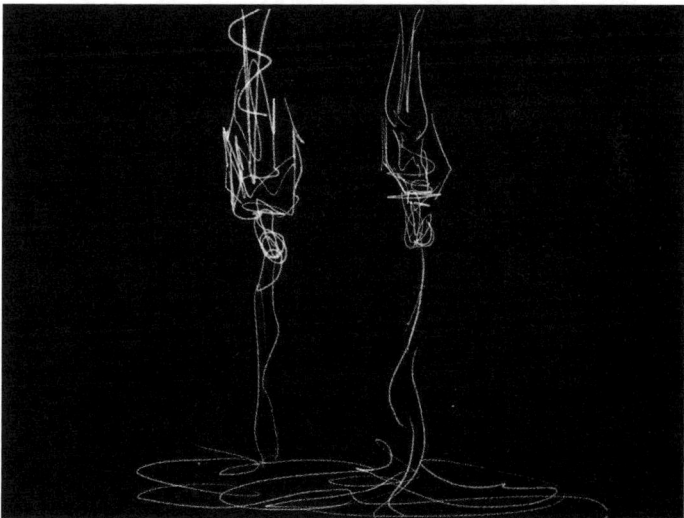

摘自《牟黑日报》二〇一六年七月二十二日晨报

1

千贯庄的门上了锁。

"钥匙只有两把，社长和秘书各持一把。"

伊拉卡卡酒店的经理三木安住彬彬有礼地答道。伊拉卡卡有限公司的副社长堀木环抗议似的皱起眉头，脖子上冒出的汗珠似乎不仅仅是因为七月的阳光。

互目鱼鱼子一边用尼古丁燃烧着快要熟透的内脏，一边打量着门。这是一扇镶嵌着红绿彩色玻璃的古董门。铰链置于内侧，上下都没有缝隙，想进去唯有打破这扇玻璃。

要是把门砸掉，那是损坏器物。可社长如果倒在里面该怎么办呢？但没得到许可的话——她实在不想进行这么麻烦的对话。

互目扔掉烟头，从面包车的工具箱里取出力矩扳手，用手帕擦拭干净后递给堀木。

"拿好了。"

堀木目瞪口呆地握着扳手柄，互目抓起他的手臂高高举起，砸向了门上的彩色玻璃。

"你……你干什么！"

无视大叔的怒吼，扳手又砸了第二下、第三下。待门上出现了一个十厘米左右的裂口，互目把手伸了进去，拧开了圆筒锁的旋钮。

推开门，出现在眼前的是一个大厅，看上去并不像私人别墅。在足以容纳整个独栋小屋的宽敞大厅里，沙发和桌子宽松地摆放着，其中掺杂着让人感到别扭的色彩。

沙发、电视、靠背椅、咖啡杯等物品，都是极其自然的配色。而吊灯、凳子、烟灰缸、花盆以及咖啡杯等茶碟物品，左右方向上的半边都被涂成了黑色。

私人物品的着色固然可以凭个人喜好，然而生活于此处的人，显然被一种莫名的执念禁锢着。

"真臭啊。"

堀木抽了抽鼻子，从外面飘来的泥腥气、弥漫在大厅的霉臭、血液和腐败物的臭味，各种各样的气味在此处交融。越往大厅深处走，这股臭味就越浓烈。

互目穿过大厅，将手按在雕刻着蔓草图案的门上。

"那边是会客室。"

三木解释道。他拧开了把手，缓缓往前拉。

两张上下颠倒的脸出现在眼前。

三木"咝"地倒抽了口冷气，堀木则"哇"地怪叫了一声。

会客室里吊着两个人。在高约五米的横梁上，一根粗绳向下悬挂。绳子的左右两头各绑着一个赤身裸体的人。这是一对中年男女，兴许近来牟黑市流行倒吊吧。

这两个人都被倒吊着，像高呼万岁那样伸出双手。

喉部被划开一道裂口，相比于苍白萎缩的双脚和躯体，脖子和两条胳膊则被染得通红。

"竟然会出现这样的尸体。"

尸体下面有一摊血泊，两个圆形连在一起，看上去像是数字"8"。所谓的血泊，是比较保守的说法。地毯里渗入的血量，堪比一个池塘。壁炉前掉落了一把中式菜刀，说不定就是凶器。

"啊。"

堀木终于支撑不住，眼看就要靠在尸体上。三木在千钧一发之际抱住了他。

"你认识这两个人吧？"

互目向经理询问。三木将昏厥的上司放倒在大厅的沙发上。

"认识，这是鄙社的社长千贯昆布和秘书船井茂仁香。"

经理的回答，就像介绍早餐菜单那般干脆。

*

事情的开端要追溯到一个月前。

六月二十五日清晨，在南牟黑一丁目的小巷里，有人发现了一名头部栽进水沟倒地不起的女子。该女子的头部被重击了二十多下，陷入了昏迷的危急状态。

受害人名叫吴万江子，六十五岁，曾在鹿羽高中执教，没有孩子。自五年前丈夫去世后，吴万江子开始独居生活，多亏了公寓的租金，过着还算充裕的生活。此外，她还积极参加包括驱逐暴力团体签名活动在内的各种市民运动。

不少刑事科的人都怀疑案件与黑帮有关，但互目对此持否定态度，这是因为自四月白洲组长被杀以来，白洲组和赤麻组之间陷入了数十年来未有的紧张局面，现在并不是敲打市民活动家脑袋的时候。出于慎重，她对白洲组和赤麻组都进行了试探。果不其然，双方均否认参与此事。

尽管一度病危，但吴万江子还是奇迹般地保住了性命，并于七月二十日早晨苏醒过来。

"袭击我的人是伊拉卡卡的社长千贯昆布。"

面对警方的询问，吴万江子如是断言。

伊拉卡卡是一家连锁酒店，在东北地区共有六家分店。其中，位于牟黑站前的牟黑店，作为东北地区首屈一指的胜景，被一些好事者熟知。

在第二任社长千贯红河退出经营以前，伊拉卡卡不过是一家平民连锁酒店，深受广大市民的喜爱。社长千贯红河是个深具昭和气质的可爱男子，给人一副颇有情调的歌手的印象。他曾出演过地方电视台的广告，积极宣传伊拉卡卡酒店。在生活中，千贯红河兴趣广泛，他将四处拍摄诸如金字塔温泉和乳房公寓之类的奇特建筑当作毕生的事业。

然而就在八年前，千贯红河在鸣空山的别墅里上吊自杀。自从过了花甲之年，他患上癌症，缠绵病榻，晚年因为食管癌，连吞咽口水都变得困难。

千贯红河生前指定的继承人，正是他的长子千贯昆布。

千贯昆布就任第三代社长后，即刻对伊拉卡卡酒店牟黑店进行了翻新。这家酒店建在牟黑站前"〈〈"字形土地上，有一个正对着车站大楼的西门和一个正对着县道的东门。不知出于什么考虑，千贯昆布将建在西侧的外墙全刷成黑的，同时对陈设用具进行了全面更换，客房的部分家具、浴场的热汤桶和酒吧的玻璃杯之类全都替换成了半边漆黑的用具。就像将父亲的兴趣付诸实践一样，他把自家公司的旗舰店变成了外形奇特的酒店。

突兀地出现于牟黑站前的类似黑色涂壁[1]的建筑物引发了市民的不适和抗议。牟黑的传统景观被破坏了，年轻人因为想看稀奇的东西蜂拥而至，导致治安变差，地价大跌，血压飙升，儿子不回家探亲，婴儿夜里大哭大闹等。虽然有很多人表示这并不值得责难，但部分市民还是继续举行抗议集会和征集签名的活动。冲

1　日本妖怪，流传于九州北部地区。会在夜路上化为一道墙壁，阻碍行人的前进。

在前面的就是吴万江子。

如果伊拉卡卡社长夜袭市民，那么抗议活动势必会被点燃。在被《牟黑日报》曝光之前，必须想好对策才行。要么捏造事故，要么堵住相关人员的嘴。黑帮之间的对抗已经趋于缓和，于是互目决定调查伊拉卡卡。

伊拉卡卡在南牟黑五丁目有栋面积不大的总部大楼，墙壁是常见的红褐色，并没有涂黑。这栋大楼是一栋建成二十年的七层建筑，外观是再寻常不过的写字楼式样。

从朝向繁华街道的自动门走进大楼，互目从头到脚都被冷气包裹着。这里的冷气打得很足，牟黑市警署要是这么凉快，检举率就要飙升了。

互目给前台浓妆艳抹的工作人员看了证件，几分钟后，一个凶神恶煞的大叔走了出来。

"社长外出了。"

互目看了眼名牌，大叔的名字叫堀木环，头衔是副社长。虽然发际线不知后退到了哪里，但此人的眼神犀利，声音浑厚，看上去像是那种在客人面前笑脸相迎，可一旦销售业绩下降就会对下属大打出手的人。千贯社长只是花瓶，这个人大概是负责实际经营的人。

"那什么时候回来呢？"

"不知道，社长在休假期间不跟任何人联系。要是没有搜查令的话，我就先失陪了。"

对方一副爱搭不理的样子。

"要是千贯社长联系了您，请他来一趟牟黑警署。"

互目郑重地行了个礼，随即走出了门。

正经员工不可能仰慕那个第三代社长，即便副社长很强势，下属应当也会开口的。互目绕着大楼走了一圈，去了对面便利店的吸烟处，看到一个系蝴蝶领结的大叔正津津有味地吸着烟。

"我是警察，你是伊拉卡卡的员工吧？"

大叔睁开眼睛一阵咳嗽，他的发际线和副社长差别不大，但眼角和嘴角浮着和蔼的笑纹，给人以地道的酒店从业人员的感觉。这位大叔自称伊拉卡卡酒店牟黑店经理三木安住，他从塑料袋里拿出一面折叠镜，整理了下领结的角度。

"是千贯社长去的地方吗？我想大概是千贯庄。"

他似乎做好了对任何问题如实相告的心理准备，真是中大奖了。

"千贯庄？"

"是前任社长千贯红河建造的鸣空山别墅。"

鸣空山别墅是八年前千贯红河上吊的山庄吧。一提到前任社长的名字，三木的语气立刻变得热烈起来。

"你和前任社长走得很近吗？"

"不管从公也好，从私也好，社长都对我很好。他将我提拔成经理，是我一生的恩人。"

"请带我去千贯庄。"

"明白了。我去跟上司谈谈，请稍等一下。"

这样的对话过去了三十分钟，大约在这位经理挨了副社长几拳之后，三人坐上了接送用的面包车，前往鸣空山。

*

既然尸体已经被两个普通市民看到，就没法隐瞒案情了。无奈之下，互目只得向牟黑署报告了发现尸体的消息。待回到千贯庄接待室的时候，吊在空中的两具尸体竟不翼而飞了。

"喂，你在干什么啊？"

壁炉前，三木正把尸体摆在地板上。挂在横梁上的绳子断了，现场被弄得乱七八糟。

"我们指导过员工，发现伤者后应该进行救治。"

"怎么看都死透了吧。"

三木拍拍两人的肩膀，摸摸手腕和胸口，然后无力地垂下了肩膀。墨守成规也得有个限度。

"要不要再吊回去？"

"别再碰了，好好待着。"

互目打开门走进会客室，低头看着尸体。等县警本部和鉴识科的人到达后，牟黑署的刑警就会到处调查取证。要是观察的话，只能趁现在了。

这两具尸体，胸毛浓密的肥胖男子是千贯昆布，瘦得肋骨凸出的女子是船井茂仁香。两人的脚踝都被绳子绑着，双手举起，和被吊起来的时候一样。二人的颈部被割裂，流出的血液染红了脑袋和胳膊，但没有流到身体上。看来凶手是先把人倒吊起来，然后割开咽喉的。

虽说头部鲜血淋漓、很难辨认，不过仍能看出昆布头部右侧有个隆起的肿块，船井的后脑勺上则有个三厘米左右的裂口。凶手应该是先击打两人头部，令其失去意识，然后绑住他们的脚踝，将其倒吊在了横梁之上。

颈部伤口以上的部分——从脚尖到肩膀处的皮肤白得好似洋娃娃，失去了生物特征。几乎所有的血液都从伤口流出来了吧。据说人类体重的百分之八来自血液，所以此时死者的身体看起来有些萎缩，这并不是错觉。

当心跳停止的时候，血液会在重力作用下汇集到身体较低的位置。而人在上吊的时候，血液积聚在下半身，倒挂时则积聚在头部。要是在倒挂状态下被割裂颈部的话，身体中的大部分血液都会喷涌而出，就像水槽底部开了个洞一样。

"嗯？"

三木发出跑调的声音，只见他正躺倒在地上，窥探着尸体脖子上的伤痕，这人胆子可真不小。

"你在做什么？"

"应对问题要从正确把握状况开始。尸体的喉咙里好像有什么东西哦。"

互目也趴在三木身旁，朝尸体上绽开的伤口看，只见里头血肉模糊。她打开手机照明，打算看仔细一些。

"哇！"

三木一跃而起。

"对不起，我视觉过敏，受不了强光。"

他满怀歉意地缩了缩肩膀。真是个大惊小怪的男人。

互目关掉手机照明，将脸凑到船井咽喉处的伤口，夹在肌肉和颈椎之间，有个软塌塌的管子延伸向躯干，是食道。在食道内侧，距离锁骨数厘米处，有两个尖尖的金属片样的东西。

互目还没来得及制止，三木就已经把手指伸了进去，他把手抵在伤口上扭了扭，随即将那东西从食道里拽了出来，只见湿漉漉的手指上夹着两个东西。

"这把是社长的钥匙，这把是秘书的钥匙。"

三木从口袋里掏出手帕，把黏糊糊的钥匙并排放好。秘书的钥匙并无特别之处，但社长的钥匙有一面被涂得漆黑。

互目突然想起前几天因偷窃被抓的洁癖老太婆，她把自己所有的东西都洒上消毒液，家具、杂物、电器都被弄得湿答答的。

"千贯社长该不会有什么心理疾病吧？"

"他确实去过心理诊所。"

三木不知何故低下了头。

"秘书呢？她有吃金属的习惯吗？"

"没有。而且，船井若是在活着的时候吞下钥匙，那钥匙应该在胃肠里头才对。是不是凶手先把船井吊了起来，然后再通过喉咙上的裂口把钥匙塞进去的呢？"

不愧是经理。虽然头脑不太发达，但把握状况异常迅速。

"不过也有疑点，这两把是千贯庄的钥匙。"

互目有些怀疑自己的耳朵，刚才她听说千贯庄只有两把钥匙。

"凶手复制了钥匙吗？"

"不，据说这是装有磁铁的特殊钥匙，不可能被复制。"

两把钥匙都在食道里，那么凶手是怎么把大门锁上的呢？

"我去馆内看看，你在大厅等着。"

互目接过包在手帕里的钥匙，拿好手枪，巡视了馆内的各个房间。卧室、厨房、客房、浴室、仓库——到处都没有人影，也未发现没上锁的窗户和后门。

令人恼火的是，千贯庄真是密室。

2

没有谁比自己更爱牟黑市，互目鱼鱼子有这个自信。

壮阔的大海，静谧的河川，斑斓的群山，听到枪声也不动如山的豪气居民。在初中毕业以前，互目丝毫不怀疑牟黑市是全日本排名第一的城市。

但考上山对面的鹿羽市立高中后，互目却被故乡的恶名吓了一跳。治安恶劣，犯罪率高居不下，凶杀案屡禁不止，完全不像发达城市该有的样子，夸张一点儿的话，简直就是扔块石头都能砸中黑帮。另外，市长公私不分相当严重，经常举办莫名其妙的文学奖，还自鸣得意。

互目对此非常恼火，每当听到不好的传闻，爱乡之心就会熊熊燃烧。但牟黑市的凶杀案发生率放到全国也是瞩目的，这是不争的事实。那就把这些案子一扫而空，在外人面前争口气。这就是互目立志当警察的理由。

当互目通过警察录取考试，如愿以偿地被分配到牟黑警署刑事科后，她开始着手打击犯罪。她与从小一起长大的黑帮接触，向其灌输从警察手中逃脱的方法。在互目看来，无论多么凶恶的案件，只要没有公之于众，就等于没有发生。黑帮不希望有人被捕，而警察似乎也对工作量的减少乐得轻松。

功夫不负有心人，去年牟黑市凶杀案数量数十年来首次降到了五十以下，就像太阳打西边出来了一样，在社交网络上引发热议，就连有线电视台也来到警察署进行采访。

今年四月，虽然黑帮之间爆发了大规模对抗，不过多年的指导已然起了效果，表面上市民并没有受牵连。六月虽然发生了使用断头台杀人的惨烈事件，但公之于众的就只有这些，凶杀案数量被控制在远低于往年的水平。

就在这时，伊拉卡卡的社长和秘书双双遇害的凶案曝光了。虽然一直朝着洗刷污名的方向顺利前进，但总有人会做些多余的仿效。这就是互目的真心话。

七月二十一日晚十点半，牟黑警署召开案件调查会议，指挥办案组的是来自县警本部的丹波管理官[1]。丹波是个光头，下巴蓄须，看起来活像美国的死刑犯。可能是因为他总是痛骂部下，现场的人都在背地里喊他"秃子"。会上通报了案件相关人员的问询结果，说明了案发的详细经过。

千贯昆布和船井茂仁香的失联是在发现尸体的八天前——七月十三日深夜。是个即便太阳落山后气温也不低于三十摄氏度、像地狱般酷热的夜晚。

这天，两人在公司总部大楼的社长办公室里加班到夜里十一点，一同完成了八月一日夏季誓师大会上将由社长宣读的训示稿。据说昆布在船井写好的原稿上挑毛病，船井只好从头开始修改内容，那天很多员工都听到了响彻办公室的怒吼声。

伊拉卡卡总部大楼的入口在晚上十点关闭，保安也会在这个时间下班。此后，进出大楼都必须通过地下一层停车场的小门。

1　日本警察职务之一，地位相当于科长，主要负责特定的业务，行使监察职能，在重大案件发生时担任临时指挥官。

小门的监控探头拍到昆布于晚上十一点十五分离开大楼，船井则于十一点二十分离开大楼。

离开办公室的昆布乘坐私人越野车前往伊拉卡卡牟黑店。昆布住在隔壁鹿羽市，但加班时经常会住进酒店的空房间。这辆越野车至今仍停在酒店的停车场里。

十一点三十分有人目击他在酒店旁的便利店里买了两份海鲜杯面，801号房的垃圾桶里也有两个被扔掉的空杯。

此后，昆布就失去消息。在801号房的扶手椅下，掉落着昆布随身佩戴的金色公司徽章。由此推测，凶手可能是在昆布休息的时候前来找他，击打其头部后将其搬运出去。凶手使用的是员工通道，酒店内的目击证人直至现在仍未出现。

而另一边的船井则被认为是从总部大楼徒步回家的。船井没有汽车，从距离公司不远的单身公寓步行五分钟到公司。她没有回过家的迹象，手机上也没查出呼救记录，从这两点，可以推测是有人在回家路上伏击她，击打头部后将其绑走了。

根据法医报告，两人的死因都是割喉导致的失血过多。除了头部的伤口和喉咙的割裂伤之外，尸体上没有其他明显的外伤，推测距离死亡已经过了五到八日。尸体是在二十一日中午被发现的，因此两人是在失联之后——十三日深夜到十六日遇害。

不过，从昆布肠胃中发现的海鲜面的消化情况来看，这些食物从入口后只过了大约三个小时。如果说他在十三日深夜买完海鲜杯面后当即吃下去，那么昆布的死亡时间就能锁定在十四日清晨之前。

而另一边的船井几乎一连数日都没进食，肠胃空空如也。在食道内侧，距离咽喉十五厘米左右的地方，留有因塞入钥匙造成的伤口。食道中有一块地方因脏器的压迫而变窄，钥匙似乎就卡在那里。

"凶手知道千贯昆布居住的房间，而且也知道员工通道。所以，凶手一定是酒店的内部人员。我们重点清查曾和社长有过节的员工，不用管密室的事。"

秃头总结完调查方针，结束了会议。

就在互目从会议室回到办公室的时候——

"可以过来一趟吗？"

她被刑事科长豆生田叫到资料室。

豆生田是互目的上司，他的长相像极了一只嘴里塞满东西的山羊，不禁让人担心会不会有唾沫星子飞溅出来。近年来互目出色的表现让他颇感自豪，但在今天的会议上，他被秃子指责监管不力，始终低头不语。

"悄悄问一下，能不能让你的朋友们出面处理呢？"

明明没有出汗，他却用手帕频频擦拭额头。

"黑帮吗？"

"差不多吧。伊拉卡卡的外部董事有很多县警的老前辈，我不想把关系搞得太僵。就当是那边抱怨保护费什么的惹恼了黑帮，一怒之下把社长和秘书吊死了。"

虽然很想这么干，但事情并没有那么简单。

"捏造完凶手后，假使之后真凶出来认罪了又该怎么办？更何况千贯庄是密室，凶手是怎么逃离现场的呢？"

虽然秃头说不用管密室什么的，但要想捏造凶手，就必须解开谜团。

"这方面就请互目君好好考虑一下，资金方面我会想办法的。"

豆生田拍了拍她的肩膀，吧唧着嘴走进了办公室。

3

翌日二十二日上午十一点，互目在打探情报之余，抽空去了昆布曾去过的牟黑心理诊所所长楢木尚树的家。她认为解开凶案谜团的关键就隐藏在昆布对古怪配色的执着之中。

"我在新闻上看到千贯社长死了。"

楢木是个年近五旬的大叔，明明住在纯和风的宅子里，却穿着夏威夷衬衫。互目进了起居间，里边连空调都不打，有种吃亏的感觉。

"请告诉我千贯社长来诊所的理由。"

"他有点儿奇怪……算是个特殊的病例。"

楢木的发言似乎并不审慎。

"所谓的强迫症，是被某种强迫观念所禁锢，为了逃避不安而翻来覆去做出强迫行为的症状。比如担心手脏而反复清洗，担心门没有锁好而反复回家，担心日用品的摆放位置不符合内心标准而反复检查。该病的特征在于，患者即便明知其不合理性也无法戒断。"

"千贯社长也得了这种病吗？"

"没错。"

楢木摸了摸下巴上的胡须，把东西涂黑就能逃避不安吗？

"他的情况是，要是周围的物品不朝向指定方向摆放就感到不安，会出现反复确认物品的朝向，故意挪动使其回归原位的行为。但棘手的是，这个世上有很多物品是分不清前后的。"

楢木拉开拉门，眼前出现了旅馆一样的庭院。在冬青树的对面是一口井，"咔嗒"一声传来惊鹿落下的声音。

"比如那边的喷壶，有浇口的那一面是前面，有把手的那一面是后面，再清楚不过了。可是这边井口滑轮上吊着的桶，由于侧边没有把手，所以分不清前后。千贯社长就在这般区分不了前后左右的东西上面只涂半边的颜色，以此分辨正确的方向。"

互目回忆起千贯庄的大厅。沙发、电视、靠背椅、咖啡杯之类可以分辨前后，而吊灯、凳子、烟灰缸、花盆和茶碟这类东西难以辨明哪面靠前，哪面是正确方向，所以昆布才会把左右方向的一半涂成了黑色。

对建筑来说也是一样的道理。伊拉卡卡酒店东西两侧都有门，分不清哪个是前面，所以为了区分前后，才把西边的墙涂成黑色。总部大楼之所以免遭涂漆之厄，大概是因为只有一个门，所以不必担心搞不清前后吧。

"再说明一遍，他本人也知道这并不合理，但就是停不下来。"

为原本就不可移动的建筑物区分前后而涂上颜色似乎毫无意义，难道这也是他明知故犯的吗？

"你有没有把千贯社长的症状告诉过外人？"

"怎么会！没有。"

楢木的声音显得有些僵硬。

互目道谢后站起身来，"咔嗒"，惊鹿又发出了一记响声。

*

当天的案件调查会议上，气氛十分低沉。

刑警们在总部大楼和伊拉卡卡牟黑店对一百二十名员工进行了取证，并没有挖出有力的嫌疑人。虽说大部分员工都对社长感到不满，但似乎原本就不曾期待他能做出比肩前任社长的成就，也没有痛恨到要宰了他的人。因为他几乎把所有的事务都甩给了副社长堀木打理，跟员工们也鲜有交集。

目前为数不多的收获是找到了受害者的遗物。在千贯庄西北方向两百米的山林里，刑警们找到了两人的衣服和随身物品。

昆布的穿着是拉夫劳伦三件套搭配条纹衬衫、宝格丽领带、内衣、磁石项链和靴子。船井的穿着是品牌不明的针织衬衫、西装裤，以及优衣库的内衣和高跟鞋。这些都没有被沾上血迹或皮脂。此外，现场还找到了昆布的公文包，里边装有音乐播放器和杂志，还有船井的手提包，里边装有笔记本、书写工具、化妆包和折叠伞。

很难想象凶手是真心想隐藏这些物品。绑架受害者时将包一起带走，大概是为了制造昆布或船井带着包外出的假象，以拖延报警时间。事实上，员工们都认为昆布是心血来潮跑去度假，船井则是厌倦了工作。但有关凶手特地将衣服和包遗弃在千贯庄外的山林的理由尚且不明。

"现在是要紧关头，必须摒弃先入为主的观念投入调查，明白了吗？"

秃子毫不掩饰自己的焦躁，说了句不痛不痒的话就结束了会议。

正打算去吸烟室来根烟的互目，又被豆生田叫到了资料室。

"这件事与你的朋友们打过招呼了吗？"

互目摇了摇头。豆生田从购物袋里拿出一本周刊，封面上泳装女旁的标题跃入眼帘——《密室杀人魔牟黑市血色山庄事件的惊悚一幕》。

"再这样下去，你的努力就要白费了。"

豆生田的口水溅在封面上。被这家伙套路虽然让人不爽，但为了维护牟黑市的名誉也是没有办法的事。

"我已经和本部打过招呼了，会想办法搞到钱的。"

互目撇下上司走出资料室，给相熟的黑帮打去电话，约好去常去的小酒馆喝酒。

4

"这种时候还能出来喝酒？警察真是闲得让人羡慕。"

下午五点半，在"破门屋"二楼的包厢里，秋叶骏河正啃着硬得和花林糖一样的炸鸡。

秋叶明明是黑帮，却总是听什么深夜广播，算是一个怪人。

别看他一副风轻云淡的样子，可一旦发生对抗，就会立马从白洲组反水到赤麻组，是个脑袋灵光的家伙。互目被分配到牟黑署时，首先联系的人就是他。

"我在电话里说过了，希望你用五百万帮我找个替罪羔羊。"

互目喝了口温啤酒，立刻切入正题，将伊拉卡卡酒店的社长和秘书双双遇害后被悬挂，犯罪现场是密室的情况陈述了一遍。

秋叶沉吟片刻，往小碟子里吐了一块完全炸焦的鸡皮，竖起了两根手指。

"有两个条件。首先得知道真凶是谁，为防止突然招供闹出乌龙，必须先堵住他的嘴。其次，得知道他进出密室的方法，要是不知道作案方法，就做不出假口供。"

"我不知道，所以才想用钱解决。"

"警察干不了的事，我们也干不了。"

"你们可是黑帮，用暴力来解决吧。"

"话说——"秋叶挺出膝盖，"我认识一个非常喜欢奇怪凶杀案的人，在解开杀人之谜方面，没有人比他更厉害了，要不要听听他怎么说呢？"

互目有些怀疑自己的耳朵，因为她和眼前的黑帮是一样的想法。

"我也认识一个和你说的差不多的人。"

秋叶眨了眨眼睛。

＊

半小时后，一个身穿制服的少女来到了"破门屋"的二楼。香草色的毛衣配上格子裙，这是绝大多数牟黑市民都就读过的鹿羽高中的制服。

"神月步波？你怎么来了？"

秋叶打翻了啤酒，毛豆沉在酒水之中，少女哈哈大笑。就在这时，那个身形瘦削的推理作家上到二楼。

"步波小姐是我的助手。"

明明已经三十岁了，声音却像个小孩。这人留着中学生一样的板寸，体毛从咽喉处的奇怪位置生长出来，浑身散发出被当作现行犯逮捕也不会让人意外的气质。

"这个小鬼是催眠师，你最好在自认是猪之前砍掉她的脑袋。"

"别担心，只有魂不守舍的人才会被催眠。"

黑帮和高中生互相调笑着。

互目再度陈述了从发现凶案至今的经过。青森正襟危坐，咬着嘴唇听她说话，看来是在强忍着笑意。

"太棒了。密室也要有点儿调味品才好。再确认一下，馆内的窗户都是锁着的对吧？"

"是。牟黑署的刑警全都确认过了，肯定不会有错。"

"听说第二任社长红河老爷子喜欢拍摄奇怪的建筑，他在千贯庄也修了一条通往山里某处的密道，有没有这回事呢？"

"没有，我们把山庄和周围的山林都翻了个底儿朝天，从设计事务所调取的建筑图纸上也没标这样的东西。"

"为保险起见，再问一句，互目警官来到千贯庄的时候，玄关的门真的锁上了吗？有没有可能是用钉子和橡胶固定住了，让人误以为是上了锁呢？"

"没有，砸破玻璃前我已经检查过门的状况，万一看漏了，鉴识科的人也不会注意不到的。"

"凶手躲在馆内，趁你们检查尸体的时候从门口溜了出去。有这样的可能吗？"

"没有，进了会客室后，我一直留意着门口。当我在馆内巡视的时候，三木就在大厅里。"

"原来如此。这么说的话——"青森推了推眼镜梁，"还是完全搞不明白。"

"喂，听了刚才的话，你是真的搞不懂吗？"

步波插了句嘴。

"你也不知道吧。"

"我知道哦。能杀死千贯昆布社长的只有一人。"

步波得意地挺起了胸。

"那就是他的秘书船井。"

5

步波清了清嗓子，继续解释道：

"六月发生过一起抗议事件，当时的情况是一位中年女性在牟黑酒店遇袭，是吧？一切都是从这起事件开始的。"

"你在好好听吗？吴万江子是七月二十日早晨清醒过来的，而社长和秘书被杀的时间则是七月十三日深夜到十六日，所以上述那位中年女性和这宗案件没有关系。"

秋叶打断了少女的话。

"我可没说是那位中年女性杀了社长哦，这位女性原本是鹿羽高中的老师吧。牟黑市的初中生大半都升入了鹿羽高中，所以这个城市里遍地都是她的门生，其中就有伊拉卡卡的员工，也就是船井秘书。当她发觉上司将恩师打成重伤，再加上平时被呼来喝去积攒下的焦躁情绪，爆发了对上司的憎恨。"

"如果是船井的话，搞不好能杀死昆布。可她也在同一地方被杀了吧，那么杀死船井的凶手消失到哪里去了呢？"

"不，船井是自杀的。"

"自己是不能把自己吊起来的。"

"她的目的就是让大家都这么认为。船井先把昆布吊在梁上杀死，这时昆布的位置要比互目等人发现时高一些。然后，船井将吊起昆布的绳子另一头绑在自己的双腿上，用菜刀割开自己的喉咙。血液约占人类体重的百分之八，要是将动脉割开，将血放完，身体就会变得越来越轻。不久，船井的尸体被昆布的体重拉了起来，两具尸体同时吊在半空，伪装成第三者杀害两人的现场就完成了。"

互目回想起在楢木家看到的水井滑轮和木桶，耳边响起了惊鹿的声音。

"为什么要做这么麻烦的事？"

"船井秘书下决心为恩师复仇的同时，自己也决定自杀。之所以要制造两人同时遇害的假象，就是为了在恩师恢复意识的时候，不给恩师添麻烦。"

秋叶想要反击似的张开了嘴，可似乎又说不出辩驳的话，只能抽搐着脸颊看向互目。

"喂，你也说些什么啊。"

"关于密室的解释还行，可关于凶手自杀这一点就不太好了。"

互目说了实话。

"科长好不容易才开口说要给钱，要是凶手死了，就没必要捏造凶手，钱也拿不到了。"

"那太可惜喽。"秋叶看向青森，"你怎么看？"

"诡计是挺有趣，但我觉得凶手的行动太过琐碎了。如果要制造自己被杀的假象，就该把玄关的锁打开，更没必要把钥匙藏在食道里。"

"你说得没错。"

"不对呀，人类不就是常常做出非理性行为的生物吗？"

女高中生突然说起了类似哲学家会说的话。

"退一百步说，哪怕真是这样，鉴识科的人也不至于看不出诡计。因为血液是黏稠的，滴落的高度不同，溅起的位置也会发生改变。如果尸体发生垂直移动的话，那么会客室的地板上就应该混合着不同形状的血迹，这种情况在报告里并没有吧？"

互目点了点头。步波"嗯"地嘟囔了一声，灌了一大口柠檬水。

"果然就是小鬼嘛，光认真听讲是没用的。"

"你不也一样吗？屁都不懂。"

步波朝秋叶踹了一脚。

"不，我大概明白了哦。"

秋叶忽然露出了比高中生还要得意的表情。

"我有个问题要问互目警官，在会客室发现尸体的时候，三木或者堀木有没有假装摔倒，或是试图触碰尸体呢？"

互目吃了一惊，这个问题真说中了。

"堀木昏倒的时候，差点儿靠在了船井的尸体上。"

"果然不出所料。"秋叶扬起嘴角，露出发黄的牙齿，"杀死伊拉卡卡社长和秘书的人，正是这个副社长堀木环。"

6

"事情的起因是伊拉卡卡前任社长在千贯庄上吊自杀的事件。我不认为那件事跟此次的凶杀案无关，杀害前任社长并伪装成自杀的正是昆布，发觉真相的员工是要为前任社长报仇雪恨。"

"这是毫无根据的幻想，凶手是怎么离开千贯庄的呢？"

步波放下杯子开始反驳。

"当然是从大门出去的。不过，凶手做了一个自动上锁装置，线索就是他杀了一个与前任社长无关的秘书，准备了两具尸体。凶手先把两具尸体吊在梁上，抱在一起转圈，两根绳子被紧紧绞在一起，就像缠头布一样。

"除了这根绳子，还需准备一根渔线。渔线的一头系在大门门锁的旋钮上，另一头系在尸体的某个地方，然后把手从两具尸体上松开，迅速走出大门。绳子被绞紧后复原的力量会让尸体旋转，旋钮被渔线卷绕进去，没过多久就锁紧了。"

互目想象着像陀螺那样旋转的尸体，感觉就像看了场无聊的艺术电影。

"当你们走进会客室的时候，尸体上头应该缠着一根渔线，可你并没有发现，那是因为凶手不动声色地回收了渔线。只有一个人能够做到，那就是靠着尸体倒下的人物，即副社长堀木。"

"为什么要做这么麻烦的蠢事？"

"就像我刚才说的，堀木知道前任社长死于昆布之手，但既然身为副社长，就不能公开检举昆布。于是，他便在上了锁的千贯庄杀死昆布，想借此告诉世人前任社长并不是自杀的。"

"真是个拐弯抹角的凶手。"

"人类是会做出非理性行为的生物哦。"

黑帮说了少女十分钟前刚说过的话。

"警官，你觉得如何？"

"不对不对，完全不对。"互目摇了摇头，"科长之所以要拿钱结案，就是因为伊拉卡卡的外部董事有很多县警的老前辈。公司高层若是凶手，外部董事搞不好也会被追究责任，他们肯定无法接受这样的真相。"

"这又有什么关系呢？反正都是黑帮的人顶罪。"

"出钱的可是县警本部，他们不认可的真相毫无意义。"

"这就是本末倒置了，青森先生，你觉得呢？"

步波向青森套话。

"我喜欢这个点子，不过感觉太靠运气，万一绳子缠住就没戏了，而且我也不觉得旋钮会锁紧得那么顺利。"

"现实中密室已经完成了，诡计是成功的。"

秋叶仍不肯松口。

"要是把挂着尸体的绳子绞起来，绳子越短，尸体就抬得越高。如果在那里让尸体旋转，血液理应会从高处飞溅下来。正如刚刚确认过的那样，现场并没有不同形状的血迹混在一起。"

"从实施杀人到尸体被发现，大约有一周时间。凶手是等血干之后再去制造密室的。"

"真够死缠烂打啊。不过互目刑警他们去千贯庄的时候，会客室的门是关着的。若想用渔线把大门和尸体连起来，是不是得先打开接待室的门呢？"

步波哈哈大笑，秋叶咬牙切齿，一言不发地闷了口啤酒。

"调查本部也确认了八年前的记录，上任社长千贯红河的自杀并无凶案性质，尸体也没什么疑点。千贯庄的大门也是锁着的。就像我刚才说的那样，不存在什么秘密通道。如果红河是昆布杀死的，那么还得把这个密室之谜解开才行。"

"好吧。喂，青森，你想到了什么？"

"是的，听了两位的推理，我已经知道凶手是谁了。"

青森淡然地说。

"是谁？快说！"

"我有个不情之请。"青森重新叠起双腿，"我有笔债想早点儿还清，然后集中精力写我的小说。等我解开谜团之后，请给我五十万酬金，如何？"

相比上个月的断头台事件稍微涨了点儿价。

"因为委托人是警察嘛，怎样？"

秋叶抠了抠下巴。

豆生田说钱他会想办法，只要从预计付给黑帮的五百万中抽五十万交给青森就行了。

"要是查明真凶的话，这些钱我来付。"

"我明白了。"

青森点了点头，用湿毛巾擦了擦脖子上的汗，继续说了起来。

7

"让我们追溯一下案情经过。从停在伊拉卡卡牟黑店停车场的越野车，以及 801 号房扶手椅下金色的公司徽章来看，昆布社长在进入这个房间后，一定是被某人袭击了。那么船井秘书是在哪里被袭击的呢？结论就是她并不是在回家路上被袭击的。"

"你怎么能这么肯定呢？"

步波惊讶地眯起了眼睛。

"船井秘书被人袭击头部，后脑勺的皮肤裂开了。虽然从喉咙里流出来的血液掩盖了伤口，但此时应该流了相当多的血。可是，刑警在山林里找到的针织衫上没有沾上太多血迹。所以，我推测船井被凶手袭击时，身上应该还披着另一套上衣——对襟毛衣和披肩。凶手没有特别的理由把这些衣服藏起来，应该是被扔到山林里后被风吹走了。"

"还有一件上衣？穿这么多不热吗？"

步波惊讶地眯起眼睛。

"嗯。我之前路过伊拉卡卡的总部大楼，那边冷气打得很足。我想船井秘书在工作时间里，为了不让身体着凉才披了上衣。可一出门就是猛烈的暑气，很难想象她回家时还会披着外套。"

"你是说她没回家，住在办公室了吗？"

"不对，地下停车场的监控录像应该拍到了船井离开办公大楼的图像。"

"那她去了哪儿？"

"不管去什么地方，船井秘书应该不会穿着好几层衣服走到酷热的室外。船井秘书一出门就坐上了汽车。她自己没有车，应该是搭了别人的车。手机上也没有和家人或朋友联系的记录，步行回家只有五分钟路程，不可能坐出租车。所以，我认为让船井搭车的人应该是昆布，从两人故意间隔几分钟离开大楼的情况来看，应该是在交往的关系。昆布社长和船井秘书是坐同一辆车去往伊拉卡卡牟黑店的。"

就像杂志的快讯一样，互目的脑海中浮现出了社长和秘书避人耳目偷偷进入酒店的场面。

"昆布在 801 号房里小憩片刻后，就去便利店买了两杯海鲜面。由于船井秘书也在场，所以推测这两杯海鲜面一份是昆布自己的，另一份是给船井的。房间的垃圾桶里扔了两个空杯，这对秘密恋人应该在酒店吃了迟到的晚饭。"

"嗯？昆布的肠胃里有海鲜面，可船井的肠胃是空的吧？"

步波眨眨眼睛看向互目，互目点了点头。

"我知道。两人在同一时间吃了同样的东西，遇害后肚子里的状态却不一样。从这里可以看出，两人被害的时间是不一样的。他们被凶手袭击时是在一起的，不过昆布是在那之后的数小时内被杀，而船井是在几天之后才被杀的。"

"为什么船井多活了那么久？"

秋叶歪了歪头。

"那是因为在被拘禁之前，两人都吃了海鲜面。凶手若是想让自己设计的机关成立，其中一人的肠胃必须是空的。"

"怎么说？"

"在推理作家的眼里，这桩凶杀案的现场怎么看都显得极不正常。现场有两具尸体，钥匙也有两把。各位不觉得在两具尸体上各藏一把钥匙，这样才显得更合理吗？为什么凶手要在同一具尸体上藏两把钥匙呢？那是因为若不这样做，诡计就无法成立。凶手用这种欺骗小孩的把戏，制造出船井秘书的食道里有两把钥匙的假象。"

沉默持续了数秒。互目正欲插嘴，青森出声制止了她。

"我们来整理一下凶手所做的事吧。凶手先把船井拘禁起来，不给她食物，让她花了几天时间排空肠胃后再将她吊在会客室的横梁上，将其杀害。待血液从喉咙里完全排出后，凶手将直径五厘米左右的圆镜和昆布的钥匙依次放进船井的尸体里。若把这些东西塞进食道狭窄的地方，即便尸体倒吊也不会掉落。最后，凶手用船井秘书的钥匙锁上大门，离开了千贯庄。"

互目想起在便利店吸烟区与某人相遇时，他正用新买的折叠镜整理自己的蝴蝶领结。

"大约一周后，凶手会带人来到千贯庄。我不觉得他能预料到牟黑署的刑警会来，所以当初应该是打算带同事去的。

"凶手将发现的尸体放在地板上，声称里面有两把钥匙，让同行者一起查看伤口。昆布的钥匙有一面是涂黑的，若往食道里窥探，便能看到实物钥匙和镜子里的钥匙呈现出不同的颜色。同行的人看到后，就会误以为食道里有两把钥匙。"

记忆中一直以为确凿无疑的光景，突然变得朦胧而无法成像。

虽然并没有怎么喝酒，却感觉像是被人灌得酩酊大醉一般。

"凶手当场表演了把手指伸进食道，掏出两把钥匙的动作。但事实上钥匙只有一把，所以他是把事先藏在手掌心里的钥匙拿了出来，制造掏到两把钥匙的假象。他当时大概把镜子也藏进了手掌心里，趁掏手帕的时候收进了口袋。"

以言语为引子，更能唤起记忆。

就在互目想要窥探伤口的时候，那个男人说自己畏惧强光，让她关掉了手机的电筒。倘若用电筒照射食道内部，光一旦发生反射，就能看出那里有一面镜子。

所以，那个男人才会像煞有介事地说出什么视觉过敏之类的话。

"那么凶手就是——"

"是酒店经理三木先生。之所以要割喉，是因为需要把钥匙从伤口插入食道；而之所以要把尸体倒吊起来，是为了防止伤口流出的血液进入食道，污染镜子的表面。他特地排空船井的肠胃，也是为了防止消化物倒流弄脏镜子。"

"他为什么要花这么多工夫制造密室？"

"应该是为了让警方彻查千贯庄，找到秘密通道吧。"

"我之前不就说过没有那种东西吗？"

互目的语气不知不觉中变得强硬起来。

"我知道，即使这样，三木先生还是无法舍弃怀疑。

"听说三木对前任社长红河很是仰慕。虽然这与秋叶先生刚才的推理有所出入，但三木还是怀疑红河是被谋杀的。红河上吊的时候，千贯庄的大门是锁着的。如果红河真是他杀，凶手又是怎么逃离现场的呢？喜好奇怪建筑的红河社长，会不会真的建了一条连接千贯庄和某处的秘密通道呢？——这么想也是符合情理的。哪怕实际上并不存在，三木也始终没有放弃这个想法。于是，三木才会伪造他杀现场，将昆布杀死后引得警察再度调查千贯庄。三木之所以把衣物和随身物品等物抛弃在山林里，也是想让警方彻查千贯庄。"

警方对千贯庄进行了细致搜索，也从设计事务所调来了建筑图纸，发现果然不存在秘密通道。

"先不说昆布社长，为什么连船井秘书也会遭毒手呢？"

"因为构建密室需要两把钥匙，仅此而已。"

青森环视了一圈，确认没人提问之后，津津有味地将没有泡沫的啤酒一饮而尽。

"等等，那个叫三木的人，会是凶手吗？"秋叶看向了互目。

互目迅速搜索记忆，那位耿直的副社长似乎并不喜欢这个和蔼可亲、富有人情味的经理，他离开正是自己求之不得的事。因为三木和外部董事关系淡薄，所以也不必担心县警的老前辈会被追究责任。

"是的。杀死那两人的凶手就是伊拉卡卡酒店牟黑店的经理三木安住。"

膨胀的尸体和瘪掉的尸体 4

一日上午十时许，北牟黑一丁目的公寓里发现一起死亡事件，死者为大学生小南侑人（22）。经过解剖，法医在死者胃里发现了约十公斤的食物，胃部从胸口一直膨胀到骨盆，食物从破裂的胃壁中漏出。

根据深谙饮食的推理作家袋小路宇立（33）说法，"该男子是不是因进食过多而死亡呢？"

摘自《牟黑日报》二〇一六年八月二日晨报

❶

"你是下……下平平先生吗？"

肚子胀得像一座小山的男人痛苦地点了点头，看上去就像一条快要死掉的虫子。

当秋叶骏河意识到自己竟给钟爱的电台主播泼凉水时，心情一下子变得糟糕透顶。

*

这一天，秋叶撞了霉运，在他走出公寓，刚想将装满塑料瓶的垃圾袋扔进堆放处时——

"喂，给我站住！"

伴随着怒斥声，一位老大爷从灌木丛里骂骂咧咧地走了出来。他住在秋叶楼下，是个资深棒球迷。大约一年前的某日，他在公寓门口发现喝醉的秋叶，之后每当他遇见秋叶，总要唠叨说个不停。说不定是把秋叶当成了自己亲戚家的孩子。

虽然秋叶是黑帮成员，但生活上一丝不苟，对垃圾分类非常仔细。这一天，老大爷声称牟黑市不允许使用半透明的塑料袋，必须用无色透明的。

"我可是黑帮人士。"秋叶试着说了句嚣张的话，结果被反驳说"管你是黑帮还是最佳球手，垃圾处理上都是平等的"。秋叶无可奈何，只得悻悻将垃圾袋拎回了家里。

当他心情郁闷地到了赤麻组的事务所时，若头伊达鹿男命令他前去追讨债务。这样一来，秋叶觉得可以借此机会尽情发泄一番，便意气昂扬地朝着北牟黑一丁目的"牟黑小高台"走去。

"我什么都可以做，请饶了我吧。"

当债务人发觉秋叶衬衫领口处露出的刺青时，立即跪倒在了地上，用鼻炎发作般的声音说道。

男人名叫下村慎平，四十二岁，自由职业者。六月底，他在地下赌马场里输了太多钱，便向放贷人须藤英借款三十万。到了一个月后的还款日，须藤英没收到一分钱，也联系不上下村慎平，于是便向赤麻组打了招呼。

"你这家伙用的是什么颜色的垃圾袋？"

秋叶突然想起这事，便问了跪倒在地上的男人。下村眨巴着眼睛说：

"是透明的……"

话还没说完，侧脸就挨了一记猛踹。

*

半小时后，下村脸色铁青地蹲在地上。每呼一口气，油汗就会顺着脖颈流淌下来，透过发黄的 T 恤，可以看到他隆起的小腹在上下起伏。

"不行了，肚子要炸了。"

"你什么都愿意做对吧？"

秋叶从购物袋里拿出一个两升的塑料瓶，拧开盖子，伸到了下村的鼻尖上。

"再来一瓶水就满十升了，加油哦。"

下村接过塑料瓶，眼睛紧闭，将瓶口抵在嘴唇上，喉结咕嘟咕嘟地上下移动。秋叶趁机踹向了下村的肚子，下村的上半身一阵剧烈起伏，喷出一大摊水，相当于十倍喝下的量。

"太可惜喽，从头再来吧。"

秋叶从购物袋里拿出了一个新塑料瓶。

下村哭哭啼啼地走向厨房，从橱柜里拿出一个长条形信封，检查里面后递给了秋叶。

"就……就这样放过我吧。"

秋叶接过信封，简直不敢相信自己的眼睛。地址下方的角落印着牟黑 FM 的徽标。

"你是电台的人吗？"

"嗯？"下村眨了眨发红的眼睛，"不……不是。这个信封是我向制作人借钱时拿到的。"

"你认识制作人吗？"

"嗯，怎么说呢，算是吧……"

就在那一瞬间，秋叶感到一阵脑血管爆裂般的兴奋。

一介自由职业者绝不可能借到 FM 制作人的钱，这人是牟黑 FM 的相关人士。若非制作人员，那就是主播了吧。在牟黑 FM 的主播中，秋叶认识一个负债累累的赌徒。在来这里的路上，秋叶还在听录在录音笔里的节目回放，就连鼻炎发作般的声线都一模一样。

秋叶用越来越没底气的声音问：

"你是下……下平平先生吗？"

*

相比一日三餐，秋叶更喜欢听深夜广播。其中最让他魂牵梦萦的，就是每周五凌晨一点在牟黑 FM 播出的《下平平死神广播》，主持人下平平和他的友人小说家袋小路宇立展开的你来我往的激烈论战堪称绝品。虽然是地方广播，但收听率不错。主播二人组的身份向来保密，身为听众的秋叶自然不可能知道他们的长相。

"对……对不起。"

秋叶鞠了一躬，随后扣上为炫耀文身解开的衬衫。一旦被别人看到文在身上的骷髅节目标志，秋叶感觉自己会惭愧到脑袋爆炸的。

"今天不是要去录音吗？"

"死神广播"的播出时间是周五深夜一点，录制时间是每周周一，若想让节目读到自己的段子，听众必须赶在周一之前发出邮件或寄出明信片。

"你……你都知道啊。"

"赶快去吧，这个就不必了。"

秋叶正欲把信封还给他，下平平挥了挥瑟瑟发抖的双手。

"请收下。"

"不必了，三十万左右的话我会想办法的。"

身为普通听众能和下平平聊上几句，简直就跟做梦一样，要是还拿走人家的钱，那未免太不像话了。更何况如果因为自己的过错，害得下平平付不起公寓房租，最后导致广播停播的话，那自己就更没脸活下去了。

"请一定收下，求你了。"

下平平被彻底吓坏了，毕竟对方刚给他灌了足足八升水，这种反应也是理所当然的。秋叶鞠了一躬后准备告辞，下平平则不依不饶地抱着他的腿。

"请别这么做，我不可能收下平平的钱。"

"那就想想办法吧。钱是我借的，我有还钱的义务。"

秋叶不知该如何是好。他见过不少哭喊着要求免债的场面，但哭喊着恳求还钱的还是头一遭。

"对……对了。"下平平的声音提高了一个八度，"大概半年前，我在麻将馆碰到了隔壁房间的小夫君，正好借了他三十万。我想起来了，他还没还。"

"小夫？"

"他瘦得皮包骨头，所以我才这么叫他。"

这个绰号听起来似乎更适合下平平。

"要是从我这里拿不到钱，就去小夫那里拿吧。"

秋叶点了点头。这样既不必折磨下平平，又能收回欠款，是个不错的主意。

秋叶离开了房间，下平平跟在身后。公用通道里吹来宜人的风，其中混杂着刺鼻的腐臭。

"隔壁是垃圾房吗？"

"就是个普通的大学生，只不过瘦得跟初中生一样。"

下平平一边用毛巾擦脸，一边又补充了一句"说起来最近好像没见过他"。

秋叶按了 202 室的对讲机，没有人应答。他试着转动门把手，门意外地打开了。恶臭愈来愈浓，秋叶有种不好的预感。

四叠半公寓沉没在黑暗之中，耳边只能听到蚊蚋飞行的声音。

秋叶逐渐适应周围的昏暗后，看到一具仰倒的尸体。黝黑的肌肤，戴着智能手表的手臂肿得像得了水痘一样。

"你不是说他很瘦吗？"

"啊？是的。"

下平平站在一旁窥探着房间，然后发出了"啊"的尖叫声。

"竟然会有这样的尸体。"

死者生前大概很瘦，可此时腹部却像孕妇那样鼓胀着。

*

根据后来《牟黑日报》的报道，以及警方调查所得的事实，信息汇总如下。

死者小南侑人，二十二岁，鹿羽学院大学经济系大四学生，同学对他的评价大抵是"安静""老实""没印象"，似乎并不是讴歌青春的类型。小南侑人原本打算一毕业就去父亲经营的肉类批发公司工作，所以既没有兼职也没有找工作。他参加了一个叫作娱乐研究会的社团，但是因为人际关系的纠葛，最近都没有露脸。

死亡时间确定是七月三十一日晚上十点零二分。秋叶等人是在八月一日上午十点多发现死者的，距离死亡时间已过去了十二小时。之所以能够以分钟为单位确定死亡时间，是因为死者左臂的智能手表记录了脉搏数，且显示屏和表带上只有死者本人的指纹，不存在第三者戴在身上伪造记录的可能。

死者身上没有明显的外伤，不过胃部发现了约十公斤重的食物。食材有鸡肉、猪肉、胡萝卜、白菜、灰树花、姬菇等。小南似乎临死前一直在吃什锦火锅，胃袋从胸部一直膨胀到骨盆，食物从破裂的胃壁灌入腹腔，死因被认为是胃和肠道坏死导致的血压下降。

小南吃下如此多的什锦火锅，原因尚不得而知。如果是暴食症患者，那手指上会出现催吐的老茧，以及牙釉质被胃酸腐蚀等迹象，但小南身上并无这些特征。他明明没有进食障碍，却不知为何要不停地吞食下大量食物，直至丧命。

*

八月三日，在发现尸体的两天后，秋叶正在赤麻组的休息室里玩抽鬼牌时，有两个刑警找上门来了。

"有几个问题想要问您。"

浅黑色的皮肤，有色镜片的眼镜，外加熊一样的庞大身躯，这位比黑帮还像黑帮的年轻警察名叫阿藤，而旁边提心吊胆地听着这话，看起来疲态尽显的大叔名叫大越。发现尸体后，首先来找秋叶问话的就是他们二人。

秋叶给组长打去电话，然后将两人请进了接待室。

"七月三十一日晚上十点，你在什么地方？"

大越喝了口端上来的廉价咖啡，开口问道。死亡时间已经确定，大概是来确认不在场证明的吧。

"我八点钟在'破门屋'喝了酒，九点回家。从那以后，我就再也没有见过别人了。你们是在怀疑我吗？"

"只是确认一下而已，你能将发现尸体的经过再跟我们说一遍吗？"

"都是我倒霉。我去找下平……下村慎平讨债，他说他借给邻居三十万，我就去隔壁 202 室看了一眼，不知怎么就有一具尸体倒在那里。"

"是下村诱导你发现尸体的吧？"

阿藤纠缠不休地问道。

"你们是在怀疑那个人吗？"

"我们并不是只怀疑下村先生。"

"什么意思？"

"算了算了，你们两个都冷静点儿——"

大越摸了摸阿藤的肩膀，对秋叶露出亲切的笑容。而阿藤则无视前辈，继续说道：

"我们只能认为小南是在别人的胁迫下吃了如此巨量的食物。"

"是吗？"

"受害者并没有被拘禁的迹象，在这样的情况下，还吃下了十公斤的食物，说明他有绝不能忤逆凶手的理由。受害者可能向凶手借了钱，然后赖账不还了吧。"

你在说什么——秋叶欲言又止。

就像秋叶为了向下平平讨钱，给他灌了大量的水一样，他是不是也逼小南吃了大量的什锦火锅呢——这位刑警大概是在怀疑这个吧。如果真是这样，那么不仅是讨债的秋叶，借钱给小南的下平平也与此事脱不了干系。

"我可没有请欠债人吃什锦火锅的兴趣。"

秋叶回瞪了阿藤一眼，大越一副好像快要哭出来的样子。

"行吧行吧，有话要说的话，请联系牟黑署。"

两人留下仿佛黄鼠狼最后一溜屁的台词，离开了事务所。

"秋叶，不会真是你干的吧？"

若头伊达面无表情地说道，他似乎一直在隔壁房间偷听。秋叶点了点头。

"那我们继续。"

组长赤麻百禅递出了手里的牌。

＊

而第二具尸体被发现，是这天后半夜的事了。

❷

八月四日，上午八点，秋叶被对讲机的铃声吵醒。

牟黑 FM 寄来的贴纸一直都是放信箱里的，昨天扔出去的垃圾也应该整齐地装在透明塑料袋里，究竟是什么事呢？

他摸着乱糟糟的胡子打开门，昨天那两个刑警肩并肩站在一起。

"屡次打扰不好意思，还有一件事想要确认一下。"阿藤那假装客气的语调让人直犯恶心，"八月一日凌晨四点，你在什么地方？"

小南死于七月三十一日晚上十点，所以对方想要打听的是这天深夜到第二天早上秋叶在什么地方。

"应该是在睡觉吧，我记不太清了。"

"从午夜零点开始到十五分，下了很大的阵雨，你还记得吗？"

大越从旁搭腔。以这句话为契机，秋叶三天前的记忆复苏了，后半夜确实下起了雨，然后——

"信号突然间变得很差。"

"你在监听牟黑署吗？"

"鬼才会听这种无聊的节目。"

阿藤想要上前揪住秋叶，大越赶紧用双手拦了下来。

"我在这间屋子里待了一整晚。为什么要问这个呢？"

"你好像还没看新闻吧？"

大越安抚了阿藤，翻开笔记本，对最新发现的案情进行了说明。

八月三日夜里，在北牟黑二丁目单身公寓的某个房间里发现了一具男性尸体，疑似他杀。受害者名叫五百田贯平，二十一岁，和小南一样，都就读于鹿羽学院大学经济系，是三年级的学生，担任娱乐研究会的会长。死者在直播平台上运营着一个名叫"肥仔百贯杀—傲百美食家"的频道，外加体重上百公斤的庞大身躯，在大学里也算是小有名气的人物。

发现五百田尸体的"牟黑大绿地"和发现小南尸体的"牟黑

小高台"，这两处地方隔着县道，相距约七百米。自七月二十九日起，无论是电话还是手机通信软件，任何人都无法联系上五百田。同为娱乐研究会的成员，五百田的恋人仲谷香奈枝在八月三日的晚上去"牟黑大绿地"找他，发现了他的尸体。

尸体倒在六叠房间里，死因是颈部被勒导致的窒息死亡，脖子上缠着塑料绳。从后脑勺上有挫伤来推测，凶手应该是先将受害者打昏，然后勒死了他。

问题在于肚子。司法解剖显示，五百田的肠胃空无一物，估计起码三天没有进食。

"死亡时间推测为七月三十一日晚八点至翌日凌晨四点，但零点过后有人在附近便利店见过死者，所以应该是在零点到凌晨四点被杀的。"

"你是说那家伙也是我杀的？"

"目前还不清楚，只是有个麻烦的消息。"大越露出尴尬的神色。

"五百田先生为了购买摄影器材，向须藤先生借了钱。"

情况比想象中的还要棘手。

须藤英是个放贷人，平时通过网络论坛或社交平台招揽客人，发放个人贷款赚取利息。须藤将十几分之一的销售额上缴给赤麻组，同时委托赤麻组回收滞纳金。说白了就是让黑帮负责催收，就像用矿泉水折磨下平平一样，秋叶也有理由拷问五百田。

"太荒唐了。只要出现奇怪的尸体，就要找讨债人背锅吗？警察可真是轻松啊。"

"五百田的尸体上没有被拘禁的迹象，可是他没有进食，推测应该也有不能忤逆凶手命令的理由，怀疑是讨债人所为是很合理的。"

"那个小鬼是不是赖账不还？"

"不，据须藤先生说，七月三十一日，也就是死者死亡前一天的下午六点，他将当月的还款金额汇入了指定账户，还款来自当天在直播平台上获得的收益。"

"那不就得了？我可没闲工夫去陪别人绝食。"

"今天就这样吧。前天也说过了，如果有什么想说的话，请尽快联系。"

我没空跟你耗，你就赶紧招了吧——这样的声音仿佛自阿藤内心传了出来。

3

晚上七点，秋叶为了和熟识的刑警密会，前往了"破门屋"二楼的包厢。

没见对方的踪影，秋叶先点了啤酒。为了打发时间，他决定看"肥仔百贯杀—做百美食家"。

在直播平台的应用里搜索，总共搜出两百多条热门视频，秋叶播放了置顶的《超重四重奏 100000 千卡文字烧挑战》。

屏幕上出现了一个头戴棒球帽和瓶底眼镜、蓄着小胡子的胖子，一副昭和时代流氓犯的模样。只见他一边用双手揪着脸颊上的肥肉，一边发出阵阵怪叫。所谓百贯就是五百田贯平吧。虽说脸上挂着无忧无虑的笑容，但这类年轻人的脑子里肯定塞满了各种欲望。朴素的笑容反倒给人一种狡狯的印象。镜头拉远后，可以看到旁边还坐着三个年轻人。

三人有序地进行了自我介绍，偶像型的圆嘟嘟胖子，短寸头的相扑胖子，面如土色的痛风胖子。这么说来，似乎是清一色的胖子。不过，比起五百田贯平，毫不逊色的只有圆嘟嘟胖子。相扑胖子看起来稍胖，痛风胖子看起来略瘦。

四人以哨声为信号，开始狼吞虎咽地吃起盛放在巨大铁板上的文字烧。这一幕让秋叶想起了小时候参观过的养猪场。

酒精令秋叶的头脑变得迟钝，随着视频的推进，他发现圆嘟嘟胖子的名字叫"仲谷"，应该就是五百田的恋人、发现尸体的仲谷香奈枝吧。这对情侣的体重加起来可能相当于一辆轻型汽车。

"黑帮也看直播？明天要下暴雨了吧。"

正当尚未进食的胃感到发胀之时，互目鱼鱼子出现在了包厢里，表面是为改善牟黑市治安居功至伟的精英刑警，背后是抹消了数不清命案的无德警察。

"我被阿藤和大越两个警察撵得团团转，你给想想办法吧。"

"是他俩吗？"互目愁眉苦脸地吸了口烟，"有个麻烦的情况，我没法插手他们两个的事。"

那个长得像黑帮的阿藤刑警，据说是县警本部丹波管理官的侄子。虽是二月刚从警校毕业的菜鸟，却主动要求分配到牟黑署，似乎满怀壮志地想要把城里的命案尽数铲除。据说隐瞒大量案件的牟黑署的警察们，每个人心中都是惶惶不安，为了阻止他做多余的事情，大越成天在他身边盯梢。

"看来跟你合不来啊。"

"真希望他早点儿殉职。就因为这个，我难以阻止阿藤。"

"那就只能靠我自己洗清嫌疑了吗？告诉我调查的情况吧。"

"十万日元。"互目张开十指。

"伊拉卡卡酒店的案子，我出力了吧。"

"我付了五百万的代价，没义务白白帮你。"

真是个吝啬的女人。秋叶咬了口根本不冰的冰镇西红柿，从钱包里掏出十万日元。

"鹿羽学院大学两名学生接连死亡的案子，警察的调查似乎陷入了僵局。关于受害者的行踪，你们掌握了多少信息？"

互目用平板电脑打开了调查资料。

"瘪掉的五百田贯平的行动已经大致掌握了。三十一日下午六点，他通过 ATM 向须藤英汇款。使用的是哪里的 ATM 机，这一点仍在调查中，但只要让银行调出记录应该就能知道了。从没有目击证词来看，他可能是为了避开讨债的人，用了离家很远的 ATM 机。

"之后五百田出现的地方是'暖洋洋生活'便利店北牟黑分店。时间是午夜零点，这是五百田最后一次被人目击。"

还是上班族的时候，秋叶也曾多次光顾"暖洋洋生活"北牟黑分店。附近没有其他便利店，无论白天晚上，这家店的生意都很不错。

"五百田经常光顾，惹眼的庞大身躯和稀奇的衣服，外加只要店员稍有失误就会不依不饶破口大骂的脾气，这些都让店员们对他印象深刻。

"当天零点前后，他拎着包和雨伞进店，站着看了会儿周刊，又去了趟洗手间。店员们一边干活儿，一边偷瞄五百田的模样，据说他始终一副心神不定的样子。

"大约五分钟后，五百田走出洗手间。他把六罐罐装啤酒装进篮子里，走向收银台。在收银台的时候，他似乎不愿按触摸屏上的年龄确认按钮，对店员的话置若罔闻。店员早已习惯五百田的态度，所以自行按下按钮，打开了收款机。五百田在便利店停留的时间总共十五分钟左右。"

"不像是被关在什么地方不让吃饭呀！"

"是这么回事。起码三天粒米未进，应该马上吃点儿什么才对。可为什么只买啤酒呢？顺便说一下，我们在房间里发现的六罐啤酒，都没有开封。"

"那膨胀的小夫呢？"

"小南侑人的行踪很难调查，他几乎是家里蹲，从今年春天开始就不去上课了。因为没有在房间里做饭的痕迹，所以什锦火锅应该是凶手带来的，或是在什么地方吃掉火锅后被带回了这里。"

"我和下村被怀疑到了什么程度？"

"这就不好说了。阿藤他们追查的线索有两条，一条是受害者的金钱关系，另一条是鹿羽学院大学娱乐研究会的交友关系。"

"是说社团内部的纠纷演变成了凶杀吗？"

"没错。因为五百田贯平的交往对象仲谷香奈枝直到四个月前还在跟小南侑人同居。"

就是说两个死者在跟同一个女性交往吗？那可太有火药味了。

据说小南和仲谷从一年前的夏天开始交往，翌年就同居了。"小夫君和圆嘟嘟的胖子"情侣在校园中也是惹人注目的存在。据仲谷说，小南从那时起就不做家务也不去打工，一天到晚打游戏。

"三月末的某一天，由于新学年将近，仲谷发了一通牢骚，小南发了火，想掐仲谷的脖子。彻底死心的仲谷离开了他家，搬进了五百田居住的'牟黑大绿地'301 号房间。"

——那时候真的只是普通朋友。

据说仲谷一再这么强调，但真实的情况不得而知。

"小南去了好几趟'牟黑大绿地'，想把仲谷带回来，但五百田坚决不让小南进屋。要是被百贯胖子往外推，瘦弱的小南是无计可施的。在这期间，五百田和仲谷开始公开交往，被横刀夺爱的小南不再出现在校园里。由于'牟黑大绿地'是单身公寓，仲谷住了两周左右就搬了出去，但在那之后她和五百田仍在交往。"

"被抢走恋人的小南有理由憎恨五百田吧？"

"那也没可能杀了他。五百田被杀的时候，小南已经死了。"

小南死于七月三十一日晚十点零二分。因为有智能手表留下的记录，所以不会有错。而另一边，有人目击午夜零点左右五百田在"暖洋洋生活"北牟黑店购物。

"那么反过来呢？是不是五百田杀了纠缠恋人的小南？"

"时间线上是有可能的，但这种状况下是谁杀了五百田呢？"

"是自杀。他对自己的罪行感到后悔，自己了结了性命。"

"五百田是他杀啊，头顶有挫伤，脖子上还有扯开塑料绳时造成的抓伤。"

秋叶仍不肯罢休。

"仲谷怎样呢？可能是因为找不到好男人感到绝望，将前男友和现男友一起杀了。"

"真是冲动啊。"

"她的不在场证明呢？"

"没有。她说三十一日晚上十点开始在家里看电视剧，十一点多才睡觉，不过也有可能是后来看了录像。但是怎么说呢，虽说想杀前男友小南倒也不是不能理解，但似乎没理由杀害从前男友手上救下自己的五百田吧。"

确实是这么回事。秋叶无以作答，只是从喉咙深处打了个饱嗝。

"不管怎么说，现在没有证据表明你和这宗案子有关，就算有人看到你在煮什锦火锅，只要不站出来做证，也不会有什么事。"

互目说了句安慰的话，把一块没烧透的秋刀鱼扔进了嘴里。

4

翌日，八月五日上午十一点，秋叶在赤麻组休息室玩大富豪时，有人打来电话。

"大事不妙了。"

电话是互目打来的。似乎是她在警局里悄悄打来的电话，声音小得很难听清。

"有人举报我煮什锦火锅了？"

"没有。案发当天午夜零点左右，五百田去'暖洋洋生活'买东西，之前我跟你说过这个事情吧。那个做证的店员今早打来电话，说他想起案发三天前有个可疑的男人来过店里。"

"可疑的男人？"

"好像是一个西装革履、戴着墨镜、凶神恶煞的小哥。我觉得店员并不是真忘了，而是怕得不敢说出来。据说他拿了张胖男人的照片给店员看，问最近有没有见过这人。"

"胖男人——"

"大概就是五百田贯平吧。西装男怎么看都是讨债人。五百田向须藤借了钱，须藤委托讨债的人就是赤麻组。那个模样像是赤麻组成员的男人，案发前曾在现场附近寻找五百田，就这样点与点连接在了一起。"

"那个人不是我。"

"情况很严重。现在阿藤和大越正赶着去赤麻组事务所，要是你不自愿同行的话，这边就以涉嫌威胁下村慎平的罪名申请对你的拘捕令。"

要是秋叶因杀害五百田的嫌疑被拘捕，那么借钱给小南的下平平也会遭到怀疑，搞不好节目就会停播。秋叶挂断电话，向头目们说明情况，决定撤离事务所。

"等等，要是条子来搜家了，那时该怎么办？"

若头大吼着把牌摔在了桌上。

"没关系，交给我吧。"

秋叶冲下事务所的楼梯，拦了辆出租车，坐进了后座。

*

"所以，你是来求我的吗？"

青森山太郎说完这句话，不紧不慢地按下了相机快门。

秋叶要找的推理作家，此刻正在鸣空山上的天台宗牟黑寺的大殿里做着效仿摄影师的活计。据说他正在执笔的新作——《可恨的和尚烧了袈裟》是以寺庙为舞台的短篇，此行是来拍摄实物的，从工作日的白天就开始摆出一副好大的架子。

"当时你想自杀的时候，是我救了你吧？这次换你来救我了。"

秋叶一屁股坐在赛钱箱上游说青森。释迦牟尼坐像目瞪口呆地看着他。青森放下对着天花板的相机镜头。

"知道了，一百万我就接了。"

他淡然地说道。从伊拉卡卡酒店事件以来，他的报价暴涨了一倍。

"你这是恩将仇报？"

"当时那份恩情已经用零花钱还给你了，和现在这个情况是两码事。"

青森一副事不关己的样子，秋叶强忍着想把他拽进院子里、将他的脑袋按进洗手钵的冲动，点点头说"好吧"。虽然对这家伙乘人之危、大啜油水感到非常不爽，但此刻已是腹背受敌的状况。

"八月一日早上，我去找一个从事自由职业的男人讨债。"

秋叶把事情的结果一五一十地说了一遍，随着话题不断深入，青森的双眼也不断变亮，最后活脱脱地像个面对蛋糕的孩子。

"哈哈，太棒了。食物和生命，同时糟蹋不该糟蹋的东西，真教人印象深刻。所谓猎奇，就是打破禁忌吧。从这桩案子里，我可以感受到自己对新型作案手法的兴趣。看来，我可以和凶手好好聊聊了。"

尸人庄谜案

[日] 今村昌弘 著　吕灵芝 译
北京联合出版公司

继《嫌疑人 X 的献身》后
横扫各大推理榜，轰动推理界的现象级神作
囊括日本三大推理榜 NO.1、第 27 届鲇川哲也奖、第 18
届本格推理小说大奖。
融合悬疑、惊悚、科幻、幽默、生存游戏……
故事神秘感和爽度爆表，创新、异能、打破规则。

魔眼之匣谜案

[日] 今村昌弘 著　吕灵芝 译
北京联合出版公司

《尸人庄谜案》第二弹
封闭空间下的人性猎杀，连续反转凌驾于前作！
"两天之内，将会有四个人死去。"
神秘巫女 | 死亡预言 | 深山孤岛 | 生存游戏 | 烧脑诡计
经典本格 × 超现实奇幻，缜密、爽快、步步危机。

凶人馆谜案

[日] 今村昌弘 著　吕灵芝 译
北京联合出版公司

《尸人庄谜案》系列第三部，口碑沸腾
逃杀游戏，华丽设定，惊悚升级！
十一人潜入凶人馆，两天之内发生四起杀人事件。
一场逃杀游戏即刻展开！
废墟主题公园｜侦探＆助手｜不能说
安乐椅侦探｜烧脑诡计｜逃杀游戏

玻璃塔谜案

[日] 知念实希人 著　烨伊 译
四川文艺出版社

"馆"系列集大成之作，满足你对推理小说的所有想象
著名推理小说家岛田庄司亲自撰文推荐

暴风雪山庄、密室、毒杀、叙述性诡计、密码、挑战读者……
囊括推理小说的各种手法，高能反转连续不断。
当爱伦·坡、阿加莎·克里斯蒂、卡尔、江户川乱步、
岛田庄司、我孙子武丸、绫辻行人、东野圭吾……出现
在一本书里，一本书浓缩推理小说历史！

名侦探的献祭

[日]白井智之 著　吕灵芝 译
九州出版社

横扫 2023 年日本推理四大榜单
日本推理鬼才白井智之高口碑神作
改编自震惊世界的"人民圣殿教"惨案，
900 多人集体自杀背后的真相细思极恐！
极致烧脑，层层反转，最后 20 页直接逆转整个真相！

死神广播

[日]白井智之 著　佳辰 译
江苏凤凰文艺出版社

从前所未闻的尸体开始的新时代本格推理！
怪奇荒诞 × 逻辑推演 × 黑色幽默 × 层层逆转
长着猪脸的尸体、被抽干了血的尸体、胃里有 10 公斤
食物的尸体、尸体里面的尸体……
屡获大奖的鬼才作家白井智之打造颠覆想象的 8 个荒诞
谜案！

双月城的惨剧

[日] 加贺美雅之 著　白夜 译
中国友谊出版公司

比肩《占星术杀人魔法》的新本格神作
第一个密室就让你大脑宕机、惊掉下巴！
被幽灵传说装点的神秘古城，有人以生命献祭，完成这场凄绝的惨剧！
当幽灵骑士撞上不可能犯罪，双月城的真相远比你想象中更加精彩，也更加残忍。
中国推理迷苦等二十年，无数推理迷将其列为年度最佳小说！

真实身份

[日] 染井为人 著　洪于琇 译
浙江教育出版社

超越《绝叫》的生命绝唱
司法弊病、网络暴力、宗教诈骗、老龄护养……
追踪日本平成时代最后的少年死刑犯，命运流转的488天，他在逃亡旅途中看见的，是潜藏在日本的黑暗。

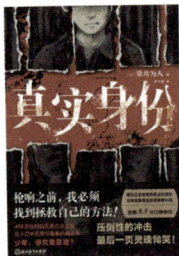

我来说出真相

[日] 结城真一郎 著　烨伊 译
九州出版社

正在偷窥你的生活，请小心阅读！
日本上市 4 日卖到断货，销量迅速突破 20 万册！
大山诚一郎、绫辻行人激赞推荐！
日本推理界新星结城真一郎带来 Z 世代最有共鸣小说，
集合网红博主、交友软件、精子配对、线上酒会等现代
议题，深刻描摹网络时代的陷阱和人类心理的恐怖！
意外的真相之后，还有更阴暗的"真相"等着你！

幻觉侦探

[日] 小西雅晖 著　郭青青 译
国际文化出版公司

荣获第 21 届"这本推理小说了不起！"大奖
Bookmeter2023—2024 年度推理小说
痴呆老人也能成为名侦探？！
是病症发作的胡言乱语，还是天才大脑的绝世推理？
首本"幻视推理"作品，缘起于现实，终结于虚幻的五
大谜团！

方舟

[日] 夕木春央 著　佳辰 译
中国友谊出版公司

一场真正的死亡大逃杀开始了！
2023 年横扫日本推理四大榜单！
牺牲一人，就能让其他人得救。
谁去死？你去死？我去死？
还是让凶手去死？
动机流巅峰之作，带你看清人性背后的恶意！

封 面 监 修 中

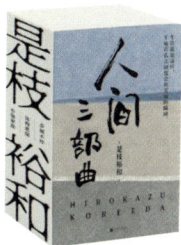

是枝裕和·人间三部曲

北京联合出版公司

生活就是这样，千疮百孔之间也会有美丽的瞬间。
电影大师是枝裕和最具代表性作品，焕新典藏版惊喜
上市！

步履不停

[日] 是枝裕和 著　郑有杰 译

人生路上步履不停，总有那么一点来不及。
写给离开我们的人，写给陪伴我们的人，写给那些来不
及告别的人。

比海更深

[日] 是枝裕和 佐野晶 著　赵仲明 译

人生豁达一点，才能过得下去啊！

写给没能成为理想大人的你，再丧气的人生，也会被它照亮！

小偷家族

[日] 是枝裕和 著　赵仲明 译

我们偷的，是羁绊。

电影大师是枝裕和斩获金棕榈奖原著小说。

在小偷家族肮脏的缺陷里，你能看到世间最纯净的爱与羁绊！

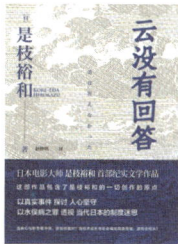

云没有回答

[日] 是枝裕和 著　赵仲明 译
北京联合出版公司

日本电影大师是枝裕和首部纪实文学
以水俣病之罪，警示"福岛核污水难题"

1990 年，日本负责调解水俣事件的官员山内丰德，忽然
自杀身亡，引发哗然。

当良心与职责相冲突，该如何面对？

福岛核泄漏事件后，本书再度引发关注，为什么相似的
情节一再重演？

被嫌弃的松子的一生

[日] 山田宗树 著　王蕴洁 刘佩瑄 译
四川文艺出版社

经典催泪电影《被嫌弃的松子的一生》原著小说
千万人热议，生而为女人，不要对不起！

原生家庭缺陷、讨好型人格、吸渣男体质、自我贬低？
从中学教师到风俗女郎，一生都在追寻爱，却被命运百
般羞辱。

她的一生，是荒诞的一生，是失败的一生，也是不放弃
希望的一生，是认真活过的一生。

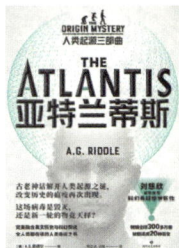

亚特兰蒂斯：人类起源三部曲

[美]A.G. 里德尔 著　邢立达 何锐 译
四川文艺出版社

刘慈欣、陈浩基诚意推荐
科幻悬疑惊世巨作

尼安德特人、大洪水、西班牙大流感、病毒、进化、遗传学、
人口瓶颈……
古老神话揭开人类起源之谜，一场瘟疫即将蔓延全世界。
这场病毒是毁灭，还是新一轮的物竞天择？
完美融合真实历史与科幻假说，全人类都在读的人类命
运之书。

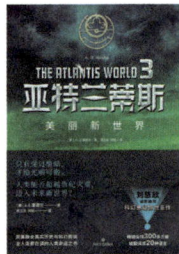

亚特兰蒂斯 1
基因战争

亚特兰蒂斯 2
末日病毒

亚特兰蒂斯 3
美丽新世界

楢山节考

[日] 深泽七郎 著　徐建雄 译
北京联合出版公司

戛纳电影节金棕榈奖电影原著小说
被誉为"人生永恒之书"
在这个村庄，老人年满 70 岁就被送上山赴死。
老了没有"价值"，就要被社会抛弃吗？
绝无仅有的弃老故事，颠覆三观伦理，发表后反响巨大。
三岛由纪夫："我半夜两点读完这部作品时，感觉全身
仿佛被水淋透。"

为青年设立的读书俱乐部

[日] 樱庭一树 著　刘姿君 译
北京联合出版公司

直木奖获奖作家樱庭一树代表作，
堪称少女版《百年孤独》
一所历史悠久的贵族女校，而我们是学校里不起眼的一
群无名女生，将被学园正史抹杀的一桩桩珍奇事件，记
录在一本秘密的社团记录簿中。异类们的百年黑暗历史，
跨越不同时代，堪称"少女版《百年孤独》"。

秒速 5 厘米（典藏版）

[日]新海诚 原作　[日]加纳新太 著　冷婷 译
北京联合出版公司

新海诚经典代表作小说
如果只看一本新海诚的小说，那一定就是《秒速 5 厘米》

"如果樱花飘落的速度是每秒五厘米，两颗心需要多久才能靠近？"
包含着对初恋、距离、成长至为刻骨的诠释，
引起万千读者共鸣的成长"圣经"。

星之声：爱的絮语·穿越天际

[日]新海诚 原作　[日]加纳新太 著　冷婷 译
北京联合出版公司

新海诚成名作，小说独有双视角
以璀璨流动之笔，描绘跨越光年的爱恋

"你说，我们是不是像分隔在宇宙和地球之间的恋人？"
这也许是世界上最遥远的距离、最真切的思念。

云之彼端 约定的地方

[日] 新海诚 原作　[日] 加纳新太 著　冷婷 译
北京联合出版公司

新海诚首部长篇动画作品原著小说
比电影更完整、更强大的青春物语

"你有过就算舍弃一切也要完成的事情吗，即使要与整个世界为敌？"

小说写出众多粉丝翘首期待的完整结尾。

读者评价："将新海诚想表达的和没有表达的都淋漓尽致地表现出来了。"

余命 10 年

[日] 小坂流加 著　张静乔 译
四川文艺出版社

万千读者绝赞飙泪推荐，日本累积销量突破 80 万册
残酷温暖，向死而生的"神仙爱情"

二十岁，患上几万分之一概率的不治之症，一场以 10 年为倒数的爱情。

最后 10 年，她活得就像是人生的开始。

小松菜奈、坂口健太郎主演，豪华卡司改编真人电影同名原著小说。

电锯人·最佳搭档

[日] 藤本树 原作　[日] 菱川沙角 著　吴曦译
北京联合出版公司

全球霸榜神作《电锯人》首部官方小说初次解禁！
三组最佳拍档，漫画中读不到的原创故事，尽在本书！
自称天才的名侦探帕瓦和助手电次挑战的怪异事件？
成为搭档第九年，光照与岸边在对魔特异 4 课结下情谊；
秋刚认识姬野，两人初次携手出任务。
外加特别篇章《梦幻江之岛》，《电锯人》官方小说初次
解禁！

泡泡

[日] 武田绫乃 著　郭青青 译
浙江教育出版社

因为遇见了你，我才能成为我自己！
日本青春小说旗手武田绫乃又一力作
末日科幻版《海的女儿》、东京跑酷版《大鱼海棠》。
在重力崩溃的东京，少年与少女的相遇，将会带来改变
世界的真相。
荒木哲郎、小畑健、虚渊玄、泽野弘之梦幻联动同名电影，
入围第 72 届柏林国际电影节。

我想成为你的眼泪

[日] 四季大雅 著　陈忠胜 译
国际文化出版公司

2023 年"这本轻小说真厉害！"新作榜 TOP1
日本电击小说金奖得主、文坛怪物新人四季大雅
以温柔笔触写就至真至纯之作
丧气少年三枝八云 VS 钢琴少女五十岚摇月，
我想成为你眼中的眼泪，然后我想成为你的生命！
关乎青春、成长、治愈、救赎，
这是一个从眼泪始、由眼泪终的故事！

蒲公英的约定

[日] 中田永一 著　古月 译
中国友谊出版公司

日本最会写故事的天才作家乙一
以中田永一之名，延续"白乙一"温暖治愈风格
暌违 7 年带来直抵人心的青春悬疑物语！
继《你的名字》之后再现青春与纯爱的奇迹小说。
蒲公英异常飞舞的那一天，
"31 岁的我"与"11 岁的我"时空跳跃，互换身份……
没有人能够改写神明的剧本，除了不甘错过的我们！

苍炎

[日] 羽生结弦 著　虞雪健 译
北京联合出版公司

世界花样滑冰王者羽生结弦首部个人自传
给所有人的励志成长之书

羽生结弦亲述，以其本人的话语道尽自幼年以来的花滑轨迹，直面压力与挑战的内心世界，看冰上王者传奇封神之旅。

包含 110 张全彩独家照片，细节展示自律自省、自我激励的精神境界。

苍炎 2 飞翔篇

[日] 羽生结弦 著　虞雪健 译
北京联合出版公司

羽生结弦亲自讲述 2012—2016 职业动荡生涯
通往奥运金牌的苦难飞翔之旅

转移到加拿大受训、赢得奥运冠军、意外负伤、数次刷新世界纪录……一路上，羽生结弦始终与伤病搏斗，但仍屡屡突破困境，达成更高的目标。

收藏 105 张精彩照片，从《悲怆》《罗密欧与朱丽叶》《巴黎散步道》到《肖叙一》《阴阳师》经典比赛，记录超越困境的王者之姿。

封面监修中

羽生结弦：无限进化

[日]羽生结弦语录编委会 著　虞雪健 译
北京联合出版公司

世界花样滑冰王者
羽生结弦首部图文语录集
重磅收录 66 张独家全彩照片，
精选羽生结弦 2015—2016 赛季到 2021—2022 赛季的
发言精华。
羽生结弦亲述荣耀与艰辛并存的王者之路。

伊藤润二的漫画术：
恐怖诞生的地方

[日]伊藤润二 著　烨伊 译
中国友谊出版公司

恐怖大师伊藤润二首度披露创作秘诀
《富江》《人头气球》《旋涡》《血玉树》……
见证震惊世界的恐怖与美如何诞生！
伊藤润二出道 35 年首度揭晓
"独一无二的恐怖漫画"创作技法！
至今从未说过的创作秘闻，一本书写尽！值得珍藏！

封面监修中

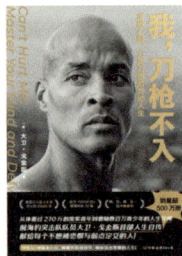

我，刀枪不入——掌控心智、力克万难的奇迹人生

[美] 大卫·戈金斯 著　嘉嘉 译
中国友谊出版公司

全球销量超 500 万册！
献给每个不想被恐怖与弱点定义的人！

从小经历毒打与谩骂，靠着福利救济过活，无数次被人叫作"黑鬼"，却通过自我赋能，一步步变成美国武装部队的偶像、世界优质耐力运动员。

没有人天生就是输家。在人生这场战斗结束之前，如何武装自己，取决于你！

封 面 监 修 中

新 100 个基本：自我更新指南

[日] 松浦弥太郎 著　冷婷 译
九州出版社

简单而强大的人生小哲学
利用基本，更新自我，活成自己想要的样子

100 个工作的基本 +100 个生活的基本。
一本适合反复阅读的人生指南，激励百万读者审视自己的生活。
不妨试着将随手翻阅的一条，作为你今天的目标！

更多作品
敬请期待
......

夜莺工作室 | YEYING STUDIO

磨铁 XIRON   夜莺

监　　制 _ 何寅

主　　编 _ 夜莺

产品经理 _ 胡琪　张雪迎　张艺萌

营销编辑 _ 马梦晗

书目设计 _ 任爱红

地　　址 _ 北京朝阳区万科时代中心·奥林 B 座

"不晓得为什么，案发前三天，一个讨债人在找其中一个受害者，凶手似乎想要构陷我。"

"不，不是这样。真相大致已经清楚了。"

青森突然恢复了认真的表情，开始转动相机的变焦环。

"那就赶紧告诉我啊。"

"请等一下，拍摄马上就要结束了，在这段时间里，有件事想请你帮忙调查一下。"

*

下午三点，秋叶戴上了平光镜，嘴里塞了脱脂棉，把自己弄得面目全非，造访了五百田遇害的"牟黑大绿地"。

"噗——"一见到秋叶，互目转过脸去，憋着笑，"太厉害了，简直就像第一天求职的大学生。"

秋叶没有理会互目，直接爬上楼梯，穿过安全警示带进入 301 室。一个长得很像滨鼠的警察不知为何向秋叶敬了个礼。追上来的互目关上门，吐了一口气。

"所以，你想检查什么？"

秋叶没有回答，摘下眼镜看着大门。水泥地上有双运动鞋和一双靴子，鞋尖向外。鞋底磨损严重，鞋跟处还缺了一大块，想必都穿了很久。

"我想借用下洗手间。"

他朝发现尸体的六叠房间瞥了一眼，打开一体式卫生间的门。

霉迹斑斑的浴缸，满是水垢的洗脸槽，还有发黄的西式马桶。洗发水、霉菌和小便的气味混杂在一起。

秋叶打开马桶盖，拉动扳手，原以为水流会卷起漩涡，流入排水口，可水只是越积越多，使得水位迅速上升。

"呀，要溢出来了。"

互目捏着鼻子拧巴着脸，水涨到距离马桶边缘几厘米的地方，终于停了下来。

"五百皿不愧是个大胃王啊，大概是排泄物太多，把马桶堵住了吧。"

虽然这副模样很不方便，但只要不嫌脏，还可以在浴缸里小便。大便大概是在学校里解决的吧。

秋叶给青森打了电话，报告了调查结果。

"非常感谢，现在我知道凶手是谁了。"

话筒那头传来了青森愉悦的声音。

5

夜里十一点三十分，秋叶在走廊的暗处屏息静待着。

警车停在了公寓前面，在年轻警察的目送下，目标人物出现了。大概是在警署接受讯问吧。拖到此刻还没能撕下对方的伪装，看来这帮人全是窝囊废。

电梯来了，接着传来慌乱的脚步声。随着"咔嗒"的开锁声，秋叶从走廊里飞奔而出。

"啊——"

秋叶按住对方的嘴和脖子，将其拖进房间，推倒在门口的地板上，背着手锁上了门。

"你的运气太背了。"

大学生瞪向秋叶，一看到他胸口的刺青，表情就僵住了，大概没想到会在这个地方被黑帮埋伏吧。对方可能做梦也想象不出秋叶身上的刺青图案是广播节目的徽标。

"我知道是你干的，真遗憾不能把你一拳揍倒。"

秋叶从口袋里亮出了面包车的钥匙，丢到对方的胸前。

"你有驾照吗？我替你准备了车，赶快去找警察。"

*

时间回溯到六小时前——下午五点半的时候，秋叶、互目、青森三人围坐在"破门屋"的小桌边。

"小南和五百田为何会死得那么古怪呢？要想解开谜题，关键在于五百田匪夷所思的行为。"

三人各自点的啤酒和下酒菜刚刚送到，青森就切入了正题。

"你的意思是，他们明明饿得厉害，却不去买食物？"

"是的，说实话，我刚听到这件事，就想到了一个假说，但是并不确信，于是我让秋叶先生调查了五百田的公寓房间。

"我们来回顾一下五百田的行动轨迹吧。就在他被杀以前——八月一日午夜零点左右，五百田出现在'暖洋洋生活'北牟黑店，在那里逗留了十五分钟，看了会儿杂志，上了趟洗手间，然后买了六罐啤酒就离开了。

"不过，其中让人在意的是五百田顺便上了洗手间这件事，据说他在洗手间里待了五分钟左右，推测应该不是小便。可五百田已经很久没有进食了，肚子里理应空空如也，不可能上什么大号。那么，五百田为何要进洗手间呢？"

秋叶和互目面面相觑。这是为什么呢？

"理解起来并不难。五百田站着看杂志，说明他闲得无聊。也许出于某种情况，他无法从'暖洋洋生活'中出来，但是光在店里转悠又很不安，于是去了洗手间打发时间。"

"他是在等人吗？"

"如果是这样的话，就不该进洗手间啊。七月三十一日晚上——准确来说，是日期变更之后，你还记得当时发生了什么事吗？"

青森像煞有介事地问道。秋叶的耳畔响起夹杂着白噪声的主题短歌[1]，这当然不是在监听警用无线电，而是深夜电台节目。

"大雨是吗？"

"是的，五百田遇上阵雨，在'暖洋洋生活'等待雨停。"

1　日本广播节目切换环节播放的有标志性的简短旋律。

"根据店员的证词，五百田应该是带着伞的吧。"

"这才是最关键的地方。五百田虽然带着伞，但是出于某种缘由，没法冒雨出门。"

青森露出一副魔术师般的得意表情。

"你是说伞破了个大洞？"

"没人会带着这种伞东奔西跑吧。"

"是不是伞里藏了什么危险的东西？"

"要是真有这种东西，那就该藏在包里啊。"

"不知道。"互目把毛豆扔进了嘴里，"难不成是怕雨淋湿了鞋？"

"我也是这么想的。不过，我在'牟黑大绿地'301室看到鞋子鞋底磨损，鞋跟缺了一块。所以，五百田看上去并不是那种爱惜鞋子的人。那他为什么要避免鞋子被弄湿呢？"

秋叶和互目一齐摇了摇头。

"五百田——不对，是假扮成五百田的人，知道能在'牟黑大绿地'301室里找到没有被雨淋湿过的鞋子。要是被店员看到他冒着大雨走路，就会暴露出自己和死于301室的五百田并不是同一个人。所以，那个人不得不在此等待雨停。"

互目瞪大眼睛，用啤酒把卡在喉咙里的毛豆冲进肚子。

"出现在'暖洋洋生活'的是假装成五百田的另一个人。能够变装成百贯胖子的只有一人，那就是圆嘟嘟胖子仲谷香奈枝。她戴上五百田的棒球帽、瓶底眼镜，再装上假胡子，打扮成五百田的模样。之所以没有买食物，那是因为她并不知道五百田正饿着肚子。拒绝确认年龄，也是为了防止显示屏上留下指纹。"

"那她为什么要这样做？"

"是为了保护杀害五百田的凶手。真正的犯罪时间应该是晚上八点左右，凶手去了'牟黑大绿地'，杀害了五百田，把事先买来的六罐啤酒放在房间里便离开了现场，然后去了自己经常光顾的居酒屋等，在众目睽睽之下制造不在场证明。另一方面，共犯仲谷则在午夜零点左右假装成五百田的样子来到'暖洋洋生活'，购买了六罐啤酒。这样一来，实际上发生于晚八点前后的凶案，就被伪装成翌日零点以后发生的了。"

"真是个够匆忙的诡计。"

"这个计划有个弱点，就是成功与否完全取决于'暖洋洋生活'店员的记忆力。北牟黑店是一家即便到了晚上仍有顾客接连登门的人气门店，仅凭五百田的'大块头'特征，未必能留在店员的记忆里。事实上，五百田似乎在店员之间小有名气，但凶手并不知道这一点。因此，凶手才会在案发的三天前，装扮成黑帮的样子来到附近的便利店，给店员看了照片，其目的就是等到几天后，当伪装成五百田的仲谷出现在店里时，能成功被店员们清楚地记下来。

"不过，这种事先准备工作的行为也孕育着危险。因为凶手一旦撞上真正的五百田，诡计就有可能会被拆穿。于是，作为同伙的仲谷便对五百田说，有个凶神恶煞的男人正在附近打探他的行踪，叫他离便利店远一点儿。"

凶手大概没想到这样做会把嫌疑转向真正的讨债人。

"然后就到了案发当天。当凶手为杀死五百田前来'牟黑大绿地'时，却有意料之外的突发情况在等着他。五百田在这天下午六点把七月的还款汇了出去，从被追债的恐惧中解放出来。在此之前，他相信了仲谷的话，只靠喝自来水过了三天。极度饥饿的五百田在邻市的 ATM 机上汇完钱后，买了大量食材回到'牟黑大绿地'，煮了一大份什锦火锅，准备把三天没吃的饭痛快淋漓地吃个精光。"

"就在这个时候，凶手来了。"

"是的。不过，这下左右为难的就是凶手了。凶手的计划是把实际发生在晚上八点多的凶案伪装成翌日零点以后发生的，但要是把什锦火锅留在现场，看起来就明显不像深夜被杀的了。

"要是把火锅放进冰箱，就能抹消吃饭的痕迹，但若解剖五百田，马上就会知道他并没有吃什锦火锅，他在正要吃什锦火锅的时间点遇害的事实也就一目了然了。

"房间里应该有垃圾袋的吧，凶手也想过把什锦火锅装进袋子里拿走，然后找个地方扔了，可遗憾的是，牟黑市禁止使用不透明的垃圾袋。要是把装有大量什锦火锅食材的透明袋子扔在垃圾堆放处，就无法回避其他住户异样的目光。即便把这些东西拎回家，万一被人撞见就完蛋了。又或者把什锦火锅冲进洗手间也不失为一个办法，可五百田家的洗手间堵了，水冲不下去。"

"真是个倒霉的凶犯。"

互目同情似的垂下眉梢。

"被逼到走投无路的凶手，逼不得已，只得单独吃掉什锦火锅。杀死五百田的是小南，但百贯胖子吃的饭对小南而言难以消受。由于会留下通信记录，所以也没法用手机向同伙仲谷求救。吃完什锦火锅后，小南的身体已经处于非常危险的状态。

"为制造不在场证明而出去见人的时间还有富余。在那之前，为了让身体得到休息，小南回了自己家。虽说好不容易走回了'牟黑小高台'，但食物从破裂的胃壁中溢了出来，导致血压降低而丢了性命。"

"仲谷应该是被小南勒了脖子，所以才逃到五百田身边的吧？为什么要去帮小南呢？"

"这只是仲谷的一面之词。我猜这是为了掩盖她和小南的共犯关系而撒下的谎。实际上是五百田把仲谷带到自己家里，强迫交往的吧。仲谷为了不被娱乐研究会会长兼人气主播的五百田讨厌，便接受了他的好意。但这样的关系是不可能长久的，她无法忍受五百田的任性行为，于是和原本交往的对象小南合谋，制订了杀死五百田的计划。"

虽然包厢里温度不低，但青森还是摩擦着皮肤，叫来店员点了特制火锅。

"把仲谷香奈枝绑来，让她招了不就解决了。"

"不，等等。"

秋叶伸出右手，一想到自己差点儿被抓，就觉得光是破案仍旧不够。

"我有个好主意。"

*

"我替你准备了车，赶快去找警察。"

秋叶把小货车的钥匙扔给仲谷香奈枝，屋外传来了警车离去的声音。昏暗的公寓房间里飘荡着仲谷的汗臭味。

"我……我知道了，我去自首。"

"自首？"秋叶大吼一声，"你傻吗？要是这么干，一辈子都是前科犯了。"

仲谷一脸困惑，不停地摸着耳朵和鼻子。

"那你想让我怎么做？"

"我跟你说一件好事。"

秋叶从口袋里掏出一张照片。

"牟黑署里没几个像样的警察，真心想要解决这桩案子的只有一个，只要这家伙没了，你的所作所为就不会有人知道了。"

说着，他让仲谷拿着照片。

"你去把他撞死，伪装成事故。"

折叠的尸体 5

十二月二日晚十一时半许，在南牟黑七丁目的私人游乐公园——摩诃大大公园发现了一具男性尸体，具体情况不详。

据悉，尸体背部严重骨折，腰椎和骨盆出现开放性骨折。

根据熟知游乐园的推理作家袋小路宇立（33）的说法，"是不是游乐设施和展示项目出了什么事故呢？"

摘自《牟黑日报》二〇一六年十二月三日晨报

1

"这里很适合当作猜凶手的舞台呀。"

青森山太郎望着洞窟墙壁上遍布的武器和刑具，两眼放光地说道。

"猜凶手？"

"没错。我一直在想，杀人的方法还是简单一点儿好。"

青森说了句吓人的话，拍了拍黄铜牛的脊背。牛身似乎是中空的，传出清脆的响声，这是一种名叫"法拉里斯公牛"的刑具，据说是用来炙烤人的。

"是说杀人不眨眼的那种吗？"

"不，不是情绪，而是物理上的。我觉得人的身体太结实了。步波小姐，你觉得你能杀了我吗？"

"能。"步波即刻应道。

青森是个瘦得像豆芽菜一样的男人，只消一阵轻风，就能把他刮跑。拿铁棒往脸上招呼几下，应该就能把他弄死。

"那么，步波小姐杀过最大的动物是什么呢？"

青森快活地抚摸着牛头。

"是牛蛙，我骑自行车时轧死的。"

"你能保证它绝对死了吗？动物可不会那么容易死的哦。"

"能，因为那只牛蛙的内脏都从屁股里掉出来了。"

"我爷爷的肠子也从臀部掉出来了，不过他好得很哦。那只牛蛙是不是也拖着纪念品回家了呢？"

听他这么一说，步波瞬间没了自信。蛙类本就是软绵绵的，被轧过兴许真死不了。

"连一只牛蛙都杀不了，怎么可能杀得了我呢？"

青森得意忘形起来，这根本是在强词夺理。

"不是杀不了，只是没有理由杀而已。只要有了理由，随时都可以杀了你。"

"那么，只要你杀了附近的柴犬，我就给你一百万，你愿意吗？"

步波想起了柴犬。趁它在狗窝里趴着不动时靠上去，从头顶的方向把手伸向狗脖子。由于狗毛太滑抓不住，于是她拿出小刀朝狗的脖颈一刺，但没有刺到要害。这时柴犬跳了起来，龇牙咧嘴地汪汪大叫，猛烈晃着脖子，口水乱飞，这样就没办法了。

"……真难办啊。"

"是吧？杀死一只动物都这么难，何况是我呢。虽说我在人类中算小个子，但比牛蛙和狗大得多吧。而且，我有思考能力，会说话，也会做出反击。再问你一次，步波小姐，你还觉得自己能杀了我吗？"

眼前的大叔看起来就像百兽之王。

"我不知道。"

"你看吧。且不说打架打惯了的黑帮，就算是普通人杀死一个人，也没那么容易哦。"

"你说这些干什么？"

"要是这世上的杀人不能变简单点儿的话，我们就不能享受猜凶手的乐趣了。要是只有具备智慧、体力和毅力的精英才能杀人，那么根本不必特地搜集线索就能找到凶手。"

的确，牟黑市的杀人案多得让人腻味，但绝大多数案件都是在没有名侦探出面的情况下解决的。

"世界并不是为了解谜而存在的。"

"这是当然。不过，这个洞窟又是如何呢？这里的道具一应俱全，枪也好刀也好刑具也好任君挑选。就算是得了风湿性关节炎的老阿婆，只要想干，也能干掉一两个人。要是凶杀案发生在这里，便可以从中找出与智力、体力和毅力通通无关的纯粹的凶手，因为这里是非常适合推理小说的舞台。"

青森微微一笑，假装端着挂在墙上的三八式步枪。

虽然不太清楚是怎么回事，但若能找到新作的舞台，那就再好不过了。青森前往"摩诃大大公园"，就是为了找到摆脱瓶颈期的落脚点。

"摩诃大大公园"位于南牟黑区外围，自称主题公园，游客可以游览"阿鼻鬼叫地狱巡游""罗斯威尔UFO馆""基督之墓""河童池""人面猪牧场""松脂组总部""电话俱乐部林林屋"等设施。据说这里是曾靠修路发家致富的商人真加内善哉在泡沫经济时代建造的，如今由他的两个儿子接手经营。入场门票为五百日元。虽然不见得真能赚钱，但多少有些玩票的成分，所以也无所谓吧。

在这么一个"摩诃大大公园"里，新的展示设施将于本月开张，就是"麻林拷问窟"。麻林拷问窟展示了麻林龙吉的藏品，此人在大正时代曾将十七名年轻女子带进鸣空山里的宅邸中监禁用刑，有着"牟黑监禁之王"的称呼。另外，这里还展示了麻林龙吉从世界各地采购来的六十多件武器和刑具。

自六月《死从天降》脱稿后的半年里，青森一直以每月两至三部的速度创作短篇。然而，就在上周末，青森的笔——准确地说是他的嘴，猝然停了下来。

青森无法阅读文章，构思小说时无法参考其他作品和资料。这半年来，他一直往外倾吐着储存在脑子里的素材，想必子弹快要见底了。他通过听广播新闻、看推理电影以及陪黑帮喝酒来寻找灵感，但这次似乎怎么都想不出好点子了。

步波家里有些进退两难的情况，不赚钱就过不上像样的生活，要是青森的脑子再也没有灵感涌现的话，步波的银行账户也会干涸。就在这时，听闻"摩诃大大公园"新开了一间可疑的设施，步波为了解闷儿，便邀请雇主前去取材。

"下一部作品就定为《拷问洞窟的杀人》，如何？"

"是猜凶手的短篇吗？听起来很有意思……"

就在这时，从洞窟深处传来"啊呀"的尖叫声。

青森和步波面面相觑。两人有种不好的预感，要是真发生凶案，《拷问洞窟的杀人》就没戏了吧。

"去瞧瞧吧。"

根据指示牌，"麻林拷问窟"顺着走廊分为四个展览室，两人在一号展览室，传出声音的是四号展览室。青森和步波穿过一条低矮的走廊，来到了最里面的展览室。

那里有四个少年，一个戴着银框眼镜的少年正蹲在地上，其余三人心神不宁地看着他。眼镜少年正痛苦地捂着脖子。

少年们身后直立着一个巨棺模样的东西，外观被装饰成了身穿斗篷的女人，内侧等距地排列着长度相同的铁钉。这是展品中的一大看点，据说是欧洲中世纪一种名为"铁处女"的刑具。

想必是三个少年为了好玩，让眼镜少年进到里面，合上桶盖后刺伤了他。只见脖子右侧有个红点，所幸伤口不深。

"别做傻事了，万一弄出人命了该怎么办？"

青森一脸认真地说道，步波也使劲地点点头。要是《拷问洞窟的杀人》被这些脑袋不好使的小屁孩弄没了的话，那让人情何以堪啊。

"不会的。"

一个像是头头模样的平头少年不服气地说着，随后三人出了展览室。眼镜少年则用手帕按着脖子上的伤口，耷拉着头跟在后面。

"小孩子真是吓人。"

"现在知道这里的道具是真的管用——嗯？"

青森将目光转向了"铁处女"边上的道具，那是一张由两块铁板相连而成的床，左右手腕和脚踝四处都装有皮带环，大概是把人躺着束缚起来吧。床板左右分别由钢丝绳吊起，钢丝绳的另一头挂着铁制的重锤，中间设有滑轮（图5）。

"好像写的是'死者之床'。"

步波读出标签上的说明文字，据说这是麻林龙吉发明的杀人刑具之一，首次对外展览。

青森窥探着床的背面。

"这幅画果然画得不对。"

他一边小声说着，一边指着标签上的示意图。

要是抽出床左右两端的止动器，铁板的两端就会翘起，将身体对折起来——似乎是这样运作的。

"既然铁板的左右两端能翘起来，那么合页不装在床的正面就很奇怪了。事实上合页装在床的背面，这样铁板就该从左右两边

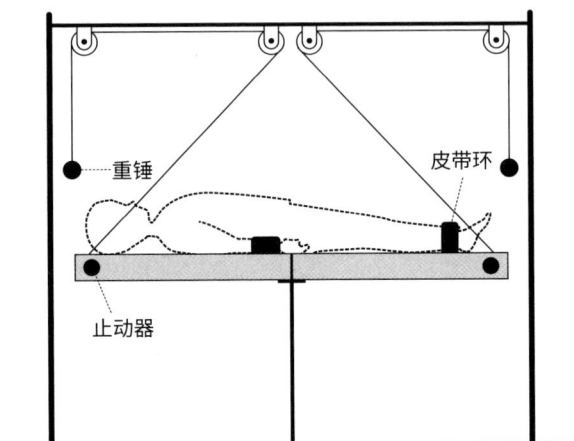

图5

掉下去才对。钢丝和重锤就只起到吊机的作用而已。"

这么一说，标签上的示意图和实物构造确有不同，示意图上是把人向内折叠，但实际是向外折叠的结构。

正当思绪飞到那些曾惨遭折叠的女人的身上时，一个五十多岁的大叔沿着通道冲了进来，泛黄的衬衫配上皱巴巴的夹克，胸口的徽章上写着"工作人员"，大概是听到刚才那声惨叫才跑过来的吧。

"你来得正好，'死者之床'的简介好像错了。"

青森立刻上去搭话，将同样的解释又重复了一遍。大叔一副心神不定的样子，青森指出的问题似乎切中要害。

"是的，我们之后会进行修正的。"

大叔把标签撕下来装进口袋里，然后慌慌张张地出了房间。

"全世界的拷问刑具难得齐聚于此，可'摩诃大大公园'的人们似乎没人想尝试。"

青森嘟囔着。

*

差不多一个小时后，青森和步波欣赏完各房间的展示品后，走出了"麻林拷问窟"。

裹挟着湿气的风从"河童池"吹来，入口的时钟指向六点四十五分，距离闭园还有一刻钟，广场上送客的游行已经开始了。

在巴士改造成的游行车上，一只身穿玩偶服的老鼠在不停地挥着手。这就是吉祥物摩诃大吉先生。或许是因为圣诞节将近，老鼠的帽子上还顶着驯鹿头，看得人脖子隐隐作痛。

"摩诃大吉，你可别像之前那样掉下来了！"

从"罗斯威尔 UFO 馆"出来的小学生冲着游行车大喊大叫，周围的大人们也发出了欢呼声。

他们这么说是有原因的。就在十一月的某天，一名身穿玩偶服的表演者在游行中不慎跌落，身受重伤。或许是为了防止此类事情再次发生，今天的摩诃大吉的腰被绑在了游行车的护栏上。

摩诃大吉先生将人们的喊叫声当成耳边风，仍旧拼命挥着手，游行车绕园一周后开回了车库。

"别再出来了！"

当小学生们竭力大喊的时候，步波感到鞋底有种柔软的触感，不由得看向脚下。

是一只压扁的青蛙。究竟是被人踩了，还是被游行车的轮胎轧了呢？

"青森先生，果然青蛙被压扁还是会死嘛。"

步波把碾得稀烂的青蛙的上半身捏了起来，戳了戳青森的侧腹。

"什么——"青森回过头来，忽然"哇"的一声跳了起米，摔进了"河童池"，"砰"的一声水花四溅。他宛若被河童抓住了脚一般拼命挣扎着，直到握住了步波的手，才总算平静下来。

"真是的，吓死我了。"

他边说边吐了口水。无意中向广场望了一眼，来园的游客正齐刷刷地看向自己。

2

"有个男孩不见了？"

一打开办公室的门，身体半干的青森和无精打采的大叔正围着煤气炉。

"五个结伴来玩的中学生里，有个人在游行的时候失踪了。"

大叔不安地"咔嚓咔嚓"按着圆珠笔，笔身上赫然印着"摩诃大大公园"的英文名。

副园长真加内哲二是创办"摩诃大大公园"的真加内善哉之子，也是现任园长真加内一谆的弟弟。虽然头衔不高不低，不过据说负责实际业务的就是这个男人。

"失踪的孩子是不是戴着银框眼镜？"

哲二点了点头。就是那个被人用"铁处女"欺负的孩子吧。

"打 110 了吗？"

"还没，哥哥和四个初中生正在园内寻找。"

五十多岁的大叔像个挨骂的孩子一样皱着眉头。

"为什么不报警？"

"哥哥不让报警，好像是因为上个月的坠车事故，警察盯上了他，这让他很不爽。"

哲二长长地叹了口气，转头向步波行了个礼，说"辛苦你了"。步波在便利店替浑身湿透的青森买了替换用的衣服，刚回到"摩诃大大公园"。

"我们也来帮忙吧？"

"不用，没事，失踪的中学生其实是——"

话音未落，耳畔传来"砰"的一声巨响，哲二的脸变得愈加苍白。

"刚才那是什么？"

"不知道，但我有种不好的预感。"

哲二扔下圆珠笔，冲出了办公室，步波他们紧随其后。

晚上七点三十五分，"摩诃大大公园"已经被夜幕所笼罩。

闭园后的广场一片死寂，刚才游行时的骚动仿佛是场幻觉。

从"人面猪牧场"的方向传来了微弱的猪叫声。

三人呆呆地站在一起。这时，一个眼熟的男人从广场上跑了过来，他穿着泛黄的衬衫和皱巴巴的夹克，就是被青森指出标注错误的工作人员大叔。

"大哥，刚才的声音是……"

"别来问我！"

大叔突然怒喝一声，这家伙就是哲二的哥哥——园长真加内一谆吗？

"如果是枪声的话，应该在'松脂组本部'或是'麻林拷问窟'的方向吧。"

哲二被哥哥的吼声吓得缩了缩脖子，但他并没有反驳，而是又说了一句。"松脂组本部"就在办公室旁边，而"麻林拷问窟"在广场的另一头，于是众人先去了"松脂组本部"。

一谆推了厚重的门，屋子里一片漆黑。

"除了办公室，其他地方一过七点半就会自动关灯。"

哲二机灵地拉开了百叶帘。月光照在红地毯上，身穿和服的男人有的挥舞着日本刀，有的拿着手枪，有的剁着手指。每个人的脸都很平面，全是廉价的人体模型，找不出一个真正的人。

"还剩下'麻林拷问窟'吗？"

一谆以干哑的声音嘟囔着。

"我去把配电房的开关打开，大哥先去吧。"

哲二折了回去，剩下三人朝"麻林拷问窟"赶去。"麻林拷问窟"是开凿于鸣空山斜坡上的人工洞窟，自然没有窗户，里面一片漆黑。

三人在洞口停了下来，四位少年从各个方向聚集到了这里。欺负眼镜少年的三人组，此时又多了一张新面孔。

"我听到一个很响的声音，是出什么事了吗？"

正当大人们无言以对时，一个长睫毛的少年用手机的电筒照亮了洞窟。还有这一手吗？于是，青森和步波也拿出手机照明，七个人依次走进了"麻林拷问窟"。

一号展览室除了展出"法拉里斯公牛"和"苦刑梨¹"等刑具外，还展示了许多枪支火器。众人疑心那个眼镜少年在此中枪，纷纷摆开架势，但里面空无一人。一谆紧绷的嘴唇微微松弛了些。

一行人走在狭窄的通道里，二号展览室、三号展览室都杳无人迹。他们刚踏进四号展览室时，就闻到一股似曾相识的臭气。

众人举着手机照亮室内，只见一副似曾相识的圆框眼镜两腿折叠掉在地上。

"加……加须屋——"

虎牙少年嘟囔了一声。长睫毛少年则用手机照着房间，步波

1　十六世纪欧洲用于刑罚和拷问的一种刑具。

也将目光投向灯光的最前方。

只见"死者之床"对折了起来，正如青森说的那样，铁板左右两头向下，朝外翻折着。一个手脚被禁锢的少年躺在上面，大概是仰卧时被折弯了身体，腰椎和骨盆尽数碎裂，从腰间流出的鲜血积聚在床的周围。

"真会有这样的尸体吗？"

浓重的血腥味令说话人的声音变得扭曲起来。

这就是那个被人用"铁处女"欺负的眼镜少年，他身上穿着超长的法兰绒衬衫和沾有污渍的牛仔裤，手上戴着针织手套，脖子上缠着用来遮蔽"铁处女"伤痕的手帕。这一切都被染成了鲜红色。

眼镜少年的个子看起来比对折前长了一些，当然可能是错觉吧。只见少年扭过脸去，仿佛躲着什么一样，痛苦地咬紧牙关。

青森一边单手拿着手机，一边盯着"死者之床"。这个平时听闻稀奇尸体就开始评头论足的男人，在真正的实物面前似乎也无话可说了。

"嗯？"

青森照了照脚边的血泊，拿起一张像是把纸币裁短而成的纸片，上边印着摩诃大吉先生背着书包的插画。这是"摩诃大大公园"的中小学生门票。奇怪的是，明明不是防水纸，却几乎没沾上血。从地板上看，只有原本有纸的地方没有沾血，留下长方形的印迹。

"这是一起凶杀案，会上《牟黑日报》吗？"

左臂缠着绷带的少年，此刻说了句有些跑偏的话。

"会上头版吧。我们得赶快报警。"

长睫毛少年一边戳着手机，一边靠近"死者之床"。

"住手！"

就在这时，低沉的声音响彻过道，绷带少年转过身来，不禁倒抽了一口冷气。

只见一谆端着三八式步兵枪站在那里。

"别叫警察。"

他挥动枪身，打掉了长睫毛少年手里的手机。

"这可是一起凶杀案啊。"

青森说了一句不合身份的反驳。

"我是'摩诃大大公园'的园长，在这里犯了罪的人必须由我处罚，别让警察和记者来找麻烦。"

"你这是要为连名字都不知道的孩子报仇？"

一谆哼了一声，把枪口对准了"死者之床"。

"不是什么不认识的孩子，加须屋是我的儿子。"

3

一谆重新端起三八式步兵枪，就像收容俘虏的日本兵一样，把一行人从"麻林拷问屋"押到了"松脂组总部"的大厅。

"是谁杀了加须屋？"

他用毫无起伏的声音问道，少年们纷纷摇着头。

"要是没人出头，就让你们所有人一起担罪了。"

一谆将细长的枪管对准平头少年。

"喂，不是我！凶手是阿聪吧！"

"怎么可能，难道不是阿俊吗？"

"别说傻话了！为什么阿宏那么淡定啊？"

"你们都冷静点儿吧，我觉得阿太才是最可疑的。"

初中生们互相猜忌着，如此一来，事情就愈发解决不了了。

"你有证据证明凶手在我们中间吗？"

虎牙阿俊说道，仿佛能看到他得意扬扬地嘲弄着老师的样子。

"有哦。"

青森从一旁插嘴道，双手把纸片摊了开来。

"这张票掉在现场。闭园前不久，我们还在'麻林拷问窟'，当时什么都没掉，所以我认为是凶手掉的。"

"你们不也拿着票吗？"

"我们是成人票，这是中小学生票。闭园后还留在'摩诃大大公园'的人里，只有你们有中小学生票。"

"可能掉的是加须屋自己的票吧。"

"我不认为园长的儿子会像普通客人一样买票。"

少年们哑然失语。

就是现在——步波拍拍手吸引大家的注意。

"我有个想法，这个还没晾干的男人是个推理作家。或许是一年到头都在想古怪尸体的缘故，脑子一直不大正常。迄今为止他已经解开了好几个有关古怪尸体的谜题。就让他来调查一下吧。"步波将手搭在青森的肩膀上说道。

"你是说他能猜到杀害加须屋的凶手？"

一谆用干巴巴的嗓音低声说道。

"当然可以了。要是知道凶手的话，煮也好，烤也好，射成蜂窝也好，都悉听尊便。"

青森还没来得及吸气，步波就替他回答道。要是事事谦虚，就会寸步难行。他对猜测犯人发表了一大堆看法，要是解不开这小小的谜题，未免太丢脸了。青森叽叽喳喳地嚷着"不是""为什么""等会儿"。

"你去做吧。"

在一谆的威压之下，青森一下子老实了不少，他说了句"我知道了"，挺了挺腰板。

"那我问了，你们来'摩诃大大公园'是为了什么？"

四人互相使着眼色，不一会儿，长睫毛阿宏开口道：

"我们突然很想去'电话俱乐部林林屋'，上午结束了考试，闲得没事。"

动机可真够初中生的。平头阿太的眼神游移不定。

"来这里的是你们加上加须屋，总共五个人对吧？"

"嗯。阿俊去保育园接妹妹，所以来晚了。"

之前在"麻林拷问窟"相遇时，那群少年包括加须屋在内的确只有四人。

"你们知道加须屋的爸爸是'摩诃大大公园'的园长吗？"

"知道的话才不会跟他一起来。"

"你们不是在欺负加须屋吗？为什么特地把他带来？"

"就像旅游时带着扑克牌一样，只要有这家伙在身边，气氛就很热闹。"

阿宏即刻敛起笑容，尴尬地看向一谆。只见一谆将三八式步枪放在地板上，在门口有如金刚一般站着。

"你们能告诉我加须屋君消失的经过吗？"

"六点多的时候，我们跟阿俊会合，五个人一起去了'松脂组本部'，正在玩日本刀的时候，游行开始了。我们就跑出去看摩诃大吉。当时我们五个肯定是在一起的。直到游行结束后，才突然发现加须屋不见了。"

闭园前的送客游行从六点四十分开始，到五十分结束。加须屋就是在这十分钟里消失的。

"本来我们可以一声不吭地回去的，但还是去入口处告诉那个大叔了。"

阿宏指着哲二。副园长正靠在墙上，无精打采地垂着肩膀。这也难怪，毕竟侄子被一掰两半，自己的哥哥正嚷嚷着要弄死凶手。他先从配电房赶去"麻林拷问窟"，刚刚才折回这里。

"然后，园长立刻就出来了，分头在园内寻找，我先去了'阿鼻鬼叫地狱巡游'。"

在一谆的指示下，平头阿太去了"罗斯威尔 UFO 馆"，左臂缠着绷带的阿聪去看"人面猪牧场"，虎牙阿俊去了"电话俱乐部林林屋"，一谆则去了"基督之墓"和"河童池"周边巡视。

"地狱巡游刚过了十分钟，灯光突然灭了。我以为是恶作剧，非常恼火。没办法只得借助手机照明在黑暗里游荡，这次外面传来了'砰'的一声巨响。"

和步波他们听到的一样，是"死者之床"对折的声音吧。

其余三人赶到"麻林拷问窟"的经过都差不多。当然了，他们之中理应有一人在说谎。

青森听完四人的话，摸着乱糟糟的胡子看向了一谆和哲二。

"你们两个发现加须屋君被欺负了吗？"

几秒钟的沉默之后，哲二窥探着哥哥的表情。

"我感觉到了，过去几个月里，加须屋身上没来由的瘀青和伤口越来越多，都伤在胸口和肚子这种很难看到的位置。"

这些欺负人的孩子似乎也用上了初中生特有的阴谋诡计，用"铁处女"伤到他的脖子算是失手了吧。

"今天'摩诃大大公园'有几名工作人员？"

"除了我俩，还有两个兼职的。一个是滨舞衣子，是曾在东京主题公园做过经理的老员工；另一个是辻[1]万大，是鹿羽学院大学的学生、街舞社团的成员，负责售票和清扫工作，还有穿玩偶服表演。"

"兼职人员里有参与过展览项目的策划和准备的吗？"

"没，这边都是哥哥一手操办的，他们应该没有接触过展品。"

每次回答的时候，哲二都会观察哥哥的脸色。

"辻先生是上个月从游行车上掉下来受伤的那位吗？"

"不是，受伤的是另一个人。他和辻君是同一个社团的学生，出于事故的原因辞职了。"

在今天的游行中，摩诃大吉先生也把驯鹿头顶在老鼠玩偶服上热情地挥着手，没理由受了伤还要继续做如此繁重的体力活吧。

"辻先生没有辞职吗？明明同事受了重伤。"

"他喜欢小孩，喜欢可以接触小孩子的工作，和加须屋也相处得不错。"

"说不定他还教加须屋君跳过街舞吧？"

突如其来的台词，让一谆和哲二都皱起了眉头。

"没错，他说加须屋有舞者的潜质，还教了他分离[2]的动作。"

1　辻是日语汉字，常见于日本姓氏。——编注

2　分离（isolation），街舞基础动作之一，核心部位运动的时候其他部位保持不动。

"什么潜质？"

"加须屋的身体柔韧性很好，脖子和手臂柔软得能弯到吓人的角度，你是怎么知道的？"

青森无视了哲二的提问，而是拔了根脖子上的短毛。

"事情的真相我已经知道了。"

4

感觉房间里的时间静止了，所有人都在等着青森的下一句话。

"先说一下结论吧，凶手并不在这四个人里。"

一谆皱起眉头，少年们欢呼起来，一副捡到了大额赛马彩票的样子。

"刚才是你说凶手在这四个人之中吧。"

哲二的脸庞比刚进这个房间时更加憔悴，应该是想说麻烦人物又增加了吧。

"没错，从现场掉落的中小学生票这一点来看，我认为凶手就在这四个初中生中，但这四人谁都用不了'死者之床'。"

青森仰望天空，仿佛在追寻记忆一般。

"加须屋在被你们用'铁处女'欺负的时候，四号展览室里有阿太、阿宏和阿聪，阿俊还没到场。在我规劝你们之后，你们就尴尬地离开了房间。

"没过多久，我发现'死者之床'的示意图是错的。这是一台把人朝外折的机器，却被描述成朝里折的构造。我将这件事告诉了一谆，一谆把示意图撕下来带走了，所以目前那个示意图还没被修改过，对吧？"

"根本顾不上这件事。"一谆答道。

"'死者之床'是牟黑监禁之王麻林龙吉发明的刑具，不像'法拉里斯公牛'和'铁处女'那样广为人知。要是解说文字出现错误，游客们就不会知道用法，更别提用它来杀人了。"

"是吗？"

哲二像是溺水的小狗一样，双手朝空气一通乱抓。

"起码除了阿俊之外，其他三人都有机会看到错误的解说吧。哪怕误解了床对折的方形，只要知道抽出止动器就能让铁板对折的话，就可以实施犯罪了。要是没有成功，就把身体翻个面，重新来过就行。"

"不对。我们只听到一次'死者之床'对折的声音。凶手没有重来一遍，就夺走了他的性命。他们几个并不了解'死者之床'真正的构造，所以不会是凶手。"

"那中小学生票呢？"

"这是为了构陷他们准备的假线索。"

哲二一边揉着后颈，一边嘟囔着"这、这样啊"。

"除却这四个人,闭园后留在'摩诃大大公园'的就是我、步波、园长一谆、副园长哲二，外加兼职的滨小姐和辻先生。

"不过，我、步波和哲二先生三个人在办公室里都听到了'死者之床'对折的声音。哲二跟我们是第一次见面，我也不认为他能够预料到我因跌入'河童池'而在办公室取暖。我们三个人的不在场证明是成立的。那么两个兼职人员又怎样呢？他们负责的是售票、园内清洁、游行表演等，没有参加过展览项目的策划和准备工作，也没接触过展品。他们和这四位少年一样，没机会了解到'死者之床'正确的用法。所以，他们也是清白的。"

哲二瞪大眼睛，怯生生地看着哥哥的脸。

"剩下的只有一谆先生了。我在'麻林拷问窟'里发现示意图错误的时候，就马上告知了一谆先生，唯有他知道'死者之床'的正确用法，符合凶手的条件。"

"你说我杀了自己的儿子？"

一谆慢吞吞地拾起三八式步枪，阿俊"咕"地咽了口唾沫。

"不，我们三个听到响声从办公室冲出来的时候，一谆先生很快就跑了过来。'麻林拷问窟'位于广场的另一头，不是杀死加须屋就能立刻赶到的距离。一谆先生的不在场证明也是成立的。"

"那岂不是没有凶手了吗？"阿太噘起了嘴。

"没错，加须屋是自杀的。"

"这是不可能的！"

哲二的话音里充满了沮丧，步波也是一样的心情。

"加须屋的手和脚都被皮带环固定住了，使用'死者之床'需要同时拔出左右两边的止动器，他不可能是自杀的。"

"加须屋的目的就是让人这么想。"

青森淡然地回答道。

"'死者之床'确实有两个止动器，若想像折断树枝一样折叠人体，需要把左右两边同时拔出才行。但如果只想让人死亡，一个一个地拔出来也是没问题的。

"我来整理下加须屋君做的事情。他先取掉下半身一侧的止动器，用皮带环将双脚固定在垂落的铁板上。身板僵硬的人会在这个时候感到剧痛，但对身体柔软的加须屋而言是完全有可能的，然后他用皮带环固定住一只手，用另一只手抽出上半身一侧的止动器。"

一谆的脸颊微微扭曲了。

"这时加须屋上半身的铁板也掉了下来，身体一折两半。即便他看到了标签上的错误插图，也不会弄错身体的方向，因为当他抽出第一个止动器的时候，铁板就会朝下掉落。最后他忍受着剧痛，用尽全身的力气，把剩下的手塞进了皮带环里。"

"这样的话，皮带和手腕之间不就有缝隙了吗？可我看两只手都绑得很紧。"

阿聪抬起了缠着绷带的手臂。

"大概是掰折拇指，令关节脱臼，然后把手伸进皮带环里的吧。

跟折断躯干相比，这点疼痛就像被蚊子叮了一口一样。"

"加须屋为什么这样做？"

"当然是为了构陷你们，毁掉你们的人生，丢在这里的门票就是证据。"

青森停顿了片刻，重新转向一谛。

"加须屋君原本是想开枪打死这些孩子，可他又觉得这样做就跟他们成了一丘之貉，才想出了如此精巧的计策。园长要是射杀了这些孩子，身在天堂的加须屋君会生气的哦。"

一谛抱着三八式步枪沉吟不语，然后像是吐痰般重重地说道：

"确实。"

少年们纷纷松了口气。

"等等。"

步波忍不住插了句嘴，好不容易才发生了一桩适合猜犯人的案子，这般犯规的手段可不能让人满意。

"虽然有种真相大白的感觉，但是你们搞错了吧。"

四个少年和三个大叔一齐看了过来，步波不由分说地驳斥道：

"加须屋君不是自杀的。"

5

"是……是吗？"

哲二用口齿不清的声音打破了沉默。

"根据青森先生的推理，把票扔在现场的应该是加须屋君吧。那么顺序就是票先掉在了地上，然后血流了下来。只要不是防水纸，票就应该变得血淋淋的才对，但纸上几乎没有血迹。"

青森无言以对，只好将嘴巴张得老大。

"这是怎么回事？"

阿俊叩响了虎牙。

"正常想想，就是加须屋君被杀后又过了一段时间，凶手才把票扔在了血泊上。"

"可凶手不是我们对吧？"

阿太抬高了嗓门儿。

"太遗憾喽，凶手就在你们四个人里。"

步波断言道。唯有这样才说得通。

"我们不知道怎么操作'死者之床'，就算想杀加须屋也杀不了啊。"

"凶手并没有杀人的意图哦。"

步波瞥了眼张口结舌的青森，继续解释道：

"请各位仔细想想，要是凶手一开始就打算杀了加须屋君，会用这种方法作案吗？七点钟闭园以后，'摩诃大大公园'就只剩下工作人员和几个游客，要是在这种时候杀人，嫌疑人的范围就会缩小到这几个人身上。"

借用青森的话来说，这种状况太适合猜凶手了。

"况且就在两小时前，他们被人目击到用'铁处女'欺负加须屋君，要是加须屋君被其他拷问刑具杀了，他们自然会遭到怀疑，即便是脑子不好的中学生应该也能想到这点。"

"那凶手为什么杀了加须屋呢？"

哲二似乎厌倦了讨论，就像截稿期前的作家那样，眼神里透露着疲惫。

"所以说凶手并没有杀人的意图，他发现加须屋君躲在展览室里，打算惩罚一下他，就模仿了拷问。他应该是抱着小小的恶作剧心理让加须屋君躺在'死者之床'上，然后抽出了铁板下的止动器。

"正如青森先生说明的那样，凶手看到了示意图，误解了'死者之床'的构造。加须屋君当时是仰躺着的，要是铁板左右两侧抬起的话，就会变成体测时坐位体前屈的样子。身板僵硬的大叔或许会腰痛。但身体柔软的加须屋君不成问题，凶手就是因为这个才抽出止动器的。然而，铁板左右两侧掉了下去，加须屋君的身体向后折了下去，这个时候最吃惊的是凶手吧。"

"说得好像亲眼看到似的，你有什么根据吗？"

"四号展览室里的地板上放着加须屋君的眼镜，凶手在操作'死者之床'以前，把眼镜取下来，放在了地板上。

"这些人之前在对加须屋君施暴的时候，为了不让人发现欺凌行为，就专门针对他的胸口和肚子。这次大概也是抱着这样的想法吧。要是加须屋的身体像示意图上那样向内折叠，脸和脚就有可能夹碎眼镜，所以才会让他摘掉眼镜吧。除非凶手误解了'死者之床'的构造，否则没法解释这种行为。"

"你怎么知道是凶手让他摘了眼镜？也可能是他反抗时从脸上脱落下来的呢。"

"不对，地板上的眼镜腿是叠起来的。如果是不小心从脸上脱落的话，眼镜腿应该是撑开的才对。"

哲二沉默不语，一谆再度端起三八式步枪。

"凶手是谁？"

"从刚才说过的做法来看，果然是欺负过加须屋君的四人中的某人吧。不过，要是凶手没有看过告示上的示意图，应该不会认为床会左右抬起。一谆先生拿走告示后才到场的阿俊不是凶手。"

阿俊的脸颊稍稍放松，像啄木鸟一样不住地点头。

"还有，'死者之床'有两个止动器。一个一个依次抽出确实也能杀人，但要是把两个同时抽出，身体就会干脆利落地对折。

"那么，凶手是怎么抽出止动器的呢？就像我反复说的那样，凶手误解了'死者之床'的构造，结果杀死了加须屋君。但要是一个一个抽出止动器的话，抽掉第一个的时候应该就会发现铁板是往下掉的。这个时候只要赶快停下，或者把身体翻个面，就不会失手杀死加须屋了。也就是说，凶手同时拔出了两个止动器。

"阿聪的左臂骨折了，不可能同时抽出两个止动器，所以他不是凶手。"

阿聪长吁了一口气，抱紧了因缠着绷带而变粗的手臂。

"现在让我们回到门票上，那张血泊里的门票究竟是什么时候掉在地上的呢？正如我刚开始说的那样，在加须屋君被杀之前，门票不可能掉在地上。要是流了大量血液，纸肯定会被浸透的。那是等血液干了之后才掉到地上的吗？仔细观察一下血泊，唯有门票所在的地方没有血，留下了长方形的印迹。如果不是流血之前就有东西掉在这里，是不会出现这样的印迹的。"

"那就奇怪了，哪边都没法解释。"

哲二的表情显得萎靡不振。

"既然血泊上有印迹，那上面肯定掉了某个东西。但并不是门票的纸，应该是别的什么东西掉在了上面。

"那是对凶手不利的东西——也就是能指示凶手真身的东西。凶手赶到现场后，趁着漆黑的混乱把它拾了起来，可它所在的位置却留下了长方形的印迹。只要一看地板，就知道凶手显然捡走了什么东西。凶手为了掩盖这个印迹，把票放在了地板上。"

"掉了什么？"

一谆问道。三八式步枪的枪口在两个少年之间来回移动。

"我们听到'死者之床'对折的声音是七点三十五分的事，这时园内的灯光已经熄灭了，洞窟内一片漆黑。解开束缚加须屋君手脚的皮带需要灯光，凶手应该是用手机照明照亮了周围。

"他需要同时拔出两个止动器，此刻拿着手机的话，自然就腾不出手，所以他把手机放在地板上。

"出乎意料的是，铁板向外翻折，大量血液喷涌而出，惊慌失措的凶手抛下手机冲出了展览室。灯光持续一段时间会自动熄灭，但手机要是被人发现就彻底完了。凶手觉察到这点，假装没事跟我们一起回到现场，趁机拿回了手机。"

"发现尸体时站在血泊边上的人就是凶手，对吗？"

一谭打量着众人，无人吱声。

"我记不清每个人站的位置了，就算想要搞清楚黑暗中的状况，最后也找不出个结果。

"请回想一下在那之前不久发生的事吧。就在我们来到'麻林拷问窟'寻找加须屋的同时，四个少年从公园的各个角落聚集过来。往洞窟内部看了一眼后，阿宏立刻掏出手机照亮了洞窟里面。这时候，拿着手机的阿宏不是凶手。"

阿宏抚摸着胸口，一旁的平头少年吓得动弹不得。

"这样就只剩下一个嫌疑人了。在'死者之床'上杀死加须屋君的凶手就是你，阿太。"

*

爆炸声响彻现场。

一谭手里端着的枪身震了一下，硝烟味扑鼻而来。

众人转头一看，只见阿太仰面躺倒在地。

"噫呀！"

阿俊发出了女孩子一样的声音，阿宏蜷缩着蹲在阿太跟前。

青森从阿太身上移开视线，遗憾地摇了摇头。这位小说家想必是为了保护几个少年，才公布了谁都不是凶手的推理吧。

"咦？"

周围响起一个不可能出现的声音。

青森转过头来，张大了嘴，步波也不禁低头看向地板。

"咦？我没死吗？"

阿太边哭边摸向自己的身体，这究竟是怎么回事呢？

"闹剧终于结束了。"

哲二叹了口气，把脸转向一谆。

"加须屋还活着对吧，大哥？"

6

"我想确认一件事。"

哲二靠在墙上倦怠地说道。

"各位在'麻林拷问窟'找到加须屋的时候，我正在配电房。为什么你们要从'麻林拷问窟'转移到'松脂组本部'呢？"

"一看不就知道了吗？是被你哥押过来的。"

阿俊唾沫横飞地说道。

"阿宏拿着手机靠近'死者之床',打算报警,结果园长突然拿枪指着我们,把我们轰出了展览室。"

"果然是这样。"

哲二再度面向一谆。

"虽说大量失血,但搞不好还有一口气,为什么要阻止阿宏靠近尸体呢?只能认为尸体上藏着秘密。"

"你是说加须屋在装死?太扯了吧,他的身体都被折成两半了。"

本应被一谆打死的阿太不知为何站在了一谆这边。

"刚开始我也这么想,人类的脊梁骨没法向后弯曲,哪怕是身体再怎么柔软的孩子,要是被向后折叠,也不可能没事吧。

"对了,听说在躺到'死者之床'的两小时前,他的脖子被'铁处女'弄伤了。仔细一想就很不对劲,公园里的'铁处女'里等间隔地排列着长度相同的针,扎破脖子却没扎到脸和肩膀,这就很奇怪了。那个伤口也是用圆珠笔之类的东西伪造的吧。"

"那他为什么要这么做?"

"是为了在脖子上缠上手帕。"

"怎么说?"

"是为了不让人发现他扭着脖子。"

"什么?"

哲二清了清嗓子。

"加须屋有着惊人的柔韧度，那孩子能把脖子扭到不可思议的角度，看上去就像身体前后掉转了一样。他不是仰面朝天折叠着身体，而是俯身朝下折叠着身体。"

记忆中的景象蓦然扭曲起来。

"正如步波小姐所说，这和体测时的坐位体前屈相似，人的身体是可以朝正面弯曲的。如果身体足够柔软，上半身和下半身可以严丝合缝地重叠起来，加须屋把衬衣、裤子和针织手套倒过来穿，腰部正向折叠，脖子大角度地扭转，把脸朝向斜后方。"

"是哄骗小孩的魔术吗？"

青森竭力说着不愿服输的话。

"完全正确。加须屋在铁板上用了柔术，当时他穿着超长的法兰绒衬衫，是为了即便弯折身体也不会露出后背，如果本以为肚子的地方却没有肚脐眼的话，就会暴露真实的姿势。只是鞋子没法倒着穿，所以他在里面塞进填充物，绑在脚尖上。"

大家回想起在四号展览室找到加须屋时，感觉他的身体略微变长了一点儿。这并不是错觉，而是身体真的变长了。

"不管怎么费尽心机，扭转脖子时一定会产生皱纹，这一点无法掩饰。加须屋觉得既然被带到了'摩诃大大公园'，料定自己会在'麻林拷问窟'里遭遇施暴，所以就假装在那里受伤，用手帕缠住了脖子。"

"就算脖子再柔软，扭曲状态下保持不动也是很难的吧。"

"所以，加须屋选择了熄灯后昏暗的洞窟为舞台，哥哥把各位都轰出去，是为了在灯光亮起之前离开现场。"

"从腰上流下来的真的是血浆吗？"

"从气味来看，应该是真血。可能是浇上了'人面猪牧场'里饲养的猪的血。血泊中的长方形印迹是放置手机留下的吧。凶手在浇下血浆的时候，不小心在地板上留下了印迹，于是就将事先备好用来构陷同学的票遮住了印迹。"

"那个错误的示意图呢？"

"那单纯是哥哥弄错了，没有改好而已。根本没想到能够由此得出这样的推理。"

"为什么要这样大费周章？"阿太眨巴着几乎要翻上去的眼睛。

"为了惩戒你们。"

哲二向一谆伸出手，一把夺过了模型枪。

"闹够了吧？我知道你很恼火，但将不相关的人牵扯进来，这未免也太过分了。"

一谆面无表情地环视众人。

"加须屋，结束了。"

他语气干脆地说道。

门静静地打开了，满身是血的加须屋尴尬地露出了脸。

"啊，太好了——"

阿太吸了吸鼻子。

"永远都别忘了今天发生的事情。"

一谆丢下这句台词，随即走出了"松脂组本部"。

7

一轮皎洁的明月高悬在天穹之上。

"真是糟糕透顶的一天。"

青森走在从"摩诃大大公园"延伸至住宅区的人行道上，深深地叹了口气。他对猜犯人大发了一通议论，不料却被卷进了哄骗小孩的闹剧中，表演了错谬的推理过程。要是有地洞的话，估计他现在恨不得钻进去吧。

"想法这下不就攒够了吗？明天就可以动笔《拷问洞窟的杀人》了吧。"

步波一边推着自行车一边打趣道。

"别开玩笑了。今天的事情要是让读者知道的话，我会惭愧而死的。"

正当青森一脸认真地说着的时候，孩子们的呼喊声随风飘过来。

他们停下脚步，回头只见一个少年从"摩诃大大公园"的入口跑了过来。少年左臂上缠着绷带，是阿聪。

"怎么了？"

阿聪追上两人，右手撑着膝盖大口喘气。

"副……副园长大叔要我带你俩回去。"

青森揉了揉眼睛。

"为什么？"

阿聪舌头打结，挤牙膏似的说出了一句话：

"我也不太清楚，好像是一个兼职的死了。"

*

辻万大的尸体扭曲成一个"〣"形状。

"为什么会这样——"

同事滨舞衣子靠在被撞扁的引擎盖上，发出呜咽的声音。车库里飘荡着汽油和血浆混合在一起的气味。哲二询问后得知，滨小姐是在驾驶巡游车的过程中出了事故。就在游行结束返回车库的时候，她不知为何忘了踩下刹车。在引擎盖即将撞上车库墙壁时才紧急刹车，这时她的身体还是从座椅上弹飞出去，一头撞在了挡风玻璃上，记忆自此中断了。

十一点多的时候，她醒了过来，在车顶上发现了一个折成两半的玩偶服。她爬上车顶，摘下头套，里边是早已变凉的辻万大的头颅。

"真是不幸的事故啊。"

青森一边爬下游行车的梯子一边嘟囔着。排除谋杀、自杀和假死的可能，让万大的死亡是数个不幸叠加在一起的结果。

游行过程中，他将驯鹿的头放在老鼠的玩偶服上，导致玩偶服过重。这是第一个不幸。

由于十一月发生了表演者从游行车上跌落的事故，所以让万大的腰这次被绑在护栏上，这是第二个不幸。

开着游行车的滨小姐，由于疏忽没有减速就驶入了车库，这是第三个不幸。

这个车库并不是专为游行车而设计的，表演者站在平台上进入车库，头部撞上天花板，因此惯例是在进入车库前让车减速，表演者屈下身体。但今天的滨小姐忘了踩刹车，结果令让万大的头撞上了天花板。

加上玩偶服下落的重量，他的上半身被一股巨大的力量向后猛拽，若只是整个身体倒地只会受点儿轻伤，但由于腰被绑在护栏上，所以下半身无法移动，结果腰部后弯，整个身体惨遭对折。

"这下够资格登上《牟黑日报》头版了吧。"

步波这句轻描淡写的话似乎没传到青森耳朵里。他一边拂拭着手掌上的污垢，一边向滨小姐搭话说：

"警察大概也会问吧，你怎么会忘了踩刹车呢？"

滨小姐扭曲着被泪水打湿的脸，泣不成声地说着：

"我也记不清了，好像是从'河童池'那边传来了很大的声响，一下子分神了。"

　　眼见青森的脸瞬间变得煞白，步波也能感觉到自己的面庞失去了血色。

　　游行结束后，步波捏了一只青蛙的尸体给青森看，青森尖叫着跳了起来，掉进了河童池，声音传到了游行车的驾驶室里。

　　"我的天，凶手不就是我们吗？"

　　街上传来了警车的鸣笛声。

在屋顶溺死的尸体 6

九日下午，在北牟黑八丁目牟黑一神教总部发现了该教代表福光天道（本名福田弘道）氏的尸体。福光氏被认为是吸入了大量的水窒息死亡。据悉，他从六日开始就在总部的屋顶进行冥想。

根据熟悉新兴宗教的推理作家袋小路宇立（34）的说法，"福光先生会不会在举行用水的仪式呢？"

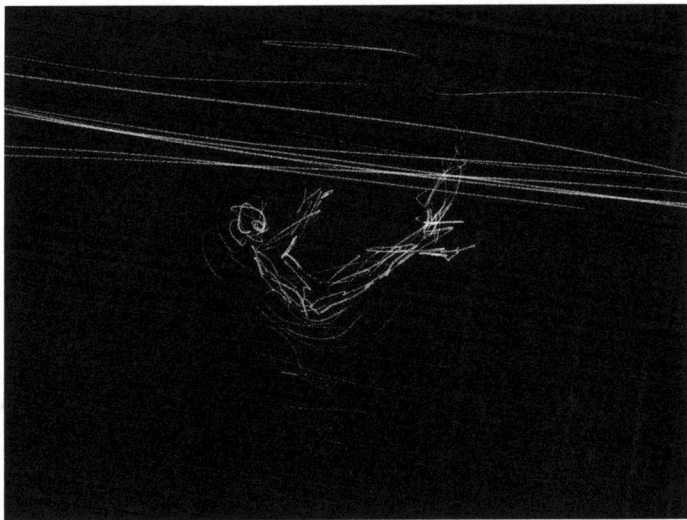

摘自《牟黑日报》二〇一七年八月十日晨报

❶

"我们不是犯罪团伙。"

雨贝钝息客客气气地挺了挺胸，礼貌的语气反倒有种冷漠的意味。因为没有头发，所以看不出年龄，应该三十多岁吧。明明表现得一本正经，却傲气得令人作呕，像是那种在学校里担任学生会会长的类型。

"我们没做什么无颜面对天道大人的事。"

雾洼古水一遍又一遍地说着。这位头上也是寸草不生，年龄二三十岁的样子。大概就是那种看学生会会长脸色办事的会计吧。

"我不是怀疑你们，就是来打听一下。"

八月六日下午三点，互目鱼鱼子为了调查发生在北牟黑通酒馆"舛屋"的入室盗窃案，来到了牟黑一神教的总部"太阳神殿（Coricancha）"。

"昨天是因地·莱米（Inti Raymi）的最后一天，四十多名信徒一直喝酒到深夜。"

"因地·莱米？"

这个词听起来总让人觉得不大舒服。

"就是太阳祭。我们牟黑一神教崇拜太阳。"

"好古典啊。"

"我们醉得晕头转向的，所以证词并不可靠。"

"你们教主呢？"

"天道大人也一样，现在他正在屋顶接收神谕。"

"我可以找他问话吗？"

"这边不允许外人入内。"

"听说你们牟黑一神教在卖毒品，有没有这回事呀？"

"我这就带您进去。"

雨贝的脸颊抽搐了一下。

*

牟黑一神教的总部是教主福光天道买下牟黑中学旧校舍后改造而成的。房龄在四十年左右，虽然还没旧到二宫金次郎¹在里头走来走去的程度，但总感觉会冒出一两个幽灵。

信徒们正用拖布抹着窗户，抠椅子腿的底面，这是紧急大扫除吗？

走在二楼的走廊上，透过窗户可以看到一个蓄满水的室外

1　指二宫尊德，日本江户时代后期著名的农政家和思想家，以好学闻名，其雕像遍布日本全国各地的小学，遂有了二宫像半夜在校园里行走看书的怪谈。

泳池。

"你们是要搞游泳比赛吗？"

互目打趣道。

"水里蕴含太阳之力，是为了净化灵魂，保护我们免遭恶魔侵害的重要存在。"

雾洼怜悯地垂下眉毛，大概是把互目当成了未开化的野蛮人吧。

互目望着因台风过境而变浑的水，不经意间一个黑影从窗前方几厘米处掠过。该不会是乌鸦吧？互目刚想询问雾洼，可她已经走到了数米开外的地方。

雾洼播放了校内广播后，光头信徒们纷纷聚集到体育馆外，大部分是年轻男子，身穿同款连体服。

"出家信徒有十人，俗家信徒有二十多人。"聚集在此的信徒约有十五人。

"明明不拜释迦牟尼，还当和尚吗？"

"我们剃掉头发，是为了用全身承受太阳的力量。"

雨贝看起来只是秃顶。

互目以当老师的心态，站在讲台上向信徒们提问，但并没有什么明显的收获，祭典的疲惫加上酒力，到了深夜一点，几乎所有信徒都失去了意识，并没有哪个怪人会透过窗户观察"舛屋"。

"够了吗？请回吧。"

"还有一个人呢，教主在哪儿？"

雨贝皱起了眉头。

"妨碍天道大人接收神谕行为是戒律禁止的。"

"既然能和太阳对话，应该也能知道小偷的去向吧。"

"无论什么样的理由都不能违反戒律。"

"你们跟赤麻组的毒品贩子勾勾搭搭是吧，证据多得很哦。"

"……"

"我只想知道他有没有听到什么可疑的声音。"

"好吧。"

雨贝指示信徒们回去打扫卫生，交代雾洼监督，之后便向主楼的三楼走去。互目紧随其后。

雨贝吩咐互目在楼梯平台上等着，继续顺着楼梯往上走去。那里有一扇通往屋顶的门，右上角装有监控探头。雨贝郑重地双手合十，上半身深深地弯了下去，说了声"打扰了"，然后打开铁门，互目发觉自己已在不知不觉中把身体挺得笔直。

雨贝走上屋顶后立刻把门掩上，屋顶上传来了毕恭毕敬的声音。两分钟后，门打开了，雨贝再度现身。

"天道大人为'太阳神殿'附近发生的事情感到深切的悲伤。"

"——然后呢？"

"没有证据表明本教和赤麻组有关系，这是谣言。"

雨贝的声音非常有力。不愧是教主，虚张声势似乎不起作用。

"没有搜查证的话就请回吧，天道大人的话就这些了。"

雨贝轻蔑地说道。

*

鉴识科在"舛屋"的工作仍在继续。

"就不能想办法算到牟黑一神教的头上吗？"

一看到互目，刑事科长豆生田就把她领到了小巷里。

"听说昨晚信徒们在一起喝酒。"

"是团伙犯罪吗？"

"感觉太不符合犯人形象了。我是不觉得这些哪怕一个字都不说，布施也会自己找上门来的家伙会特地闯进酒馆。"

"就算搞定了牟黑一神教，明天'台风风助'又来的话该怎么办呢？"

豆生田一言不发，像山羊一样磨着上下齿。

这些年来，牟黑市每逢台风都会发生入室盗窃事件。由于此人专门趁暴风雨行人减少的时间段闯入店家实施盗窃，故被戏称为"台风风助"。顺带一提，牟黑市还有"雨后小飞象""热带夜的凸八""筒子楼的基约""花色星期五的金塔"等窃贼。

今年七月末开始，台风接连袭来，在"舛屋"失窃的八月五日至六日的夜里，十三号超大台风带来了总量超过四百毫米的猛烈降雨。八月六日，也就是今天，是台风过后的爽朗秋日。而到了明天，同等规模的十四号台风还将再度袭击牟黑市，实在没法让人平心静气。

"要是贼一周上门两次，秃子会弄死我的。"

"请天道大人保佑台风别来吧。"

互目讥嘲道。豆生田抚摸着发际线后退的头发，哈哈笑了一声。

*

不知是不是科长的心愿化作了现实，七日清晨，十四号台风朝北大幅改变了方向，牟黑市的晴朗天气一直持续到黄昏，"台风风助"也没有再度惹事。

但是豆生田的忧郁只消失了一小会儿。

九日下午，在"太阳神殿"里发现了福光天道溺死的尸体。

2

室外游泳池依旧蓄积着混浊的水。

互目一边观察着"太阳神殿"的地界，一边沿着走廊行进。向鉴识科的工作人员点头致意，然后走上楼梯。穿过了三天前驻足的楼梯平台，登上了屋顶。

"这里就是现场。"

长得像滨鼠的警察正在向豆生田汇报情况，互目也加入其中。

"福光天道就仰面倒在这张椅子上。"

屋顶中央放着一把木制的折叠躺椅，就是有钱人在海滩上晒日光浴用的那种，据说天道就是躺在这张椅子上仰望天空，接收来自太阳的信息。

"距离死者死亡已经过了两三天。推测死亡日期是六日至七日。"

滨鼠警察递过来一张拍立得照片，福光天道身穿绣着花的红色连体服，戴着墨镜，靠在躺椅上，脸色苍白，膝盖上放着一根看起来很灵验的金杖。

"不过有证据表明，天道死亡的时间是在六日下午四点以后。"

滨鼠警察翻着照片，第二张照片也拍到了天道，但他的头并没有靠在椅背上，而是抬起脖子看着太阳。

"这是八月六日下午拍的照片，是从鹿羽学院大学娱乐研究会的学生用无人机拍摄的影像中剪辑出来的。据说每当城里发生盗窃事件或抢劫案时，他们都会赶到现场，把拍摄到的视频传到视频网站上。八月六日，他们前来拍摄'舜屋'失窃现场的时候，顺便让无人机飞到了'太阳神殿'。"

互目回想起三天前造访"太阳神殿"的时候，从二楼窗户看到的黑影。原来那是学生放的无人机。

"既然这个时间点天道还活着，那么死亡推定时间就是六日下午四点到七日间的一整天是吧？"

"是这样，具体情况还有待解剖，但因为找不到外伤，喉部有积水，死因应该是溺水。"

"是接收神谕的时候被暴雨浇死了吗？"

"不会，八月六日凌晨四点，十三号台风已经经过了牟黑市。从那以后牟黑市就再也没下过一滴雨。"

根据预报，八月七日，十四号台风将直击牟黑市，但由于行进路径发生偏移，连靠都没靠近，这是在场所有人都知道的情况。

"天道真的是死在这个屋顶上的吗？"

互目插嘴道。

"八月六日上午十一点前后，监控拍下了一个像是天道的人挂着拐杖走向屋顶。从那以后，他就再也没有离开屋顶。"

"那福光天道是怎么溺死的？"

豆生田像是溺水一般大口喘着气。

"怎么可能会有这样的尸体。"

*

在晚间的调查会议上，这边先汇报了对四十多名信徒和干事的调查结果。

天道的尸体是在八月九日下午一点左右被发现的。从六日下午开始，教主就一直在不吃不喝接收太阳神谕，雨贝和雾洼很担心他的身体，于是来到屋顶查看，发现了他的尸体。由于干扰通信是戒律严禁的事情，所以从雨贝前去打听入室盗窃案的六日下午三点半以后，没有人知道天道身上究竟发生了什么。

"信徒们普遍认为天道是被恶魔杀死的。也有证言说，在宴会举行的第五天晚上，有人在'太阳神殿'听到了恶魔怒吼的声音。"

五日晚上十三号台风直击牟黑市，房龄四十年的校舍一定会嘎吱作响，他们大概是把那个声音当作了魔鬼的吼声吧。

法医的报告证实了死因。屏幕上播放了鹿羽学院大学娱乐研究会的无人机拍摄的视频。视频共有两段，第一段摄于六日下午三点十五分左右，第二段摄于下午四点左右。虽然躺椅的阴影掉转了方向，但天道抬头的姿势并无变化。这个身穿华丽连体服，头戴墨镜，膝盖上还放着金杖的男人，看起来只是沉溺在自己的妄想之中。

"凶手是用什么办法淹死了屋顶的受害者？谁有想法？"

秃头丹波管理官的情绪比平时还要糟糕，谁都知道会遭到劈头盖脸的驳斥，所以没人举手。互目决定不跟他对视，可把头一抬，视线却不知为何撞在了一起。

"你有什么想说的？"

丹波怒气冲冲地吼道。他早已看惯了稀奇古怪的尸体，唯独这一回，连他自己也不清楚到底发生了什么。

"他是想用游泳池的水做一场水上秀，然后失败了吧？水里似乎寄宿了太阳之力。"

"要怎么把水从游泳池弄到屋顶？"

"他们买了一台大型喷水机。这点儿钱应该不在话下吧。就算教主不出去工作，钱也会自己找上门来的。"

"没有证据表明牟黑一神教参与贩卖大麻，刑警不能只凭想象说话。"

最后还是被骂了。

之后又有十来名调查人员成了"祭品"，看来丹波也没什么特别的想法。

会议结束后，互目照例被豆生田喊到了资料室。

"照这样下去，我就要被踢进交通科，上街去追胡乱加塞的浑蛋了。拜托了，能不能想个办法解决一下。"

豆生田恬不知耻地搓着双手。

"先告诉我有什么能在屋顶上淹死人的方法吧。"

"伊拉卡卡酒店社长被杀的案子，你处理得不错嘛。"

互目的脑海中浮现出了推理作家满是粉刺的脸。哪怕是这个人，怕是也解不开这般难解的谜吧。不过只要有钱，什么假都能造。

"我不觉得总部会出钱，话说您不差钱吧？"

豆生田磨着门牙。

"我会想办法的。"

3

"我知道凶手是谁了。"

用平板电脑看完两段视频后，青森山太郎心满意足地抬起了头。

"胡说。"

"真的。"

"把天道淹死在屋顶上的方法，你也知道了吗？"

"当然。准确地说，是让人产生错觉的方法。"

似乎难得有客人上门，"破门屋"的一楼传来了醉鬼的大笑。

"太快了吧。"

"总比慢好。"

"不是为了钱故弄玄虚吧？"

"我才不会做这么无赖的事。听说只是溺水死亡，我本来没什么干劲。但是，视频里已经清楚地拍下了真相，所以就没问题了。"

双方约定好支付一百五十万后，青森即刻开始了说明。

"太阳一直在动，特地说这个好像有些奇怪。不过，这两段视频里的阴影方向不同，说明视频是隔开一段时间拍摄的。尽管如此，天道先生的脖子却没有动。如果是为了不错过神谕而一直盯着太阳的话，脖子的方向不可能一动不动。所以说这个时候天道先生已经死了。"

互目又看了一遍视频，天道的脑袋悬在椅背上，看起来像是在抬头盯着太阳。

"你是说尸体的脖子被固定住了？怎么固定的？"

"在这之前先确认一下天道先生溺死的经过吧。既然视频里的天道先生已经死了，就没有理由认为他死在屋顶上。可以认为他在与神明交流之前就已经死了。

"天道先生参加了八月五日至六日的宴会。教主也是人，酒喝多了就会烂醉。要是互目小姐喝多了感到难受，会怎么做呢？"

"呕吐。"互目缩了缩下巴，"吐在洗手间。"

"教主也是一样，天道先生在洗手间呕吐，把头伸进马桶里，然后不省人事了。"

一楼传来了醉鬼独有的大叫声。

"这天，'舛屋'碰上十三号台风'风助'。台风直击了牟黑市，降雨总量超过四百毫米。在老旧的楼房里，要是降雨量超过下水道的排水量，水就会从污水管倒流，从马桶和浴缸里喷出来。信徒们听到的恶魔的吼声，其实是水流过墙里的管子，把空气挤出去的声音。"

互目只觉得胃袋周围越来越重，与此同时，混浊的室外泳池也在脑海中一闪而过。要是那个泳池是空的，说不定水就能从那边的排水孔涌出。由于泳池里蓄积了大量的水，阀门被水压固定，无处可去的雨水就顺着污水管逆流出来。

"就在宴会结束、台风离去的八月六日，凶手——虽然并不存在谋杀，但为方便起见，我就这样称呼这个欺骗警察和信徒的人吧——发现天道先生淹死在了马桶里。"

"要是教主的领袖魅力受损，宗教也就完了。淹死在马桶里着实不成体统。幸运的是，十四号强台风会在第二天再度袭击牟黑市。凶手便决定把尸体运到屋顶，假装教主是在接收神谕的时候溺死的。

"屋顶的门上装有监控探头，没法抬着尸体进入，所以凶手先将绳子穿过天道先生连体服的袖子，在绳子的另一头绑上重物，然后通过三楼的窗户把重物抛上屋顶。接着自己再穿上同款连体服，手拿金杖，变装成教主的模样走上屋顶，拽着绳子把尸体吊了上去。之后在躺椅上放倒尸体，再把绳子从中间对折搭在栏杆上，顺着绳子回到三楼。只要拽着绳子的一头将其回收，就不会留下什么痕迹了。"

"你的话我明白了。但在无人机拍摄的视频里，天道明显抬起了头，看起来像是活着哦。"

"是这么回事——"

青森在纸巾上画了张示意图（图6）。

"凶手把尸体吊上去的时候，距离死亡刚过去半天左右，尸体开始发生尸僵，天道先生是在酒宴尚未结束的时候去世的。凶手把尸体翻了个面放在躺椅上，令他看起来像是抬头凝望着太阳。不过我不认为凶手能预测到无人机会来，所以这应该不是算计好的事，只是恰好走运而已。"

"根据发现尸体后拍下的照片，他的头是靠在躺椅上的。"

"尸僵会在死后的三十到四十小时内解除，所以到了九日下午，

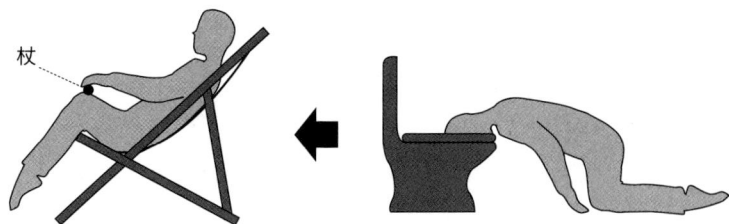

图6

脖子已经变软了。"

推理作家似乎知道的净是些多余的知识。

"结果就是牟黑一神教的信徒纠集起来一同维护教主的领袖魅力吗？"

"不，伪装在接收神谕过程中死亡，这是针对信徒的表演，并非为了对付警察，我想绝大多数信徒都不知道真相。"

"是哪个人编派的？"

"八月六日下午，互目小姐为了调查入室盗窃案，造访了'太阳神殿'，听到了教团干事雨贝先生和天道先生的对话。这个时候天道先生已经死了，雨贝先生明知这点却仍在演独角戏。把尸体吊上屋顶、欺骗信徒和警察的，正是雨贝先生。"

互目当时坚称要见天道，雨贝想必慌了神，要是被刑警发现教主已经丧命，那就彻底完了，但这也是让人相信教主还活着的良机。于是雨贝把互目领到门口，让她听到自己的说话声，误以为天道还活着。

"之所以组织信徒们大扫除，应该就是为了清除洗手间被雨水倒灌的痕迹。只要第二天台风一来，一切都会圆满收场的。可由于台风偏离了方向，结果就在屋顶发现了一具溺死的尸体。"

这一切听起来都很扯淡。互目咬了口价值一百五十万的卷心菜，感觉像是弄丢了塞满大额钞票的钱包。

4

体育馆里传来了蹩脚的合唱声。

早上七点，在"破门屋"喝了个通宵，然后在洗手间里清空了肚子的互目来到了"太阳神殿"。变更死亡现场属于轻罪，很难实施逮捕。她打算故意被雨贝触碰身体，然后把他当作现行犯抓回去。

互目抽完一支烟，按响了正门的门铃。大约三十秒后，雨贝从体育馆里现身。他看上去就像刚考上志愿学校的考生一般神清气爽。

"怎么又是你？有什么事吗？"

"我想看看淹死你们教主的那个洗手间。"

一瞬间，雨贝表情尽失，不过马上就恢复了原先的微笑。

"天道大人是死在屋顶上的哦。"

雨贝显得莫名淡定，情况有些不对。这么想的时候，手机传来了振动。互目忐忑不安地接起了电话。

"你现在在哪儿？"

是豆生田的声音。

"我在'太阳神殿'，正打算引教团干事雨贝钝息上钩。"

互目摘取青森的推理进行了解释。

"别这么做，情况有变。"

豆生田的声音相当萎靡不振。

"昨天那个秃子情绪很低落吧？我有种不好的预感，所以调查了一下。"说到这里，豆生田压低了声音，"秃子好像是这里的信徒。"

什么？

"丹波管理官是牟黑一神教的信徒，崇拜福光天道。"

互目骤然想起了调查会议上的对话。

——他们买了一台大型喷水机，这点儿钱应该不在话下吧。就算教主不出去工作，钱也会自己找上门来的。

互目编了个不着调的推理，而丹波管理官是这样回答的。

——没有证据表明牟黑一神教参与贩卖大麻，刑警不能只凭想象说话。

说起金钱流入宗教的理由，一般都会想到信徒布施吧。为什么丹波会立马把牟黑一神教和大麻联系在一起呢?

说他们在贩卖大麻，是互目为了吓唬雨贝而信口胡说的。可丹波已经知道了这一点，是不是牟黑一神教已经跟丹波打了招呼，让牟黑署的刑警不要轻举妄动呢?

这么一想，一条再明显不过的线索就摆在了眼前：牟黑一神教的信徒为了沐浴阳光而剃去了头发。

而寸草不生的丹波管理官，正是个让人过目不忘的无毛秃子。

"昨晚在'太阳神殿'召开了临时干事会议，正式决定福光天道是为了从恶魔手上保护信徒们而自我牺牲的。信徒之间对天道的信仰也越来越强。要是把醉酒淹死在马桶里的真相曝光出来，我们都会被管理官做掉的。"

"那这桩案子该怎么办!"

互目粗声喊道，豆生田也像是想穿了一般大声回了一句：

"肯定要成悬案了。天道就是被恶魔杀死的!"

尸体中的尸体 **7**

关于二十三日在鹿羽山发现的被勒死女子的尸体，本报从警方处得悉，在女子体内又发现了一具孩子的尸体。该女子没有怀孕，被发现的孩子约为十岁。

根据精通人体结构的推理作家袋小路宇立（35）的说法，"该女子的身体应该相当庞大吧？"

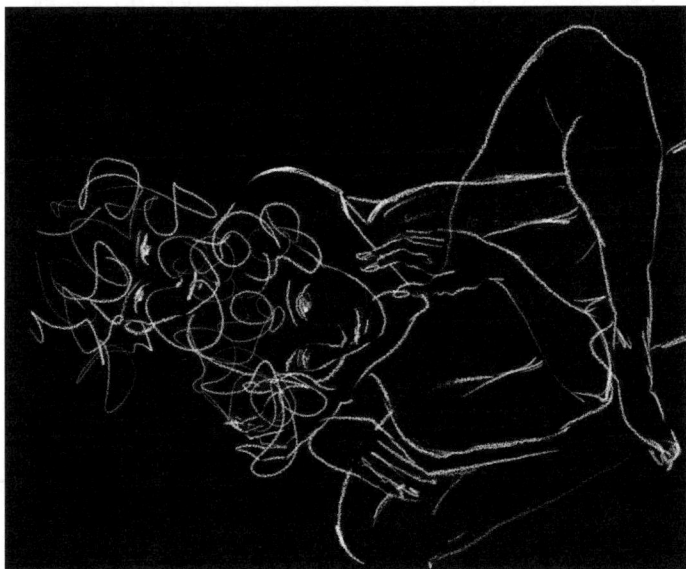

摘自《牟黑日报》二〇一八年二月二十四日晨报

1

秋叶骏河最近睡眠不足。

本周是双月一次的广播收听率调查周，即所谓的特别周。各电台或邀请嘉宾，或与其他节目合作，或赠送家电，施展各种手段比拼收听率，可谓狂欢一周。今天是二月十六日，星期五，到昨天为止，秋叶已经连续四天通宵了。不过今晚有《下平平死神广播》特别放送，所以绝不能睡觉。为了防止睡过去，只能早点儿结束工作先小睡一会儿。

秋叶揉了揉眼睛，用粘着眼屎的手敲打着木门。

"快开门！"

北牟黑街一隅，住宅和空地像糟老头的牙齿般参差不齐，可哪怕在这个地方，这间屋子的外观也显得格外破败。脏到分辨不出原本颜色的墙壁上爬满了郁郁葱葱的藤蔓。虽然拉着窗帘，看不到里面的情况，可给人的感觉是住在里头的幽灵比人还多。

"再不开门，我就把门砸了——"

正当他准备一个助跑把门踹开时，突然注意到别人的视线。一个身穿工作服的小哥正从距离屋子五十米远的地方望着这边，身旁立着"正在施工"的告示牌，还有宛如怪兽走过般歪斜着的电线杆。去年夏天，由于强台风连续登陆，在城里的各处留下了这样的光景。接下去是要进行修复工程了吧。

"再不开门的话，门可能就要被我砸坏了哦。"

要是那个男人拨打110，害自己被抓进没有无线电信号的拘留所里，那就并非自己本意了。于是，秋叶改变了语气，没敢飞踢，而是不断加大拍打木门的响动。正当门板像黏土一样凹陷下去的时候，随着"咣当"一声，门微微地开了一条缝。

"您是哪位？"

秋叶花了好几秒钟才意识到这是一个女人。她身高一米九左右，身体粗如铁桶。尽管如此，容貌却标致得令人毛骨悚然，简直就像把洋娃娃的头贴在女摔跤手的巨躯上做成的拙劣拼贴画。

"是牧场洞子吗？"

"嗯。"

与巨大的身躯极不相称，这是一个带着鼻音的甜美声音。

"你向须藤英借钱了吧？"

"嗯。"

"欠债还钱啊。"

"嗯。"

"那把二十万给我吧。"

"嗯。"

"你有在听吗？"

"您是哪位？"

秋叶朝女人的脸上挥了一拳，女人脚下不稳，一屁股坐在了地上。虽然摆好了应对反击的架势，但女人就只是摸着屁股而已。

秋叶闯进玄关，掩上木门，这样一来就不用担心被人举报了。

土坯地上到处散落着脏兮兮的鞋子，橱柜顶上放着的塑料瓶里插着干枯的沈丁花，明明放在中间就行，却不知为何摆到了最左端，看着十分难受。

"只要交出利息就饶了你，给我五万。"

"我没钱。"

女人搓着手，抬头看着秋叶，动作没有丝毫的紧迫感，就像是蹩脚的演员在扮演一个不幸的女人。据说被债务压得透不过气来的人会丧失羞耻心，变得极度厚颜无耻。这个女人似乎也是这种类型。

"把卡和存折都拿出来，我替你借钱。"

女人装模作样地点了点头，沿着走廊往回走去，秋叶也穿着鞋踏上了走廊。

虽然是大白天，客厅却异常昏暗。在杂乱不堪的房间里有两个并肩而坐的少年，一大一小，一副失魂落魄的样子。

根据合同的记载，牧场洞子有三个孩子，长子是二十岁的自由职业者阳太，次子是初一的卷生，还有一个正在上高中的女儿，似乎在什么地方卖油。

"存折呢存折，存折放哪儿了呢？"

女人扒拉着桌上堆积如山的账单和催款单，虽然动作很夸张，但仔细一看，她只是把同样的东西拿起后再放回去而已。大概是因为到处借钱，所以不能给人看到存折吧。

"再说一遍，把卡和存折给我。"

"好像弄丢了哦，卷生，你还记得存折放哪儿了吗？"

不知为何，她问了其中一个少年，被唤作卷生的孩子摇了摇瘦小的脑袋。

"阳太呢？"

"我怎么会知道。"

大儿子也挥了挥手。

"对不起，果然是弄丢了……"

秋叶揪住女人的头发，把她的脑袋朝橱柜上砸了过去。盘子、杯子和泡面纷纷倾泻而下，卷生"哎呀"地叫了一声。

"我很忙的。把值钱的东西都拿出来，戒指项链名牌包什么的都行，快点儿！"

女人把手放在脸颊上，嘟囔着"好吧"，然后开始在柜子里摸摸索索。秋叶没空陪她耍猴，打算从身后观察橱柜，但是光线太暗，看不清里面。按下墙上的开关，只听到"咔嚓"一声，灯并没有亮。

"哎呀，灯泡坏了啊。"

女人重复着显而易见的谎言，腋下的衬衫湿了一块。

"那个，叔叔。"

卷生突然开了口，紧握的拳头微微颤抖。

"怎么了？"

"我妈妈病了，你能帮帮我们吗？"

女人的拳头飞了过来，落在了卷生脸颊上。

"小孩子不要说话！"

卷生飞出了一米多远，腰撞上了墙壁。

"生病？是梅毒吗？"

"我没生病。"

女人马上恢复了原先软绵绵的声音，额头上冒出了豆大的汗珠，这个女人好像有什么秘密。大额的债务，不一致的言行，大量的汗水。原来如此，是那个模式吗？

"喂，小鬼，药在什么地方？"

卷生瞪大了眼睛。

这个少年大概是看到母亲打针就以为她生病了吧。只要把那个药卖了应该就能换到足够的钱。

"你妈妈的宝贝药，有没有呢？"

三个人的视线交错在一起，然后是无声的沉默。

"咕"的一声，传来了吞咽口水的声音，不是屋里这四个人发出的。秋叶拉开了隔扇。

"——哈？"

秋叶怀疑起自己的眼睛，站在和式房间里的是一个眼熟的少女。

"啊呀，被发现了。"

前占卜师兼写作助理、守财奴高中生——神月步波在那里耸了耸肩。

"你怎么在这儿？"

"是你闯进我家里来了。"

"这里是牧场家吧？"

"是啊，我叫牧场真步，你该不会以为神月步波就是我的真名了吧？"

还真是这样。

"我倒是想见见你的父母。天晓得是个欠钱不还的瘾君子。"

"我可不想被黑帮这么说哦。"

步波若无其事地走出房间，秋叶抓住了她的左臂。

"拿钱来吧，五万，替你妈妈还账。"

"你觉得一介高中生有这么多钱吗？"

"你有的吧？要是不给，当心我把你妈嗑药的传单撒到你学校去。"

"把丹波管理官的侄子弄死的人是赤麻组的某人，你说我要不要向县警写举报信呢？"

步波嘿嘿地笑着。就在秋叶忍不住想要踹她肚子的瞬间，她本该被抓住的左臂突然从毛衣袖子里掉了出来，真正的手臂从肚子前方飞出，敲了下秋叶的头。

"好，出局。如果我是认真的话，你已经死定喽。"

秋叶的手上只剩下假胳膊。

他深知这家伙不是那种轻易吐钱的人。要是奉陪恶作剧错过了"死神广播"的话，那就该后悔不迭了吧。秋叶决定光荣撤退。

"看在特别周的分上，今天姑且饶了你们，下周给我把钱准备好。"

"太谢谢了。"

女人像陪酒小姐一样弯着腰。

"别想着逃。要想回归正常的生活，就先把债还了。"

秋叶撂下一句不怀好意的台词，随即离开了屋子。

而牧场洞子的尸体被人发现，是一整周以后的事了。

2

二月二十三日下午两点，时隔一周，秋叶再度来到了北牟黑街。

此时的他正为宿醉而头痛。昨晚久违地喝了酒，醉得不省人事，醒来的地方是不认识的公寓露台。

　　为了缓解吐意，他环顾着街道，虽然才过了七天，但北牟黑街原先的憋闷感已经被消磨干净了。

　　稍一思索，秋叶才发现倾斜的电线杆不见了，想必修复工程已经竣工。住宅区没有了怪奇电影般的诡谲氛围，又恢复了往日的寂寥。

　　路边的垃圾堆放处堆着旧电视机和微波炉，是附近的老人死了吗？又或者——对于讨债人而言，一个最坏的可能性在他的脑海里闪过。

　　秋叶快步走在路上，踏入了牧场家的地界，一周前砸过的木门依旧凹着。

　　"开门！"

　　秋叶敲了敲门，里面没有回应。是因为筹不到钱才离开家，还是真的没有人呢？

　　"有人在吧？快开门——"

　　酒意也急遽退去。

　　传来树叶摩擦的声音。玄关左手边，墙壁和栅栏之间探出了一个人影。

　　"步波？"

　　影子晃动了一下。

　　秋叶穿过前庭，窥探着墙壁和栅栏之间的缝隙。

　　"咦？"

　　秋叶再度怀疑自己的眼睛。

"嘿，是我啊。"

青森山太郎挠着脑袋走了出来，每次来到这栋屋子，都会碰见意料之外的人。

"你在这里偷偷摸摸地干吗呢？"

秋叶向他解释了他来向步波母亲讨债的事。

"这样啊，其实我也是来找步波小姐的。"

"你俩不是天天见面吗？"

"我从周一开始就联系不上她了。下周五之前必须写完'猜凶手'的解答篇。就在不知道该怎么办的时候，突然想起步波小姐曾签过的一份合同。我找了个认识的编辑帮忙看了下，果然上面写着地址。就在我找到这栋房子的时候，突然有个黑帮闯了进来。"

我的预感成真了。步波果然举家连夜跑路了，垃圾场里的家电大概是为了轻装出行而扔掉的吧。

青森骤然停住了挠头的动作。

"讨债人在某种意义上是找人的专家，你能跟我一起去找步波小姐吗？"

他不胜感激地握着秋叶的手。

"侦探游戏后面又是讨债游戏吗？"

"只要能找到步波小姐，什么都好说。首先该怎么办？"

"搜查一下房子，或许能找到步波去向的线索。"

秋叶确认窗户上锁后，搬起一块大石头，朝着客厅的玻璃门扔了过去,上面出现了毛细血管般的龟裂。朝同一个地方反复投掷,到了第五次的时候,玻璃终于碎了。秋叶把手伸进裂缝,扳下了月牙锁的把手,将玻璃门和窗帘一起打开。

屋子里空空如也。

出乎意料的是,家具和家电原封未动,但桌上堆积如山的账单和催款单全都不翼而飞。想必是处理掉能够确认身份的文件,一身轻装出门去了吧。

家中一片寂静,除了厨房的换气扇还在轰鸣,听不到其他声响。去所有房间看了一圈,不仅找不到住客,也找不到与目的地相关的任何线索。

"下一步该怎么办?"

"装出一副熟络的样子,找附近居民搭话吧。"

"原来是搜集情报,对吧?"

就在商量的时候,门铃声响起。又有讨债人上门来了吗?

"是邻居吗?"

青森穿过走廊去往门口,秋叶也紧随其后。橱柜上沈丁花的影子细长地伸展着。

"是哪位?"

青森打开门锁,木门打了开来。鼻子跟前探出了黑洞洞的枪口。

"哈?"

秋叶再度怀疑起自己的眼睛。

"你们怎么会在这里？"

长得像滨鼠的警察这般说道，一副活见鬼的样子。

"我是来找下落不明的助手的，这位黑帮是来讨债的。"青森避开枪口，背靠着墙壁问，"警官您呢？"

"是来查案的。"

滨鼠警察确认周围没有人后，压低声音说：

"鹿羽山上发现了住在这栋房子里的牧场洞子的尸体。"

*

由于县警本部的调查人员蜂拥而至，所以秋叶和青森决定在"破门屋"包厢里等待互目的联络。

"步波小姐赚了这么多钱，是为了替家人还债吗？"

听秋叶讲完一周前发生的事，青森揉着眼皮说出这样的话。或许同为惨遭催债的人，他心中涌出了亲近感吧。

凌晨两点，就在马路边的醉汉鼾声大起时，滨鼠警察出现在了包厢里。

"我们没喊你来啊。"

"互目警官脱不开身，我替她来。"

互目在牟黑一神教的案子中企图隐瞒真相被人发觉，似乎被监察部门盯上了。要是在这里跟黑帮私会，就等同于自投罗网。虽说隐瞒个把线索感觉没什么大不了，但警察内部也不是铁板一块吧。

"调查有进展吗？"

"嗯，马上就会有新消息，尸体的数量增加了。"

"不会吧，难道是牧场真步？"

"不，是弟弟卷生。"滨鼠警察顿了一顿说，"你猜他的尸体是在哪里被发现的？"

事情的起因可以追溯到半天前，二十三日上午十时许，一名六十岁的男子在鹿羽山上采摘野菜时发现有人坠崖，遂向警方报案。

尸体是个大块头女人，已经死了三到五天，死因是被绳状物缠绕在脖子上窒息而死，没有找到凶器。除了脖子上的勒痕之外，从胸部到下腹部的皮肤还有用线缝合的痕迹。

"是动过手术了吗？"

"没那么正经八百。线是做手工用的尼龙线，针脚也是乱七八糟的。从伤口没有化脓来看，腹部应该是死后被切开的，法医解剖后发现，卷生竟然在他母亲的肚子里。"

原以为确定身份需要时间，但经过和数据库比对指纹，可以判断死者是居住在牟黑北区的牧场洞子，在给居住在鹿羽市的亲戚看了照片后，证实死去的少年正是次子卷生。

"卷生在上初一，洞子有三个孩子，都是十年前去世的丈夫带来的，没有血缘关系。长子阳太和长女真步至今下落不明。"

"要是婴儿倒也罢了，初中生的身体能放得下吗？"

青森不停地摩挲着自己的腹部。

滨鼠警察打开公文包，取出一张五英寸照片的复印件。据说这是去年春天在小学毕业典礼上拍的照片。

"小的是卷生，大的是洞子。"

相比于同学，卷生的个子要小不少，而一旁的洞子看起来像个巨人。照这样看，应该完全能放得下。洞子的脸就像海岸的岩壁一样凹凸不平，和现在判若两人。

"洞子患有肢端肥大症，是脑垂体前叶异常，导致生长激素分泌过多的疾病。一年前，她还在牟黑医院整容科修过脸，应该是对外表感到自卑。"

初见时就感觉她像是女摔跤手和洋娃娃的拼贴画，就算没说到点子上也相去不远了。

"大约三十年前发生过把异物塞进女性肚子的凶案，这次的案件却是前所未闻的。看来凶手并非单纯想要损坏尸体，而是想用尸体表达什么。"

"大概是模仿孕妇和胎儿吧。"

"我见过各种各样他杀的尸体，没想到竟会有这样的尸体。"

"洞子女士的指纹被记录在警方的数据库里，她是有什么前科吗？"

青森掐着脖子上的皮肤问道，似乎在寻找推理的线索。

"二十年前，她因违反毒品管制法遭到逮捕。据说是在肛门里塞了毒品想要出机场，结果被海关抓包了，说是泰国俱乐部一个相熟的男人委托她带进来的。"

以如此显眼的模样进行走私，胆子可真够肥的。

"顺便说一下，洞子的尸体也出现了毒品的阳性反应，最近好像有从街头贩子手上买药。"

"打完毒品后精神错乱的洞子女士将儿子的尸体放入自己肚子里，对吗？"

"我刚才说过了，洞子腹部的伤口没有生活反应[1]，如果不是死后被人开膛，就解释不通了。"

"是这样吗？"

青森以几乎要掉下来的角度歪着脑袋。

"正因为误解成某人单独干的，才会让人觉得不合理吧。"

秋叶也灵光一现地说道，滨鼠警察和青森投来了略带期待的目光。

"首先是洞子因为欠债而自杀身亡，卷生看到后精神错乱，也自尽了。阳太和真步发现两具尸体后，觉得两人各奔东西太过可怜，就决定让弟弟和母亲一起往生。"

"明明觉得可怜，却把人扔下了悬崖？"

"祭奠的方式因人而异嘛。"

---

1 指暴力作用于生活机体时，在损伤局部及全身出现的防卫反应。

"不可能。洞子的脖子上有两种勒痕，一种是致死时伴有皮下出血的，另一种是死后没有皮下出血的。如果洞子死于自杀，那么第二种勒痕就没法解释了。某人担心洞子没有死透，又勒了一遍，这绝对是谋杀。"

"卷生也是这样吗？"青森问。

"不，虽然同样是窒息而死，但卷生的脖子上并没有勒痕。要么是被关进了不通风的房间里，要么就是在腹腔里被闷死了。"

完全搞不懂这些差异意味着什么。

"总而言之，凶手杀死洞子，取其脏器，随即杀了卷生，把他放到洞子的肚子里，最后缝合了创口。简直就是疯了。"

"调查本部也是一头雾水。如果弄不清凶手为何要这样做，就很难找到失踪的两个人。"

滨鼠警察像煞有介事地说道。

"不用说我也知道，这回我就不提钱了。我会在截稿期前找回真步小姐的。"

青森带着粗重的鼻息说了句振奋人心的话。

3

"我没和卷生说过话。"

满脸青春痘的鹿角边说边吸了一大口香草奶昔，发型酷似马桶刷的茌原点了点头。

"要是被当作同类就完蛋了，所以尽量不要跟他接触。他总是一个人看书，我从后座偷瞄了一眼，他看的书都好危险的，叫什么《肠与 JK》，是不是很不对劲啊？"

满脸痘痘的鹿角看上去像是班上的底层。被这样的人贬得一文不值，看来卷生是连金字塔的底端都挤不进去的贱民了。

牟黑中学的学生一半步行回家，一半从牟黑站乘坐公交或有轨电车。要是在学校周围转悠，怕被学校的教职员发现惹出麻烦，所以秋叶一行人便在牟黑站内守着学生。

"你对他的印象如何？"

青森一边捏着薯条，一边试着套"马桶刷"茌原的话。

在这之前，秋叶学着河神的样子说了句"我可以满足你们一个愿望"，少年们便顺从地跟在他后面。秋叶他们一边留意着站前派出所巡警的视线，一边走进了汉堡店。

"从入学起，他的身体就一直不太好，上课时常常进了保健室就再也没有回来过。"

"暑假过后好久没见到他了。居然瘦成这副样子，着实把我吓了一跳。"

"我还说他是不是快要死了，结果就真不来学校了。"

少年们捧着肚子大笑起来。

没听说卷生患有慢性病，与母亲不同，应该也没测出阳性反应。

是不适应教室导致了精神不振，还是有其他的缘由呢？

"你们知道卷生有惹上什么麻烦吗？"

凶手的动机不明，但可以肯定的是，他对洞子和卷生抱有某种歪曲的感情，事发前确实与两人有过交集。

"不清楚啊，学校以外的事情，我们是不知道的。"

"我也是。我从来不跟别人说自己的事。"

两名少年无忧无虑地回答道。

"他为什么这么不合群呢？"

青森弓着背，一副怜悯的表情。

"是为什么呢？"

痘痘鹿角舔了舔嘴唇上沾的香草奶昔，"啊"地一拍椅子。

"话说足球部里有个叫标叶的家伙，很擅长给人起绰号。入学后没多久，他看到卷生和他母亲在便利店买东西，就给他起了个绰号叫'妈宝牧场'。"

马桶刷茬原"噗"地喷出一口唾沫。

"起初卷生没有理会，可到了第二、第三天就突然急眼了。他涨得满脸通红，用听不清楚的声音号叫，感觉就像婴儿哭闹一样。所以，我们才觉得他不大对劲。"

照片上那个看似软弱的卷生竟会大发雷霆，难道他对"妈宝"这个称呼感到十分委屈吗？

对话就此中断。马桶刷茬原直了直腰说：

"大叔们能实现我们的愿望吧？体育课的肉仓老师真是恶心死了。"

"那就让他的身体变得连准备操都做不了。"

秋叶随口应了一句，两个少年两眼放光，摆出振臂欢呼的姿势。

"你可要小心哦，那家伙会满不在乎地打人。"

"之前有个奇怪的阿姨朝教室里偷窥，被他毫不留情地打了个半死。"

教训自诩力气大的教师简直再容易不过，只要用偷来的车撞他就行了。

"别小看黑帮哦。"

"那是什么时候的事？"青森插嘴道。

"嗯？"

"就是一个奇怪的阿姨偷窥教室是什么时候的事？"

两个少年面面相觑，这时传来电车到站的声音，桌子"咔嚓咔嚓"地摇晃着。

"大概去年五月吧。"

"是个什么样的人？"

"嗯……"荏原歪着脑袋，卷毛跟着晃了一晃，"总之身体好大好大，连肉仓在她面前都像个小不点，跟怪兽一样。"

"你说她在偷窥你们班，那时候卷生也在里面吧？"

"大概是吧。"

"那个阿姨有可能是卷生的母亲吗？"

"不会，不然标叶应该会发现的。"

青森推了推眼镜，将镜片对准秋叶。

"卷生死去的父亲，可能是个巨物爱好者吧。"

"嗯？"

"卷生的亲生母亲来找他了。"

4

"我经常遇到不正派的人，就跟你一样。"

晒得黢黑的大叔盯着秋叶胸口的刺青，嘴里这般说道。这样的自己有种贫民窟老大的派头。

大河内太，四十岁。他在大型人力资源公司夺得了第一的业绩后，不知为何搬到了牟黑市，作为研讨会的讲师在东北各地东奔西走，算是怪人一个。

"不好意思，没想到大学里还有这么精壮的家伙。"

他那刷得光滑溜溜的牙齿闪着白光。

"哪里哪里。"青森挠了挠头。

如果头衔是作家和黑帮的话，连门都不给开。于是青森自称是鹿羽学院大学犯罪学部的教授，秋叶则自称他的保镖。

"刚搬来那会儿还经常打招呼呢。大概是去年五月吧，她突然低头问我借钱了。"

牧场家的邻居似乎怕惹人注目，故意压低了声音，表情却很自豪。

"你借她了吗？"

"我回绝了。毕竟也不是慈善家嘛。后来才知道，除了我家，她好像还去了别家到处求人。从那时起，就有了一些形迹可疑的人在这边转悠，之后我也就没见过她。她家窗户总是拉着帘子，也听不到声音，还以为连夜逃走了呢。"

大概是为了不被讨债人找到，只得隐瞒行踪低调度日吧。大河内太用粗壮的手指拉开百叶窗，将目光投向邻家。

"您有孩子吧？上几年级？"

青森望向大河内家的庭院说道。那里有一排可爱的坟墓，泥土上插着小树枝，或许是仓鼠死了吧。实际上下落不明的两人也被埋在里面——这样的妄想也太过头了吧。

"从春天开始就上五年级了。虽说没有来往，但也很受打击。请尽快查明凶手，把这句话告诉那些磨磨叽叽的警察吧。"

青森煞有介事地绷紧了脸。

"再问一个奇怪的问题，你有没有见过一个怪兽一样的女人在附近游荡？"

"怪兽一样的女人吗？"大河内摸了摸下巴上的胡须，"没，我记不得了。"

他像好莱坞的演员那样耸了耸肩。

倘若出现在学校的女性是为了寻找卷生，那就极有可能追到他家里来。虽然期待着邻居的目击证词，但似乎没有那么顺利。

"差不多了吗？我这边预定六点钟和乌洛波洛斯的社长有个饭局。"

大河内说了个从未听过的公司名字。抬头看了眼电动古董钟，时针正指向五点。

"还有一个问题。就算不像怪兽也可以，您有没有见过什么印象深刻的可疑人物呢？"

"没，我也不可能成天监视邻居。而且从一号到十五号，我们全家人去了芬兰，这期间就算有可疑的人来，我也没法知道。"

秋叶是十六日那天来讨债的，所以他是在前一天回国的。

"您的孩子还在上小学吧？"

"嗯，学校那边我给他请假了，因为十岁的冬天就只有当下嘛。"

有钱人做事的风格就是不一样。

青森无意间朝玄关深处瞥了一眼，只见高高的底座上稳稳地摆着一个大鱼缸。虽然配有价格不菲的灯具和加热器，里头却空空如也。他应该是那种有钱就花，花完就腻的类型吧。

"够了吧？我的工作全靠信任，迟到是不允许的哦。"

"感谢您的协助。"

青森谦恭地低下了头，大河内露出广告里那样殷勤的笑容，随即掩上了门。

"白跑一趟啊。"

"有个好消息哦，门口的古董钟慢了。"

青森笑眯眯地拿出手机，上面显示的时间是 19:15。回过神来的时候夜幕已经降临。

"那个大叔搞丢了一个客户。"

*

"监控探头拍下了凶手杀人的瞬间。"

晚上十点，接到滨鼠"有新消息"的联络后，秋叶和青森接连两日造访了"破门屋"。

"犯罪现场在牟黑医院的停车场，凶手的长相也拍得很清楚。"

滨鼠警察从公文包里拿出一沓 A4 纸，黑白照片好似拉洋片般印在上面，掀开纸张一看，只见一辆厢式车停在夜晚的停车场一隅。

"是偷来的车。"

灯熄灭了，有人从驾驶座上下来，双手握着绳子一样的东西，无檐帽压得很低，长长的雨衣遮住了其巨大的身躯。

可疑人物一边环顾四周，一边向车后走去。靠近车灯的一瞬，背影在黑暗中显现出来，波浪卷的头发披在肩上。

"是个女人。"

青森嘟囔了一句，滨鼠警察也跟着点了点头。

可疑人物打开后备厢，将绳子缠在某个粗大的东西上，向左右两侧拉扯。她像静态图像一样保持着姿势，继续勒紧绳索，似乎能听到粗重的喘息声。

"到这里大约两分钟。"

说完这句话，可疑人物松开绳索，关上后备厢，回到了驾驶座。前大灯亮了，厢式车驶离了停车场。

"录像时间是二月十九日晚上十一点十五分至十八分。看不清楚后备厢里的情况，似乎是个身材高大的女人正在掐人的脖子。"

秋叶和青森交换了一下眼神。

"真巧，其实我们也在追查一个大个子女人。"

青森说明了那个窥探牟黑中学教室的女人的情况。

"原来如此，是卷生的生母吗？"

滨鼠警察揭起一张纸，凝视着被车灯照到的女人的背影。

"她挨了老师一顿打后，仍不肯罢休地跑去见儿子，表明自己是亲生母亲。卷生对自己身世的秘密感到吃惊、困惑和愤怒。哪怕是负债累累的瘾君子，只要是自己的母亲，那也是没办法的事情，可如今他才知道自己和那个女人并没有血缘关系，于是——"

话题无法继续了。为什么会冒出那具稀奇古怪的尸体？最关键的地方还是解释不通。

"我有个问题。"青森拿起照片。

"如果这个女人是凶手，那么后备厢里的就是洞子了，凶手为什么要在医院停车场杀死她呢？"

"在哪儿都行吧。"

"如果是这样的话，还是到不会被人看见的鹿羽山再杀更安全，现在已经被监控探头拍到了。如果还有其他事情非要来医院一趟倒也可以理解，可她刚掐完洞子的脖子后就立马离开了。"

"凶手明知有监控探头，还故意来停车场吗？"

"没错，可能是为了引导别人以为这里是杀人现场，有意让监控探头拍到的吧。"

洞子的脖子上有两种勒痕。一种是遇害时造成的，另一种是死后造成的。如果凶手在停车场掐脖子是在演戏的话，那么第二种勒痕也就有了解释。

"凶手是打算欺骗警察吧。"

"卷生的亲生母亲有消息吗？"

"当然有。"滨鼠警察翻开了笔记，"蛭田万里，五十岁，住在鹿羽市北的伊贝市，两年前跟一个二十多岁的男人再婚，现在在丈夫的公司帮忙。"

"年纪差得有点儿多啊，是正经公司吗？"

"不知道，是一家运营线上旧货店的公司，名叫乌洛波洛斯。"

5

信天翁在屋顶上跳舞，指爪抠金属般的憋闷声音吵得人心烦意乱。

乌洛波洛斯有限公司的办公室位于伊贝湾湾头成排的仓库的一角，红色的旗子上写着"卖旧货就找乌洛波洛斯"。墙上画了一条咬着尾巴卷成一团的蛇。

"不好意思，社长从不跟没有预约过的人见面。"

来到窗口的时候，只见围裙小哥正在揉着通红的眼睛。他后颈的发际线很长，耳郭上开满了洞，大概是那种弹着便宜的吉他骗女人的类型吧。

"如果是估价的话，这边请。"

"社长不来的话，就让社长的女人来吧。"

"您是专务董事吧？有过预约吗？"

"没有。"

"那请您先预约吧。"

"把电话号码告诉我吧。"

"我们只能告诉认识的人。"

"要我把信天翁塞你屁股里吗？"

经过一番"豁达"的交流之后，小哥从事务所里取来了电话分机。

"您可以用这个联系社长。"

青森接过分机。

"喂。不不，我不是黑帮的人哦，我是鹿羽学院大学犯罪学部的，您是社长蛭田永人吗？"

秋叶也把耳朵凑了过去。对方好像正在开车，能听到对向车行驶的声音。

"我们不做违法犯罪的事情，请问您有什么事？"

虽说语气彬彬有礼，但声音挺有魄力。似乎曾在什么地方听到过类似的声音，是以前的黑帮组员吗？

"是在鹿羽山发现母子尸体的事，听说尊夫人万里好像一直在纠缠受害者牧场卷生，您知道这回事吗？"

"跟万里没有关系。"

"请回答我的问题。"蛭田沉默了数秒。

"嗯，我知道。"

"二月十九日，也就是上周一晚上十点左右，万里夫人在什么地方？"

"我想她大概在家睡觉吧。"

"蛭田先生见过被杀的牧场洞子吗？"

"见过。不过，不是我主动接近的，是那个女人托我办事，说要卖掉闲置的婴儿车和床，我就去收购了。后来，万里看了顾客登记簿，才发现那是前夫的房子。"

大概是这个契机，她实在不堪忍受与孩子们生离的思念，所以就跑到学校去见儿子了。

"你见到洞子女士的时候，有没有发现什么呢？"

"已经一年多了，我记不大清。不过，我还记得他们生活困顿，电被停了，孩子们瘦骨嶙峋，可怜得很。那人是在毒品上散尽家财了吧。"

蛭田只会在谴责洞子时变得饶舌。

"我想找万里夫人问话，请问她在哪里？"

"我想大概在家里吧。"

蛭田告知了去他家的路线，距离事务所大约有三百米的距离。

*

"秋叶先生，谜题终于解开了。"

在前往蛭田家的路上，青森这样说道。

"你知道凶手是谁了吗？"

"是的。"

"把尸体塞进尸体的理由呢？"

"当然，凶手十有八九就在我们即将前往的房间里，是个极度自以为是、有暴力倾向的人物，可能会遭遇危险。"

"那没事。"秋叶从夹克里掏出手枪。

"万一发生紧急状况，我就开枪毙了他。"

"这是最坏的情况，要是有人从屋子里出来，我会问他是不是凶手，一旦知道是凶手的话，请秋叶先生务必出手制住他。"

"那先商量好一个信号吧。"

"这样好了。"青森竖起了大拇指，"这是猜中的信号，抓住他！"然后他又将大拇指指向下方，"这是没猜中的信号，别动手！"

"那不就暴露给对方了吗？只有我方理解的信号才有意义吧。"

"这样如何？"青森把大拇指横向一边。"往右就是对！往左就是错！"

"太敷衍了！给我重新想一个！"

"那么向右弯就是积极的信号，中了！干得漂亮！真棒！就是这些。向左弯则正好相反，没中！开什么玩笑！太差劲了！这样。"

"真是万能啊。"

青森正想弯手指的时候，要找的那栋房子映入了眼帘。白色的墙壁十分耀眼，让人恍若在爱琴海海岸。车库里停着一辆锃光瓦亮的奔驰车，看起来派头十足。

两人按下对讲机告知了来意。

"请先进庭园来，我稍后就来。"

扬声器里传来一个女人的声音，铝制闸门静悄悄地升了起来。秋叶和青森穿过庭院，向玄关走去。

"话说你怎么知道凶手在蛭田家？"

"秋叶先生一看就知道了，瞧。"

青森踩在铺路石上抬起了头。伴随着开锁声，大门打开了。

"咦？"

秋叶简直不敢相信自己的眼睛。

女人有着像铁桶般粗壮的身体，美丽到毛骨悚然的脸庞，仿佛是将洋娃娃的头粘在了女摔跤手的身体上，异样的相貌与死去的牧场洞子一般无二。女人此时正握着门把手。

这也太扯了，牧场洞子和蛭田万里是双胞胎吗？

"不是哦。"青森像是看穿秋叶的心思般低声说道，随即转向了女人，"冒昧问一下，牧场洞子的家里为什么这么昏暗呢？"

"你认识我吗？"

女人应道。她的右手握着一根拐杖模样的棍子。

"请先回答我的问题。"

"那个——我也不知道为什么。"

青森转过身来，拇指弯向左边，这是不要动手的意思吗？从秋叶这边看过来是左，从青森这边看过来是右，根本不晓得是什么意思。

"用嘴说，是哪一个？"

女人突然举起了棍子，朝青森的后脑勺戳了过去。随着"啪"的一声，青森跪倒在地。

"喂，什么情况？"

女人再次举起棍子，前端有类似插头的凸起，是电鞭。

秋叶慌忙背过身去，可闸门已经神不知鬼不觉地放下来了，中圈套了吗？

就在他将手伸进外套的时候，脖颈处传来像是敲入五寸钉般的剧痛。

＊

远处传来了信天翁憋闷的叫声。

后颈隐隐作痛，脊背和屁股都凉飕飕的。秋叶睁开眼睛，眼前一片昏暗。唯有天花板透着朦胧的月光，空气中弥漫着盛夏垃圾堆放处特有的难闻气味。

秋叶被铁栅栏围了起来，这里似乎是牢房。

环顾四周，除了青森之外，还有一个只穿着内衣的男人倒在地上，只见他眼窝凹陷，邋遢的胡子覆满了脸颊，是陌生的面孔。秋叶拉起男人的胳膊一看，上面并列分布着几个针扎的痕迹，皮肤寒冷如冰，对方显然已经死了。

秋叶拍了拍躺在一旁的男人的脸颊，体温仍在。拍打了两三通后，青森嘟嘟囔囔着睁开了眼睛。

"这是哪儿？"

他突然从地上爬起来，四下张望着。

"有信天翁的声音，应该是在乌洛波洛斯仓库里头的某个角落吧。刚才那个女人把我们关起来了。"

"想起来了。秋叶先生，你为什么不制住她呢？我好不容易做出了朝右的手势。"

"在我看来是朝左。"

"哦，那就从发信号的人看到的方向来判断吧。"

"可是已经晚了！"

这时传来"嘎啦嘎啦"拖拽重物的声音，灯光照向了这里。秋叶立刻把手伸进夹克摸了摸，手枪已经被拔走了。

"狗狗们醒了！阿万！"

一个年轻男子打开仓库的门走进来，他左手拿着手电筒照着铁栅栏。正是秋叶去找牧场洞子讨债时家里的那个年轻人。

"你不是阳太吗？你在这里做什么？"

"闭嘴吧，蠢狗。"

"狗在哪儿？"

"说的就是你们，在别人家嗷嗷叫个不停。"

年轻人的身后出现了一个跟洞子一模一样的女人，两手各握一根电鞭，摆出一副吃牛排的姿势。

"我们是被关禁闭了吗？"青森举手问道。

"被我们关禁闭喽。这里是犬类矫正机构，专门教育那些不守教养、没有常识、没法融入社会的不配称为人的野兽。"

"什么时候能出去呢？"

女人用右手的鞭子抽打秋叶的头，随即把左手的鞭子捅进了翻倒在地的秋叶的喉咙里。秋叶眼前火花四溅，感觉就像是被人往食道里灌了开水。

"怎么可能放你出去！身为野兽，却专门破坏别人的事，不管给多少赔偿金，舔多少地板，到死我都不会原谅你的。"

"你们在干什么？"

耳畔响起了熟悉的声音，少女从外面走进来。步波在栅栏前停下脚步，脸一下僵住了。

"你们为什么在这里？"

"你认识这些人吗？"

拿着鞭子的女人摆出一副既不像笑也不像怒的表情。步波突然开了口，左右摇了摇头。

"不认识。"

"不对吧，步波，我们不是一起解过谜吗？"

青森紧紧地攥着铁栅栏。

"你认识的人没几个像样的。除了赚钱，一点儿才能都没有，所以才交不到正经朋友，你是这个家里的瘟神。"

"可以问一件事吗？"秋叶抬头看着步波，吐了一口积在嘴里的血，"这只是我的猜想，你是不是被这两个家伙夺走了钱？"

步波一动不动地僵住了。

"跟这种只把女儿当取款机的家庭还是断绝关系的好。"

"阿万，让这家伙闭嘴。"

男人大叫起来。女人挥舞着电鞭。脊梁骨传来了折断般的剧痛，秋叶只能咬紧牙关忍耐着。

"人无论在什么地方都能过上还算体面的生活，我从保险销售员改行进了黑帮，这话绝对错不了！"

"狗就别废话了！"

一记枪声响起，水泥在距离秋叶脸颊几厘米的地方迸裂开来。

"够了。"步波说道，朝拿着鞭子的女人伸出了手，"我会杀了他们。"

女人兴致索然地"哦"了一声，递过一根鞭子，男人也放下了枪。步波右手握着鞭子，站在铁栅栏前。

"一人四百万，两人加起来八百万，怎么样？"

青森吹了声口哨。

"出手可真阔绰啊。"

"你不给吗？"

"我帮你全付了。"秋叶装腔作势地说，"这么小气干吗，要给就给一千万吧。"

步波嘿嘿地笑着，背对着栅栏，像拍肩膀那样拿着鞭子，往男人脖子上一敲，男人摔倒在地，手枪在地板上滑过，步波伸出了手。

"去死吧，瘟神！"

就在步波即将拾起手枪之前，女人朝她的左臂挥了一鞭，随着"啪"的一声厉响，步波蹲在了地上。

鞭子接连挥舞了两三下。

"不，不要——"

步波骨碌一下转过身体，从腹侧伸出胳膊对着女人举起了手枪。

"什么？"

女人怔怔地张着嘴，一脚踩空摔倒在地，步波霍地站起来，将鞭子戳向女人的胸口。

等回过神来，男人和女人都已躺在地上，嘴里吐着白沫。

"没……没事吧？"

青森的目光隔着铁栅栏追逐着步波。

"没事，我最擅长欺骗傻蛋。"

步波拿掉左臂，从毛衣袖子里伸出了真正的胳膊。她摸了摸男人的夹克衫，从口袋里掏出一把钥匙。铁栅栏的挂锁被打开后，秋叶和青森跨过陌生男人的尸体走出去。

"这究竟是怎么回事？快点儿告诉我。"

"在那之前先报警吧。我还有一件事要拜托步波小姐。"

青森把手伸向月光，回头看向步波，嘴里嘟囔道：

"老实说，离截稿期已经没几天了。"

6

"我怎么觉得只有你占了便宜，是错觉吗？"

三月二日，晚上九点，听说顺利完稿后，秋叶立刻把青森叫到了"破门屋"。

"你连一毛钱都没付就跟助手重逢了，我却损失了一千万，最后连洞子的债都要不回来，岂不是血亏吗？"

"想要钱的话，你会做我的写作助手吗？"

秋叶朝着青森的膝盖踹了一脚。

在过去的五天里，调查取得了重大进展。

接到匿名报警的伊贝署巡警闯进了乌洛波洛斯公司的仓库，找到了失去意识的蛭田夫妇和倒在栅栏里的男人的尸体。

死者被确认为洞子的长子阳太，身上有被剥去指甲、针扎等虐待痕迹。

在鹿羽山山林中发现了洞子长女真步的尸体，距离死亡时间过去两周，是一家人中最先死去的。真步的肠胃中空无一物，推测死因是营养不良导致的身体衰弱。不过，真步的身体上留下了疑似被反复性侵的痕迹。

就这样，牧场家的四具尸体全都找齐了。

"你是从什么时候开始发现真相的？"

"完全确信是在跟乌洛波洛斯社长通话的时候，看到真相的轮廓是前一天听到牧场家邻居大河内先生讲话的时候。"

青森的表情就像是刚刚一口闷干了温吞吞且跑完了气的啤酒。

"那家伙跟案子没关系吧？"

"是的。只是因为拜访了大河内的家，我才发觉洞子他们有卷入重大犯罪的可能性。

"二月十六日秋叶先生前去讨债的时候，牧场家里一片昏暗。秋叶先生按下了墙壁上的开关，灯也没有亮，洞子女士看到后假装灯泡坏了——是这样吧？"

"嗯。"

"洞子明显是在骗人，那家人为了不被讨债人发现，大白天就拉上了窗帘，要是没有灯光，生活上极不方便，在这种状况下是不可能因为疏忽而忘记换灯泡的。

"那灯为什么没亮呢？是因为拖欠电费被停电了吗？可是一周后我跟秋叶去的时候，厨房里的换气扇还在转，对讲机的门铃也能响。洞子家没有拖欠电费，只是在二月十六日，也就是秋叶先生第一次上门的那天，家里的电被停了。"

"会有这种事吗？"

"这就是我拜访大河内家的收获，他家玄关处有一口带加热器的大型鱼缸，但里头空空如也，庭院里有小动物的坟墓，玄关深处有电动式的古董钟，但时间慢了两个小时左右。由此可以推测大河内先生家里也停电了。"

"哈哈。"

事情说起来很简单，由于停电，鱼缸里的水变冷，热带鱼被冻死，电动式时钟的指针也变慢了。

"但我不觉得手头宽裕到能带孩子去芬兰的大河内先生会拖欠电费。虽然旅行时家里没人，但既然养了一缸热带鱼，也不至于关掉电闸吧。停电不仅发生在大河内先生的家里，还发生在包括洞子家在内的整片区域。"

十六日当天的记忆又回到了秋叶的脑海里，离家约五十米的地方挂着"正在施工"的告示牌，正在进行因台风而倾斜的电线杆修复工程，这个工程正是停电的原因。

"暂且排除因灾害和事故造成的突发性停电，如果是线路施工的计划性停电，应该会事先通知住户，绝大多数人家都应该知道这件事。大河内先生结束为期半个月的芬兰旅行，回来后没注意到停电通知，未能及时采取对策，因此遭受了意料之外的损失。"

记忆被一个接着一个拽了出来，第二次去牧场家的时候，在附近的垃圾堆放处放着电视机和微波炉，起初他以为是洞子一家连夜逃跑时扔掉的，但进屋一看，家电仍在原位，那些家电想必也是大河内家坏掉的吧。他似乎因为这次停电遭受了不小的损失。

"话题回到牧场家，十六日客厅里的灯没亮，既不是因为灯泡坏了，也不是因为拖欠电费，而是因为包含这户人家在内的整片区域发生了停电。

"当然了，牧场家也收到了停电通知，如果她真住在这栋房子里，自然会知道停电了。既然如此，她就没必要撒谎说灯泡坏了。"

"他们家也去旅行了吗？"

"连利息都还不上，怎么可能去旅行呢。洞子女士没有住在那栋房子里，她被关在了某个地方，撒谎并非出自本意。"

干燥的风吹进窗户，铁栅栏坚硬冰冷的触感又复苏了。

"那洞子女士为什么十六日那天在家，她只被放出来一天？"

"当然不是。洞子女士那天也被关在牢里哦。"

秋叶不知不觉屏住了呼吸。

"十六日那天，被秋叶先生讨债的女人并不是洞子女士。"

虽然明知除此之外再无其他可能，但记忆就像被改涂成异色一般，仍有种惊诧之感。

去讨债的那天，即便秋叶威吓她还钱，她也是一副事不关己的态度。若是某人假扮洞子想要敷衍一下打发他走，那样满不在乎的态度也就不难理解了。

秋叶打了她的脸，或许是感到害怕，她开始对秋叶言听计从。但即便要她拿出银行卡、存折或其他值钱的东西，她也坚称不知放在什么地方。秋叶还以为她是故意装傻，或是脑子被毒品搞坏了。但要是她根本没住在那栋房子里，自是理所当然，她是真不知道东西收在什么地方。

"你是在什么时候知道那个女人的身份的？"

"当我跟乌洛波洛斯的社长蛭田先生通电话时，我问了牧场家的情况，他想都没想就说了这样的话。"

——我还记得他们生活困顿，电还被停了……

"就是刚才说的那样，牧场家并没有断电，蛭田先生之所以会搞错，是因为十六日停电的时候他就在那栋房子里。秋叶先生前去讨债的时候，蛭田一家潜入了那栋房子。"

"那干吗不直说他们不是我要找的人呢？"

"他们潜入牧场家的理由要是被人知道就不妙了。我猜测可能是寻找洞子藏起来的毒品吧。要是非法侵入被人发现报警就搞砸了。起初他们只想假装不在家，但意识到秋叶先生哪怕砸了门也要进去，便只得假装成住户。

"根据年龄和性别推测，假扮洞子的是蛭田万里，假扮长子阳太的是丈夫蛭田永人，假装长女真步的也就是女儿步波。"

走进玄关时，看到放在橱柜上的沈丁花，秋叶感觉有点儿奇怪。明明应该是放在橱柜中间的东西，现在不知为何被摆在了左边。

在木门打开之前，万里大概是把沈丁花边上的某样东西藏进橱柜里了。考虑到玄关这种位置，那里是不是该放着全家福呢？

"长子、长女就罢了，次子卷生是什么人？"

"只有他是真的，要是换作别人的话，在'破门屋'里看毕业典礼照片的时候就该发现了。蛭田一家为了寻找毒品，把知晓家里情况的卷生带走了。"

记忆仍在变幻着颜色。

——卷生，你还记得存折放哪儿了吗？

秋叶让她把卡和存折交出来，那个女人不知为何先问了还在读初中的卷生。本以为她是打算装傻搪塞过去，但她应该是在认真质问卷生。在那个地方的五个人里，唯有卷生有可能知道存折的位置。

"把全家人都监禁起来，还把人家家里翻得乱七八糟，真是毫不客气的家伙。"

"没错，大河内先生说从去年五月开始就看不到邻居了，我想洞子他们大概是从这个时候起就被剥夺了自由。

"事情的经过大概是这样的，洞子女士苦于维持家计，联系了旧货回收店，准备卖掉落满灰尘的婴儿用品。当蛭田万里发现委托人是前夫的再婚对象时，便假意对其贫困生活感到痛心，接近洞子，或许提出要援助生活费吧。由于丈夫过世已近十年，洞子对曾经的情敌放松了警惕。

"二十年前，她因为违反毒品管制法遭到逮捕，最近又死性不改地继续使用兴奋剂。大概是不小心把这件事泄露给蛭田万里，把柄在手的万里突然态度大变，开始和丈夫一起威胁洞子。

"洞子女士无法违抗万里的要求，找多家高利贷借了钱，向邻居借钱也是万里指使的吧。一边榨取金钱，一边孤立目标人物，从精神上控制他们，是这类人最擅长的伎俩。

"万里女士的毒牙也延伸到了亲生的孩子身上，卷生越来越瘦，是因为万里限制了他的饮食。她之所以出现在牟黑中学，是想把养母洞子的秘密告诉同学，从教室里夺走他的容身之地。通过剥夺孩子们的生活自由，对其反复进行折磨，万里让孩子们也屈从了。

"没过多久，万里女士把能榨取的钱都榨光了。然后，他们把四人关在了公司的仓库里，卷生不来学校也是这个原因。万里一边寻找下一个冤大头，一边等着四个人变得衰竭。"

被关在狭小的监牢里，稍不顺从就会被施以电鞭，这就是被万里盯上的一家人的末路。

"但在一周前，他们发现那栋屋子里还有一些值钱的东西——恐怕就是兴奋剂吧。据说洞子女士尸体的毒品反应呈阳性，我猜万里发现了她偷偷藏下的东西，但洞子怎么都不肯透露家里藏毒的地方，或者已经衰弱到说不出话了吧。

"于是，万里女士带着两个家人和带路的卷生，闯进了牧场家里。卷生知道逃跑会受到惩罚，所以便乖乖服从了万里的命令。"

果真是这样吗？

卷生的确在暴力的胁迫下服从了万里，然而就在当时，在万里一家的眼皮子底下，卷生不是向秋叶求助过吗？

——那个，叔叔。

卷生握着拳头说道。

——我妈妈病了，能帮帮我们吗？

少年鼓足勇气，想要传递出母亲此刻正遭遇着身体衰竭的危机。万里立刻暴揍卷生一顿，并且堵住了他的嘴。少年拼死的呼救并没有成功传达给秋叶。

"真是让人憋屈的故事。"

"真稀奇，原来黑帮的眼睛也会流泪吗？"

秋叶又朝青森踹了一脚。

"万里干的事我知道了，但究竟有什么样的变故，才会变成那具稀奇古怪的尸体？”

“一想到牧场一家四口被监禁在仓库里，那具尸体的意义就很明确了。卷生很勇敢，哪怕被关在又黑又冷的仓库里，眼睁睁地看着家人死去，他也没放弃活下去的希望。”

“怎么说？”

“卷生躲在尸体堆里，企图逃出仓库。”

胃袋一阵抽搐，一股苦涩的汁液涌上了喉头。

“我不清楚洞子女士死亡的详细情况，有可能是被万里勒死的，也有可能是洞子自己自缢的，搞不好还可能是家人不忍心看她衰弱的样子把她勒死的。

“活下来的只有长子阳太和次子卷生，起初真步去世的时候，他们应该知道万里等人会将尸体抛进深山。想到这次他们也要去山里抛尸，兄弟俩决定最后赌一把。卷生偷偷潜入母亲的尸体里，打算就这样实施越狱。”

据说二十年前洞子将毒品塞入肛门想要走私回国，他们或许听到过母亲运毒失败的往事。

“如果要抛尸的话，应该会等到太阳下山之后。洞子死后到日落还有一段时间，为避免母亲的内脏被人看到导致计划败露，两个人只好用一种极端的方式处理掉内脏。事后，卷生钻进母亲肚子里，阳太缝合了皮肤，并给母亲穿上衣服。”

“他俩居然能搞到针线。”

"尼龙线是从内衣里抽出来的,针应该是别人虐待他们时扎在皮肤上的。

"没过多久天就黑了。蛭田家的某人——恐怕是永人先生,将铁栅栏里的尸体装进后备厢。仓库里光线昏暗,因此他并没有发现卷生不见了。

"永人开着偷来的汽车驶向鹿羽山,要是被直接抛到悬崖底下,那就本末倒置了。卷生必须伺机破尸而出,听到电车的声音就跳车逃跑,跑到车站前的派出所。大概就是这样的计划吧。

"但是,结果正如你知道的那样,兄弟俩的计划以失败告终,事实上万里女士也在他们看不见的地方想出了一个计划。"

"卷生的逃亡计划被发现了吗?"

"不。就连万里女士也担心像这样抛尸会不会有一两具尸体被人找到,所以她准备了不在场证明,以防尸体被人发现。

"方法很简单,她让丈夫乔装打扮,在有监控的地方假装杀死洞子,她只要在那个时间到常去的俱乐部露个脸,一旦发生紧急状况,就能以此证明自己的清白。"

这句话让秋叶想起了滨鼠警察给他看的黑白照片的洋片。晚上出现在停车场的可疑人物并非身材高大的女人,而是乔装成女人的男人。

"真是外行的肤浅想法,要是勒痕上没有生活反应,就会被认为是伪造的。"

"说得没错，但这样做也改变了卷生的命运。永人听从指令，在停车场的一角打开后备厢，勒住洞子尸体的脖子，但尸体里装着卷生，洞子的气管一旦堵塞，肚子里的卷生也没法呼吸。

"当然了，他可以立即破腹而出，但在尸体里屏息潜伏的卷生，并不知道那是什么样的地方。即便下定决心逃到外面，要是身处无人的荒山，就彻底完蛋了。卷生遵守和哥哥的约定，在听到信号前纹丝不动，拼命屏住呼吸。不多久，因为血氧下降，卷生晕了过去。而永人先生对此一无所知，他关上后备厢，前往鹿羽山，将尸体抛弃在悬崖下。"

一想到那个丧命之际浑身沾满母亲鲜血的少年，就连秋叶也感到心头一紧。

"步波的情况怎样？"

"没什么变化，她在跟我签的合同上写了假地址，是不想让我知道真实的住址。"

在秋叶他们面前自称神月步波的高中生，本名是蛭田步波，万里和前夫离婚的时候，唯一和生母一起生活的就是她。尽管有血缘关系的兄弟妹妹相继离世，父母也被警方逮捕，她依旧泰然自若地上学，放学后还在帮青森写稿子。

"要是有一千万就不用打工了，不过目前她好像没有辞职的意思，我也松了口气。"

青森把右肘撑在桌面上，拇指在秋叶视角往左弯曲。

"搞什么啊，这是'去死'的信号吗？"

"不，从我这边看，是'太好了'的信号哦。"

青森左扭右扭地弯着手指。

"别太得意忘形啊。你可别忘了，要是我不给钱，你现在还在牢里关着。"

秋叶叹了口气，喝干了啤酒杯底的最后一滴酒。

"只有你啜到了油水。"

活着的尸体 **8**

十七日上午七时许，一名男子在鸣空山天台宗牟黑寺的大殿里浑身是血倒地不起，该寺住持发现后通报了警方。该男子被确认为在牟黑市设立据点的黑帮赤麻组组员秋叶骏河（24）。该男子被送往牟黑医院，但一直未恢复意识。

熟知黑社会的推理作家袋小路宇立（35）对此表示担忧，"两年前爆发的白洲组和赤麻组的对抗之火会不会复燃呢？"

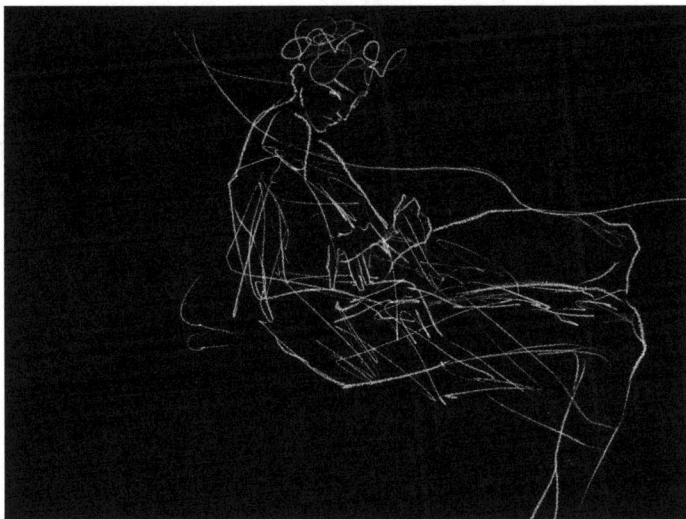

摘自《牟黑日报》二〇一八年三月十八日晨报

1

从记事起，青森山太郎满脑子想的都是尸体的事，但映在屏幕上的肉体比任何一个都要惨烈。

"'浑身是血倒地不起'真是非常保守的表达。"

步波以折弯金属般的声音小声嘟哝着。

三月十九日凌晨一点多，在青森和步波的一再恳求下，互目领着两人去牟黑医院探望秋叶。

夜班护士带来的笔记本电脑的显示屏上出现了重症监护室的病床。一个男人躺在床上，口鼻被呼吸机面罩覆盖着，眼睛和耳朵缠着绷带，虽然脖子以下盖着白色的毯子，但仍能看出身高缩水了不少。

"怎么会有这样的尸体……"

"还没死呢！"

互目难得大声驳斥了一句。

"凶手从公寓掳走秋叶，把他搬进牟黑寺大殿实施拷问。其间，秋叶失去了左右眼球，不少牙齿也被砸碎，鼓膜被刺穿，四肢则与身体分离。虽然还留着性命，但和死了没两样，说是活着的尸体也毫不夸张。"

互目从茶色信封里拿出了几张拍立得照片，全都是一样的颜色。空洞的眼窝、肿胀的牙龈、淌血的耳孔、缝合前骨肉外露的手脚，每张都像是用过滤镜般被染得通红。

"果然是白洲组干的吗？"

"虽然权堂组长不认，但不见得说了真话。能做到这种地步的，只有黑道、特高[1]和墨西哥的贩毒集团吧。"

话虽然在理，但要说是黑帮所为仍存有疑问。

"黑帮有仇必报，挨了打就要打回去，兄弟被杀就要杀回去，如果是为前年死于抗争的白洲组组员复仇的话，一定会要了他的命的。"

步波也点了点头。

"与其做这种乱七八糟的事，直接杀了他要容易得多。"

要是凶手想杀秋叶，只需要用小刀刺穿他的心脏，或是用打碎牙齿的钝器砸破他的脑袋就行。而凶手费了不少工夫折磨秋叶，却不知为何没有夺走他的性命。

"凶手为什么没把秋叶先生杀死呢？"

1　"特别高等警察"的略称。

两年来，青森解开了诸多有关尸体的谜团，但这种怪事还是头次见。

"难不成他极度痛恨秋叶先生，乃至到了杀了他也不解恨的程度吗？"

步波抚摩着嘴唇。

"就算如此，最后也会弄死他的。"

"或许是想给他最后一击的时候，被人妨碍了吧。"

"凶手绑住了秋叶的手脚，给伤口止血，不是杀不死，而是有意让他活着。"

面对互目的反驳，步波"嗯"了一声。

虽说将秋叶奉为救命恩人总感觉有些不妥，但他确实救了青森一命。两年前的春天，青森独自前往牟黑岬的那一日，要是秋叶没坐上出租车，青森恐怕已经朝悬崖下舍身一跃了。

这桩案子必须由自己解决，青森干脆利落地说：

"互目警官，请把相关人员的信息告诉我吧。"

2

"你们是鹿羽学院大学犯罪学部的老师和助手吗？还有这样的学部啊。"

青森说了句彻头彻尾的谎言，牟黑寺住持疑心重重地抬起眉

头，眼球一下子凸到外面，几乎要从眼眶里掉出来，看得人惶惶
不安。他是年龄六十五岁的和尚，户籍名佐川一平，法号仁空，
穿着一身牛仔裤和衬衫，清爽得有如度假一般。他似乎在听收音
机，从隔扇背面传来了牟黑 FM 主题短歌的声音。

"我只是随便放放而已，我不喜欢看电视。"

住持的声音变得有些僵硬，仿佛在申明自己绝对不是死忠听
众，看来是个自我意识很强的和尚。

这个自称犯罪学学者的人带着助手，连同互目刑警一起造访
了住持生活的房间。

"能说说发现受害者并报警的经过吗？"

在互目的催促下，仁空和尚不情不愿地点了点头。

"直到报警为止，我去过两次大殿。第一次是十七日凌晨四点
多，我正躺在床上，听到大殿方向传来了微弱的声音。那里偶尔
会有麻烦人物闯进来，所以我决定过去看看情况。"

他将宛如猫头鹰般的眼珠转向窗外，从住持的房间到正殿约
有三百米远。

"寺院内停着一辆从没见过的白色面包车，大殿里似乎有人，
格窗的间隙漏出了灯光。我走上楼梯，听到一个男人呻吟的声音。
正想要开门，可门被闩上了，根本推不动。我就问了句'是谁'。"

住持深深吸了口气，步波"咕"的一声咽下了口水。

"里边传来一个男人的惨叫。我刚说'我要报警了'，就听到

另一个男人大声嚷嚷道'滚远点儿''敢开门就杀了你'。当时我吓得脚都软了，一句话都说不出来。先申明一下，我并不觉得丢脸哦，要是对这座城市里发生的各种事件有所了解的话，谁都会变成这样的。"

明明他们什么都没说，他却接连找着借口。

"你之前有听过那个大叫大嚷的男声吗？"

"好像在哪儿听到过，或许是我的幻觉吧。光是施主和家属就有二三百人，可能刚好和某人的声音很像吧。

"我逃回了居室，犹豫着要不要报警。但我告诉自己这只是小混混搞的恶作剧，所以没有报警。

"早上七点，天亮了，我想他应该走了，于是再次去查看情况。然后，我发现面包车不见了，大殿的灯也熄了，而大门底下淌出了血。我战战兢兢地打开门，只见一个浑身是血的男人躺在供桌上，于是我赶紧叫来了警察和救护车。"

住持凭记忆说出这些话，然后叹了口气。

"你认识受害者秋叶骏河吗？"

"我跟黑帮没有联系。"

"你认为凶手为什么要在牟黑寺里拷问受害者呢？"

"哪儿都行吧。只是我比较倒霉。"

"究其本质，可以认为凶手是想把罪行栽赃给和尚，你被什么人记恨了吗？"

"根本没有，全都是牵强附会。"

无论怎么讲都是徒劳无功。正当青森久攻不下的时候，助手步波插话道：

"刚才你说你倒霉，可佛陀不是说过，一切皆为因果报应，坏事全是自作自受，只怪运气是不对的吧？"

这话只不过是挑衅。青森本以为佛法精湛的大师不会上这种当，不承想住持的眼球越发凸了出来，把他吓了一跳。

"我的痛苦都是前世造的孽，所谓倒霉不过是语言上的修饰而已。"

"牟黑市接连有人被杀，这些人都是前世造孽了吗？"

"你这么问我也不好回答，在这样的城市里当和尚，我时不时会感到不安。这个世界充满苦难，佛陀教导我们要用修行和悟道来完成救赎，可真的有这样的东西吗？"

住持平静下来，闭上眼睛，深深地呼了口气。

"据说犯了罪的人死后都会去往同一个地方，要是真存在这样的世界，我倒想去看看。"

*

谢过仁空和尚后，三人沿着鸣空山的参道 [1] 朝牟黑寺的大殿走去。

1　指日本神社中用于行人参拜观光的道路。

"青森老师，你怎么看？"

助手过来征询意见。

"我还是搞不懂凶手为何要选择牟黑寺的大殿。多的是无人居住的空房，大殿不远处的房间里住着和尚，这是一眼就明白的事。凶手有什么理由非得在寺庙大殿里拷问人呢？"

"和尚自己就是凶手，所以选了个顺手的地方吧。"

"那他就不会主动报警了吧。"

"一定是有什么理由吧。和尚真的跟黑道没关系吗？"

被提问的互目支吾道：

"牟黑寺和赤麻组之间确实没有金钱上的往来，秋叶跟他应该也不认识，不过这不能作为住持清白的依据。秋叶原本就不认识凶手。"

"嗯？"步波眨了眨眼，"秋叶先生还没有恢复意识，你是怎么知道的呢？"

"警方这边有证据压着没告诉媒体，我们先在这里歇歇脚吧。"

互目在洗手台边停下脚步，从包里拿出一台平板电脑。

"大殿的香案下面掉了一支录音笔，是秋叶用来听广播节目回放用的。这支录音笔处于运行状态，录下了拷问过程中的声音。不晓得是秋叶在被袭击后启动的，还是碰巧在衣服里启动的。"

据说声音文件保存在互目的平板电脑里。在互目的催促下，青森和步波学着恋人的样子各戴上一只耳机。

"虽然大都是些听不清的杂音，但有一段能听明白。好像是秋叶被搬到大殿时暂时恢复了意识。"

互目开始播放音频。

——这是……什么地方？

噪声中夹杂着秋叶的声音，似乎是他的牙齿被敲碎了，声音含混不清。

——我……我不认识……你。

凶手没有回答。

——我投降……这到底是……什么地方？

几秒钟后，噪声变大，又加上惨叫声。互目停止了播放。

"三分钟后声音停了下来，录音笔的容量满了。"

"秋叶先生看到凶手后说'我不认识你'，也就是说他不知道凶手是谁。"

"至少没有直接见过面吧。"

换言之，和秋叶熟识的青森和步波不可能是凶手，而仁空和尚与秋叶素不相识，倒有可能是凶手。

"果然是黑帮吗？秋叶先生是前年秋天背叛白洲组的，应该不认识之后加入的年轻组员。"

"有这个可能。但如果是白洲组差遣手下干的，就搞不懂为何没有夺走秋叶的性命。"

兜兜转转又绕回了原点。

走进院内，大殿出现在眼前，这是自一年半前《可恨的和尚烧掉了袈裟》取材以来的首次造访，相熟的滨鼠警察正在警示带前站岗。

对开门合上了。从门下淌出的血顺着楼梯滴了下来，在坐垫上形成血洼，就像一只巨兽在呕血。告示牌画着禁止乱扔垃圾的标志，此时正毫无说服力地立在坐垫的一角。

互目跨过警示带，朝左右两侧推开门。

大殿里是一片血海。

离门一米左右处摆着三张供桌，桌角对得整整齐齐。两边排列着几盏纸罩蜡灯。天花板上悬着花朵模样的装饰灯具，内阵中端坐着的释迦牟尼坐像朝这边俯视过来，大殿看起来就像会员专供的太平间。

"我们只是抬出受害者，收回了录音笔，现场和案发时基本没有变化。受害者的手脚、眼球和牙齿都找不到了。"

浓厚的瘴气萦绕在皮肤上，青森沿着楼梯走了上去。

"凶器呢？"

"还没找到，应该是被凶手带回去了。按医生的看法，凶手用过的凶器至少有三种：一种是用于剜出眼球的工具，可能是扳手或一字螺丝刀之类；一种是用于刺伤耳膜的细长工具，可能是锥子或冰凿子，也有可能只是铁丝；还有一种是用于打碎牙齿和切断手足的钝器，似乎是大锤一类的东西。"

"截肢不该用刀具吗？"

用手帕捂着鼻子的步波如此问道，青森无疑也在想象着断头台一类的东西。

"不是，与其说是砍断，更准确的说法是将骨肉敲碎后从身上剥离，因为很难买到能砍断人类骨头的刀具。"

亲自铸造刀片做断头台的人恐怕并不多见。青森一边想象着凶手的辛劳，一边环视大殿，突然感觉到某种不协调，房间约有二十叠大小，可供桌离入口处未免太近了。

"明明房间这么大，为什么非得在这个犄角旮旯里拷问呢？"

青森嘟囔了一句，步波也呆呆地挠着脸颊。

"在哪里都行吧。"

"再往里搬一米，血应该就不会流到大殿外边去了。"

"他是不想离佛陀太近吧。"

"那就不会在这种地方实施拷问了。"

步波"嗯"了一声，突然把手一拍。

"凶手是希望秋叶先生能被人找到，即便进行了简单的止血，如果断手断脚就这么放着不管的话迟早会死的。他故意让血流到门外，是希望秋叶先生早点儿被人发现。"

"既然如此，不是应该把大殿的门打开吗？和尚找到秋叶先生的时候，大殿的门是关着的哦。"

可能是实在不知道该如何反驳吧，步波像打喷嚏一样抽着鼻子，说了句破罐子破摔的话：

"是不是凶手就是喜欢犄角旮旯呢？"

3

"牟黑合作公寓"二楼，六叠的房间里弥漫着一股酒气。

爬满裂痕的矮脚桌、又薄又硬的棉被、空啤酒罐和塞满烟蒂的烟灰缸，窗边的老式便携收音机的天线拉得老长。

"就像很早以前的穷学生一样。"

事实上，这里的住户是一个能让半夜哭闹的孩子止啼的黑帮。和牟黑寺一样，房间基本维持着案发时的样子。

"黑帮也用隐形眼镜啊，我还以为必须戴有色眼镜才行呢。"

青森拿起了隐形眼镜盒。

"这是形象策略。秋叶先生要是戴眼镜的话，就和复读生没两样了。"

步波半笑不笑地说道。

"在'牟黑合作公寓'前的道路上，我们找到一个与秋叶所戴隐形眼镜度数相同的镜片，镜片边缘沾有少量血迹。经过 DNA 鉴定，确定是秋叶先生的血液。他的后脑勺上有一道伴有出血的伤口，凶手应该是在那里袭击了秋叶，将他打昏后带到汽车里的。"

互目单手拿着平板电脑开始讲解。

"你是说他是在快到家的时候被抓走了？"

"对。"

玄关处只有凉鞋和伞，没看到秋叶平时穿的皮鞋。

"有目击者吗？"

"还没找到，自从前年春天白洲组事务所发生枪战后，南牟黑五丁目的人口减少了很多。"

"难不成这间公寓就他一个房客？"

"除了秋叶还有一个人，103号房住着一个喜欢棒球的老大爷，他坚称十六日深夜听到有人被球棒袭击的声音，不过这个证言完全不可信。"

"棒球迷净说些不靠谱的话。"

"他有点儿耳背。因为别的案子，我也对他有所耳闻，大概接近于失聪吧。我不认为他能够听到屋外的动静。"

归根结底，这起案件没有一个可靠的证人。

三人走出房间，下了楼梯，路上的血迹已经被冲洗干净了。他们眺望着冷清的街道，只见马路对面的大楼里出来两个大叔，一个是怒发冲冠、眼神凶恶的大叔，另一个是满脸浮肿、胡子拉碴的大叔。

两人走出的地方是一栋十二层的租赁大楼，走上缓坡，前面有一扇玻璃自动门，门前铺着深绿色的吸水地垫，垫子的一头放着钢制的伞架。

胡子拉碴的大叔一副刚下夜班的表情，出门差点儿撞上伞架，两脚一绊摔了个屁股蹲，就这样从斜坡上滚了下来，在路上瘫成了"匕"字。

怒发冲冠的大叔对此视而不见，向互目举手致意，互目也回了句"哟"，一副不良少女的腔调。

"你和这黑帮认识？"

"他是牟黑署的刑警哦，现在正在调查那栋楼里发生的入室盗窃案。"

怒发冲冠的大叔终于注意到胡子拉碴的大叔倒在了地上，用肩膀支撑着他站起来，一边询问损失情况，一边坐上警车。面包车朝着警署的方向驶了出去。

"入室盗窃犯是'台风风助'吗？"

"因为是周五，所以是'花色星期五的金塔'吧。"

秋叶被掳走的那天晚上，对面"同心大厦"十二楼的保险柜被人囫囵偷走了。由于杀人案太多，世人很容易忘记这样的事实，牟黑市的盗窃案数量是全日本首屈一指的。

受害的是同心大厦的所有者——家具批发公司"日本同心之神"，大楼十二层的社长办公室的保险柜里，放着从制造商那里收取的未入账的回扣资金，约有两亿日元。从犯人周五晚上闯进办公室的手法来看，警方判断是"花色星期五的金塔"所为，目前正在调查。

"刚才被刑警带走的是日本同心之神的社长茶畑则男。"

被偷了两亿日元，茶畑则男好像连路都走不稳了。

"就是说'花色星期五的金塔'有可能看到了掳走秋叶先生的凶手？"

步波的声音有些激动。

"不见得吧，'金塔'是从后门闯入大楼的，'牟黑合作公寓'位于另一边，所以和凶手撞见的可能性很低。"

一行人穿过小路转向大楼西侧，从停车场走下短短几级台阶，便到了后门，门被圆锥警示柱和警示带封住了，门框有如波浪一般歪斜着，大概是把工具塞进门缝撬开的缘故吧。

"安保服务呢？"

"没有。"

"这也太大意了吧，居然把现金收在保险柜里。"

"我们保证绝对不会失窃，这不是普通的保险柜，而是运用了心理学的最强保险柜——'双重保险'。"

步波突然说了句像是骗子推销员的话，不知在搞什么鬼。

"这是日本同心之神独家销售的特殊保险柜，在《牟黑日报》上也刊登过广告。"

按助手的说法，"双重保险"是一种混凝土保险柜，重量超三百公斤，高一米。底部宽约八十厘米。保险柜本身并不大，要说为何这么重，那是因为保险柜里还焊接了一个小型保险柜，形成了特别的双重结构。当小偷用瓦斯切割机切开外门的时候，里头还有一扇结实的门在等着他。无论多么老辣的保险柜拆解术，在这个保险柜前都会遭遇重挫。

"这只是宣传口号。从防盗角度来看，重得拿不动才是最重要的。要是重得能将地板压塌，那就必须在保险柜底下铺上铁板才行。"

"'花色星期五的金塔'是把保险柜整个搬走了吗？他用了什么方法呢？"

青森和步波同时转过头，互目则耸了耸肩。

"现在不是破解保险柜小偷之谜的时候吧。"

"一口一个保险柜的，你们该不会就是'花色星期五的金塔'吧？"

突如其来的声音把三个人吓得跳了起来。回头一看，只见一个满脸通红的老大爷站在那里，凹陷的眼睛闪着精光，身上穿着白色条纹的高校棒球制服。这人恐怕就是103室那个喜欢棒球的老大爷吧。

"'花色星期五的金塔'原来是三人组，难怪手段这么高明。"

为什么会变成这样？

"这附近有警察转来转去，你们最好小心点儿。"

"不是，我们——"

"啊？"声音更加刺耳了。

"我们不是'花色星期五的金塔'！"

"啊？"

正当教授和刑警手足无措的时候，助手在老大爷身边发出怪兽般的喊声。

"我们不是小偷，我们正在调查黑帮成员被人施暴的案子。"

"哦，是说楼上的痨病鬼吧。他不是什么正经人物，没一点儿常识，路上遇见也不知道打招呼，不在规定的时间扔垃圾，喝了酒就瘫成一堆烂泥，躺倒在马路上。我把他送到房间，他连句谢谢都没有。这在职业球手里是行不通的。安打率只有一成，就收到战力外通告[1]，将自己的棒球生涯一棒子白白断送掉了。"

"十六号深夜，你真的听到球棒袭击人的声音吗？"

"没错，'咻咻''咣咣'，这样的声音。"

老大爷挥舞着双臂，像是退役球员大师联赛的击球手，照这副样子很难把秋叶打昏过去。

"你有没有注意到其他事情？什么小事都可以。"

"真是个好问题。我刚好注意到一件事，这可是特别爆料哦，就连牟黑署的刑警我都不告诉。"

老大爷压低声音，绕过一条小路，走到"牟黑同心大厦"的正面入口。他爬上斜坡，指着门口的伞架。

"瞧，这是个伞架吧。"

---

1 指球队通告选手明年不在球队计划中，即停止续签合同。

"是的。"

"在十六日晚上之前，这东西一直放在离墙更近的位置，但十七日一早我去扔垃圾的时候，看到它离墙大概有一米远。"

"什么啊，这么细枝末节的东西——"话说到一半，青森就闭上了嘴。

如果说十六日到十七日的夜里，伞架发生了移动，就意味着有人穿过"牟黑同心大厦"的正面入口，不慎撞倒了伞架，然后将其重新立起来，导致伞架的位置发生了变化。

当晚，"花色星期五的金塔"是唯一进出过"牟黑同心大厦"的人，他明明破坏了后门的门锁闯入楼里，为何还要走前门呢？

"双重保险"有三百多公斤重，搬运时应该利用推车之类，但出了后门有一小段台阶，或许"金塔"没能翻过台阶，才走了有斜坡的正门入口吧。

"牟黑合作公寓"的大门和"牟黑同心大厦"的正面入口隔着一条马路相对而立，要是"花色星期五的金塔"走了这个入口，那么极有可能刚好撞见秋叶被掳走的场面。

"怎么样？很不可思议吧？"

老大爷似乎对三人的反应颇为满意，声音愈发激动了。

三人对老大爷表示感谢后，开始打量起那个有问题的伞架。这是一根高约五十厘米的四角柱，钢件侧面上刻着七宝纹浮雕，伞架底部沾满了干燥的泥土。

"是不是秋叶先生看到了走出大楼的'花色星期五的金塔'，这才遇害了呢？"

步波兴奋地说。

"如果想要封口的话，我觉得还是直接杀了他比较快。"

"应该是秋叶抵抗了吧。"

"手脚砸成那样还能抵抗吗？"

最终绕回了原点，凶手为什么不杀了秋叶呢？

步波嘀嘀咕咕，沉吟片刻后突然举起伞架，"啊"地叫了一声。

"不对，刚才那个老头肯定看错了，你看。"

众人朝伞架下边一看，只见聚酯纤维材质的吸水垫上有个方形印迹，只有那一部分没被太阳晒到，颜色比较深。

"这里有印迹，说明伞架一直放在这个位置。十七日早上被移动过完全是胡说八道。"

步波说得没错。如果伞架直到十六日晚上还放在靠墙的位置，那垫子上没有印迹就很奇怪了。

"是把伞架连同垫子一起移动了吗？"

"这也是不可能的。"

步波掀起垫子的一角，周围的水泥全都斑驳发黑，唯有垫子下方明亮且有光泽。要是垫子被人移动过，应该一眼就能看出来，老大爷果真是胡言乱语的。

不对，要是老大爷说的句句属实呢？

青森骤然感到全身的血液都在逆流。

"说得真有道理，差点儿就上当了。就像青森说的那样，棒球迷净说些不负责任的话。"

"或许不是哦。"

就连青森也对自己说的话感到惊讶，步波蹙起了眉头。

"不然呢？喜欢用棍子打球的家伙，能有几个是正常的呀？"

"凶手曾经犯下滔天大罪。"

步波的眼神像是在打量什么可疑人物，互目则是含笑等着下一句话。

所有的线索都揭示了一个真相，想象一下凶手那时的心情，就让人感到脊背发凉。

"凶手可能见到了真正的地狱。"

4

二十一日凌晨零时许，约三十名赤麻组组员袭击了白洲组事务所及头目的住宅，同时发生多起枪战。防暴警察出动后，事态于凌晨四时左右得到了控制。此次冲突造成 15 名黑帮组员、3 名防暴警察、4 名市民死亡，14 名现行犯遭到逮捕。该袭击推测是对 17 日赤麻组男性组员被施暴事件的报复。

——摘自《牟黑日报》二〇一八年三月二十一日号外

当众人坐着警用面包车行驶在夜道上时，街对面的宅邸里传来了枪声。

"糟透了。"手握方向盘的互目露出烦躁的神情，"枪声是从白洲组事务所传出来的。"

"也就是说赤麻组杀进了白洲组事务所？"

互目点了点头，后座的步波把脸贴在了车窗上。

"互目警官没被召唤吗？"

"我才不去，去那里跟送死没两样。"

枪声噼噼啪啪响个不停。

"万一赤麻组组长先丢了性命，那就白跑一趟了。"

互目没有回答，只是朝着山路猛踩油门。

抵达目标民宅后，互目在二十米开外停下面包车，青森和步波急忙躲到门柱后面。互目清了清嗓子，按响了门铃。

沉默了数十秒后，"来了"——传来了一个昏昏欲睡的男声。

"我是警察，不好意思这么晚上门打扰，有件事想向你请教。"

互目向猫眼展示了警察证。脚步声响起，随后门被打开了。

"有什么事？"

互目用手枪指着探出头来的男人。

"不想死就给我老实趴下！"

对方的眼睛骤然瞪得滚圆。

"开……开什么玩笑啊？"

"我是来逮捕你的。袭击秋叶骏河的人就是你吧？"

男人做了个深呼吸，嘴角浮现出刻意的笑容。

"这怎么可能呢——"

他正想迅速把门关上。就在这时，街上响起了枪声。男人"噫"了一声，身体缩成一团。青森和步波迅速冲进玄关，绑住了男人的手脚。

"你……你们想干什么——"

步波拿起一块大石头，塞进男人嘴里，朝着他下巴挥了一拳。两人将昏过去的男人架起来，然后将其塞进了后备厢。

三人回到车内，互目发动了面包车，枪声始终响个不停。下山时差点儿遇上警车，一行人只好躲在没人住的废屋后，让警车先过去。

"话说这人到底为什么要拷问秋叶？"

正当青森在副驾驶座上擦汗时，步波从座椅间探出头来。

"这句话是错的。凶手没有拷问秋叶先生，只是对他进行了惨无人道的伤害。他并不怨恨秋叶，所以才没杀死他，其中没有什么特别的缘由。"

"明明不恨还下这么狠的手，是打算做人体实验吗？"

"不是。我发觉真相的契机，就是那位住在'牟黑合作公寓'里的棒球迷老大爷的证词。"

就像事先商量好一样，后备厢里传来了像是老人发出的呜咽声。

"听那个老大爷说，发生盗窃案的十六日至十七日夜里，'牟黑同心大厦'正面入口的伞架似乎被人移动过，但我拿起伞架后发现垫子上只有伞架下面的部分没被晒到，留下了正方形的痕迹，可见伞架自始至终就一直放在同一个地方。

"还是说凶手将伞架和垫子一起移动了？于是，我试着掀开垫子，发现水泥地面上唯有垫着垫子的部分光泽不同。和伞架一样，垫子也是原先就放在那里的。"

"我知道，是老大爷看错了吧。"

"不是的。就在昨天，当日本同心之神的社长茶畑则男从'牟黑同心大厦'走出来时，差点儿撞上了伞架，摔了个屁股蹲。要是伞架一直没被移动过，每天进出的社长是绝不可能撞上的。"

"这么说的话，岂不是和垫子上的晒痕矛盾了吗？"

"没错，十六日之前，伞架还放在靠墙的地方，不可能在短短几日就在离墙如此远的地方留下日晒的痕迹。只能说原来的垫子被别的东西替代了，也就是说'牟黑同心大厦'正面入口处的垫子，在案发当晚被人调包了。"

"为什么？"步波露出交织着惊讶和困惑的复杂表情。

"这是为了让案发现场伪装成别的地方。秋叶先生身受重伤的地方并非在牟黑寺，而是在'牟黑同心大厦'入口处。但凶手不想让人知道那才是真正的案发现场，所以将受伤的秋叶先生和沾了血的垫子一起搬到了牟黑寺，再将牟黑寺大殿的垫子搬到了大楼入口。垫子上的正方形印迹是安放禁止乱扔垃圾的告示牌时留下的，根据作案者备有车的情况来看，凶手无疑就是'花色星期五的金塔'。"

"小偷在大街上拷问黑帮？会有这种和外国游戏一样的事吗？"

"起初是一场事故。'花色星期五的金塔'从后面闯入大楼，想从十二楼的社长办公室里盗走两亿现金。可'双重保险'重三百多公斤，想要搬走是很困难的。于是，'金塔'用瓦斯切割机切开了混凝土门，没想到另一扇门出现在了眼前。这样一来，即便是惯偷也不可能保持冷静。要是再把这扇门切割开，那时候天都要亮了。因此，'金塔'做了件力气活，保险柜下面铺着防止地板被压塌的铁板，他用千斤顶顶起这块铁板，然后将保险柜从窗户抛了下去。"

座位一阵摇晃，后视镜差点儿蹭到电线杆，互目赶紧打了方向盘。

"你说他拿不到钱就自暴自弃了？"

"要是保险柜掉落的冲击力撞坏内门，那就赚了，要是门没打开，就丢在原地逃走吧。"

"像这样大的巨响，附近的居民会听到吧。"

"因为两年前的枪战，南牟黑五丁目的民宅几乎无人居住了，对面的公寓只有两个住户，一个是黑帮，另一个是耳背的老人。'金塔'在潜入'牟黑同心大厦'的时候，应该已经调查好周边的情况。

"不过，与'金塔'的预期相悖的是，老大爷听到了保险柜坠落的声音，'咻咻''咣咣'不是挥动球棒的声音，而是保险柜划过空气撞击到地面的声音，连耳背的老大爷都听到了，说明当时的动静相当大。"

"声音岂不是要传到五丁目外面了吗？"

"牟黑市的居民听惯了枪声，哪怕听到声音，想必也不会引发骚动。万一有人报警，只须赶在警察来之前逃走就行了。但不幸的是，保险柜掉落的地方有个意料之外的东西。"

"难不成——"

"就是黑帮小哥。"青森毫不客气地说，"有个黑帮小哥喝得烂醉，睡成了一个'大'字。"

远处响起的枪声和脑海中浮现出的景象重叠在一起。

"秋叶先生有个恶癖，一旦喝多了酒，就会在回家之前随地睡倒。那天他大概是躺在大楼入口处的垫子上睡过去了，这时从十二楼掉下一个开着门的保险柜，有门的那面朝下，所以上下左右四面的混凝土板压碎了他的双手双脚，焊接在里面的保险柜砸碎了他的牙齿。在冲击之下，秋叶先生的头被压在垫子上，后脑勺也受了伤。"

握着方向盘的互目"啊"了一声，步波像是咬到舌头似的眯起了眼睛。

"'花色星期五的金塔'大概也不敢相信眼前的景象吧。本来就此休克死亡也就罢了，但秋叶先生还活着。可能是手脚被混凝土板压碎抑制住出血，若是放着不管，秋叶先生自然逃不过死亡。但是，'金塔'并不想杀人，这在牟黑市极为罕见。他拆解了因冲击而破碎的保险柜，然后为秋叶先生的伤口止血。"

"为什么不叫救护车？"

"这样一来，案发现场就会被人发现了。若是社长办公室不见了保险柜，'金塔'在'牟黑同心大厦'里的所作所为自然就会无所遁形。如果秋叶先生受重伤的地方在这栋大楼的正面入口，那么此事与'金塔'之间的关系也会立马暴露。

"若是普通人倒也罢了，秋叶是个黑帮，因为胸口有刺青，所以不会看错。黑帮的人很讲面子，挨了打就一定还手，断手断脚也要原样奉还，要是让黑帮知道是自己伤了他们的人就彻底完蛋了。想到这里，'金塔'决定把秋叶先生连同垫子一起装上面包车，运往牟黑寺。

"多亏垫子的纤维吸收了血液，大楼入口前才没有留下血迹。虽说'金塔'看漏了飞溅到马路上的血，但由于血量稀少，所以警察才会认为那里发生过袭击。"

"为什么要搬到牟黑寺？"

互目松了松油门，面包车穿过街道，再次驶入山路。

"因为那里铺着和'牟黑同心大厦'入口处相同的垫子。那座大厦是家具批发公司日本同心之神旗下的产业，入口处的垫子很可能是从自家公司采购的。在调查公司经营状况的时候，'金塔'应该了解到牟黑寺也在这里批发日常用品吧。

"'金塔'到达牟黑寺后，在大殿摆好供品台，让秋叶躺在上面，然后将楼梯下的垫子替换成大厦入口处的垫子，捋顺垫子表面被压扁的纤维，留下疑似血从正殿溢出的痕迹。之所以要让秋叶先生躺在门边，就是为了让外面的垫子看起来像被流出的血浸透了一样。"

"真有这么顺利吗？"

"答案是否定的。'花色星期五的金塔'还将面临更大的厄运，在他好不容易松口气的时候，秋叶先生醒了过来，秋叶先生一边在剧痛中挣扎着，一边说出那几句台词。"

——这是……什么地方？

——我……我不认识你。

——我投降……这到底是……什么地方？

正是掉在地板上的录音笔录下的话。

"秋叶先生问了两遍他在什么地方，第一遍听起来像是因不知不觉挪了地方感到惊诧而顺嘴说出的话，第二遍却清楚地询问了自己的所在。秋叶先生至少来过一次牟黑寺的大殿，大学生主播遇害的那次，他差点儿被警察冤枉，专门跑到鸣空山里来找我。

可他为什么不知道自己在牟黑寺呢？"

"他的眼球已经没了？"

"要是没有看到凶手的脸，是不会说'我不认识你'的。"

"嗯……"步波抚摩着嘴唇，"灯光很暗吗？"

"和尚第一次来查看情况的时候，格窗应该漏出了光。"

"那是为什么呢？"

"想法不错。秋叶先生之所以问'这是什么地方'，并非因为他不认识牟黑寺的大殿，而是因为他看不清四周。虽说能看到凶手的脸，可仍旧看不到殿内的佛像和天花板上的灯光。看得了近处却看不了远处，应该是秋叶先生的隐形眼镜遗失了。"

"这不是什么大不了的理由吧。"步波往座位上一靠。

"但对于'金塔'来说，这可是了不得的状况，听到秋叶先生的话，他才发觉眼前的这个黑帮没戴隐形眼镜。镜片可能是喝醉酒东倒西歪的时候遗失的，也可能是在搬运至牟黑寺的过程中弄掉的，但哪怕只有万分之一的可能掉在大楼入口附近，就大事不妙了。因为一旦发现那里才是真正的案发现场，所有的伪装就会失去作用。事实上，其中一个镜片就掉在大楼附近，'金塔'的担忧也算是没有落空。

"'金塔'搜肠刮肚地想着。光是把牟黑寺的垫子搬到'牟黑同心大厦'就快天亮了，根本没有时间在大楼周围寻找。为了不让人找到隐形眼镜，首先得不让人去找隐形眼镜，也就是不让人质疑受害者为什么没戴隐形眼镜。但要是调查了受害者的住处，立马就会知道他没有回家，如此一来，就只能伪装成出门在外被人掳走并遭到拷问了。可眼睛上偏偏没有镜片，这就太奇怪了。就算在拷问过程中脱落，也应该掉在附近才对。

"既然如此，干脆把眼球处理掉就行了。要是凶手假装把眼球连同镜片一起带走，应该就不会有人去寻找镜片了。想到这里，'金塔'用破门用的撬棍尖端将秋叶先生的眼球剥离了。"

"仅仅是因为丢失隐形眼镜，就要做到这种程度吗？"

"不管怎么说，对方也是黑帮成员，只要留下一点儿线索，就会招来祸事，说不定再也没法用两条腿走路了。'金塔'应该也很拼命吧。"

面包车前的视野一下子开阔起来，往前突出的海岬对面，是一片蔚蓝的大海。

"他的厄运还没有完。凌晨四点多，和尚听到了响动，就跑来查看大殿的情况。要是在这里被和尚瞧见长相，一切就会打水漂。于是，'金塔'决定恶语相向，把和尚轰走。"

"但秋叶先生仍旧醒着，若被听到声音就会暴露本来面目，所以也不能无视他。若能敲晕他倒还好说，可要是对身受重伤的人下这种重手，对方可能就没命了。焦急的凶手为了不被秋叶先生听见声音，就用尖细的盗窃工具刺穿了他的耳膜。"

"啊？"步波摇晃着身体喊叫起来，"秋叶先生看到'金塔'的脸，说了句'我不认识你'。既然不知道长相，就算被听到声音也没关系吧？"

"正常情况下是这样，但'金塔'有些特殊，他的脸不为人知，声音却是家喻户晓。"

"是歌手还是声优？"

"是连牟黑寺的和尚也说耳熟，哪怕不看电视的大叔也有机会听到的声音。"

步波"啊"地叫了一声。

"是广播节目的主播吗？"

"对。秋叶先生爱听牟黑 FM 的深夜节目，大家都很熟悉主播的声音，长相却没人知道，没有知名艺人出演的地方性 FM 更是如此。秋叶先生只在广播里听过'金塔'的声音。"

"哪怕再小的广播电台也有很多出演者吧。青森先生怎么知道那个人就是'金塔'呢？"

"'金塔'之所以刺破秋叶先生的耳膜，是因为他确信秋叶先生熟悉自己的声音。大部分黑帮从不听深夜广播，'金塔'之所以知道秋叶先生是听众，是因为他胸前的刺青图案既不是龙也不是虎，而是《下平平死神广播》的徽标，'金塔'不知何时发现了这点，确信对方是自己节目的忠实听众。"

在距离海岸线两百米的地方，互目熄掉引擎，青森走下副驾驶座，绕到了车后。

"《下平平死神广播》有两个主播，一个是主持人下平平，还有一个是他的友人袋小路宇立。这两个人没有公开露面。不过，在一年半前，秋叶先生被组里命令讨债，与下平平见过面，不可能看到对方就说'我不认识你'。所以，只剩下一个嫌疑人，也就是'花色星期五的金塔'。"

青森打开后备厢，袋小路宇立瘫在里面，手脚被捆住，看起来和V影院里的跑龙套没两样。

"你就是小说家兼主播兼小偷的'金塔'吗？可真是全能啊。"

"也许正是因为自己的主播圈子，才会想到盗窃吧。在周一录制节目之前，节目组会收到很多来信和明信片，只要看一眼署名和寄件人记录，就能知道姓名和地址，从这些信息推断出工作和单位并非难事。如果是忠实听众，周五的深夜更会捧着收音机不肯撒手。'金塔'就是利用了这些信息，找到不用担心被人撞见的下手地点。"

"脑子还挺好使的。"

步波一副深感佩服的样子，把袋小路嘴里的石头拔了出来。

"青森君，为什么……"

袋小路像病人一样萎靡不振。

"青森先生，他在叫你，你认识他吗？"

步波歪过了头。

"以前发生过很多事情。"

"这是什么地方？"

"牟黑岬。"

"不要！我什么都没干！"

袋小路很快就恢复了精神。

"还不死心呢。"

互目将绑住手脚的袋小路从后备厢里拖了出来，往他的胸口和屁股踹了一脚，袋小路滚到了悬崖边上。青森和步波跟上来，凉爽的海风吹得人心旷神怡。

"'金塔'就是你吧？"

"不是我，找错人了！"

互目再次踹向他的屁股，袋小路号叫着落下大海，水花四溅，惨叫声持续一段时间后恢复了单调的波涛声。袋小路手脚被绑住，就算有救命稻草都抓不住吧。

青森从海岬的尖角处观察大海，悬崖高约五米。和东寻坊[1]相比，这里更接近泳池的跳台。绑手绑脚姑且不论，正常跳下去也就只会感冒吧。没在这里投水自杀，真是太好了。

"拉上来。"

互目一声令下，青森和步波拽起绳索，滴着水的袋小路被吊了上来，只见他"哇哇"地吐了一大口水，吸入溅在脸上的水后

1　位于福井县北部海岸的一处峭壁，是日本有名的自杀地。

又呛了起来。

"的确是我干的。不过那是个意外，谁都想不到会有人睡在那种地方吧——"

互目又朝他的屁股踹了一脚，袋小路哇哇乱叫着。

"是我，是我，是我干的。"

"你做了什么？"

"我拷问了一位黑帮小哥。"

"说具体一点儿。"

袋小路把自己对秋叶骏河做的一切一五一十地说了出来。

"真棒，满分。"

步波取出录音笔，按下了播放按钮。是我，是我，是我干的。——录音笔里响起了袋小路的声音。

互目点开手机，从步波手里接过录音笔，把手机贴在耳朵边上。

"喂，赤麻组长，你没事吧？我已经抓到了对你们组员施暴的凶手，还录下了他的供词。"

录音笔里播放着声音——你做了什么？我拷问了一位黑帮小哥。

"我马上将他送进看守所，先知会你一声。啊？那可不行，我也流了不少汗哎。"

袋小路的嘴里，牙齿"咔嚓咔嚓"的撞击声越来越大。

"嗯，我也受了你不少关照。既然组长这么说，我就想想办法吧。不过，可能要出点儿手续费哦。"

互目不动声色，露出了洁白的牙齿。

"三亿日元如何？"

从袋小路血气尽退的脸上，滴落了一滴汁液。

后日谈

下平平死神广播

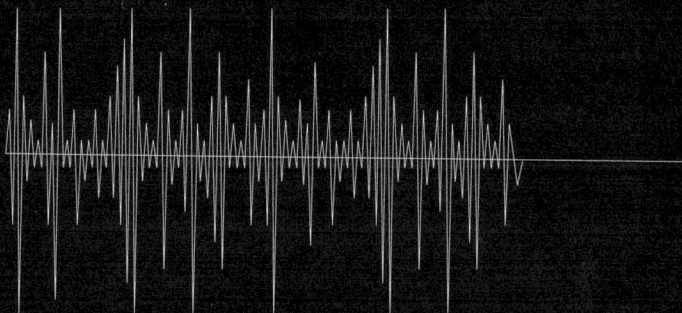

01:00 ————————————————⬤———— 08:00

时隔三个多月，接到了秋叶骏河恢复意识的联络后，青森山太郎冲出了公寓。

宛如水壶或猪头般的云朵向东飘去，夏日的阳光十分宜人，他边走边给助理打了电话。

"现在无法接听，听到'哔'的一声后——"

听筒里播放着语音留言。那边是在上课吗？

"和也君吗？我现在有急事，今天的兼职暂停吧。我会按计划付钱的。请多关照。"

他将要传达的事情说了一遍，随即挂断了电话。

步波提出要辞去助手工作是在三月底。

"不会给你添麻烦的，第二个助手我已经给你找来了。"

"你找到赚钱的工作了吗？"

"我打算暂时依靠存款生活，存的钱已经够用了。"

从赤麻组手上拿到的三亿日元，一半存入秋叶的账户，剩下的被三人平分了。只要别太过奢侈，应该足以挨一段时间。话虽如此，将全部的人生都用来增加存款余额的步波，真的可以突然停止赚钱吗？会不会像退役的职业棒球选手那样悲惨呢？

"待在家里也会腻吧，你要去上大学吗？"

青森试着探了探口风，步波呆呆地耸了耸肩，拿出了丸木户奖的征稿传单。

"青森先生能写稿子，我也能写哦。"

真是小觑了步波，青森对她的关心彻底烟消云散了。

今天是六月十五日，丸木户奖的截稿期是五月底，要是她投稿的话，应该已经送到事务局了，等见到兔晴书房编辑的时候问问看吧。

青森瞥了眼像放大的黑白棋棋子般的酒店，穿过牟黑站的天桥。他环顾街头，四周的电线杆和设施的外墙都在进行小规模的施工。穿着藏青色衣服的工作人员正在安装监控探头。

根据电视新闻节目报道，牟黑市和县警联手，将在全市范围内安装两百台监控探头。传闻由美军开发的 AI 监控系统即将投入使用。据一脸得意的解说员的说法，以黑社会间的激烈对抗为契机，牟黑市总算勉为其难地行动起来。之前光是扶正被台风吹歪的电线杆就花了相当长的时间，且似乎并没有安装两百台监控探头的闲钱。传说是某个闲得蛋疼的有钱人捐了一大笔钱，真实情况不得而知。

虽然像美军、AI 之类的话完全不知所云，但这玩意儿真能消灭牟黑市的犯罪吗？青森倒想见识下它的手段。他穿过站前大街，进入牟黑医院。长相酷似滨鼠的警察从沙发上挺起腰来，向青森点头致意。

"互目警官打了招呼，说等秋叶恢复意识后，先把青森先生叫来。"

青森一边听着秋叶的病情介绍，一边往医院的住院部走去。

"虽说手术引起患者发烧，不过现在已经稳定下来了。患者左耳还有部分听力。"

这么说来，秋叶已经知道凶手的身份了吗？

"他能说话吗？"

"目前还发不出声音，据说是长期昏迷导致肺部功能虚弱。"

青森被带到一扇奶油色的门前，他轻轻敲了敲，然后推开了门。

病房里正在播放广播节目。

瘦了两圈的秋叶躺在床上，右臂插着点滴针头，不过看他的气色还算不错。右腕、左肩、两腿都有鲜明的缝合痕迹，两个眼眶里安了义眼。青森让滨鼠警察在外面等候，然后先跟秋叶打了个招呼。

"好久不见。"

对方没有反应。

"你可遭了不少罪。"

秋叶虽然睁着眼睛，但不知道是不是醒了。

"抓到凶手了，已经移交给赤麻组，大概变得和秋叶先生一样了吧，搞不好还遭到了更严酷的对待。"

连青森也觉得这是一厢情愿的台词。即便抓住凶手，秋叶也找不回失去的东西了。

正当他站在原地不知道说些什么的时候，口袋里的手机传来了振动。

是助手和也打来的。青森说了句"不好意思"，走到了走廊上。

"喂，看到来电了，所以给你回了电话。"

青森在休息室接了电话，里面传来了和也毫不客气的声音，他似乎没有听电话留言。

"今天的兼职暂停吧，我会付钱的。"

"没干活就收钱，真过意不去。"

"那就按时薪减半付吧。"

"请给我全额。"

结束了激烈的劳资谈判，青森把手机插进屁股口袋，用手刀拍了拍正在喝罐装咖啡的滨鼠警察，说了声"我再过去一趟"，便离开了休息室。

青森一边苦思着该说什么，一边把手搭在门上。就在这时，他发觉收音机停了。

突然有种喘不上气的感觉。

打开门，秋叶从床上消失了。

输液架翻倒在地，输液管缠在床把上，秋叶像倚床坐着那样瘫倒在地，以极不自然的角度歪曲着脖子。

秋叶用输液管上吊自杀了。

"怎么了？"听到动静，滨鼠警察觉察到异常，朝病房里看了眼，怔怔地嘟囔着，"从来没见过这样的，脖……脖子——"

"请把医生叫来。"

滨鼠警察一副大梦初醒的样子点了点头，随即跑出病房。青森勉强吸了口气，绕到床对面，跑到了秋叶身边。

想解开管子却解不开，想把卡在喉咙上的管子硬拽出来，身体却一阵痉挛。尽管如此，从青森的角度看，秋叶的脖子仍旧向右歪着，仿佛冻住般一动不动。

在搜索创作资料时，青森看过不少吊死尸体的照片，却从未见过姿势如此奇特的。到底发生了什么呢？

医生和护士成群结队地跑了进来，嘴里喊着"让开"，青森被他们推搡着肩膀驱赶到病房的角落。护士用剪刀剪断了管子，秋叶的脑袋扑通一下掉在地上。

为了不碍事，青森背靠着墙壁，再次看向秋叶。只见秋叶的屁股下方漏了一摊尿，歪曲着的脖子仍旧没有复原。在那一刻，青森理解了秋叶的意图。

——那么向右弯就是正面的信号。

秋叶曾经说过的话再次萦绕在耳畔。

由于肺部虚弱，秋叶无法发声，没有手的他连手势都打不出来，所以便用脖子发了暗号。将脑袋比作大拇指，把身体比作拳头。

——中了！干得漂亮！真棒！就是这些。

护士开始给秋叶做心脏按摩，医生把手指探进他的喉咙里，试图扒出呕吐物。怒吼声此起彼伏。不久后，病房便恢复了沉默。

即使如此，秋叶的脖子仍是歪着的。

参考文献

《处刑的科学（処刑の科学）》 巴特·隆美尔（Bart Rommel）著　远藤比鹤 译　第三书馆

《断头台 死与革命的民间传承（ギロチン死と革命のフォークロア）》 丹尼尔·杰罗尔德（Daniel Gerould）著　金泽智 译　青弓社

图书在版编目（CIP）数据

死神广播 / （日）白井智之著；佳辰译. -- 南京：
江苏凤凰文艺出版社，2024. 8（2025. 8 重印）. -- ISBN 978-7-5594
-8807-7

Ⅰ. I313.45

中国国家版本馆 CIP 数据核字第 2024UD6677 号

著作权合同登记 图字：10-2024-219 号

死神广播

［日］白井智之　著　　　佳辰　译

责任编辑	曹波	
责任印制	杨丹	
特约编辑	尹婧	
装帧设计	胡崇峯	
出版发行	江苏凤凰文艺出版社	
	南京市中央路 165 号，邮编：210009	
网　址	http://www.jswenyi.com	
印　刷	三河市中晟雅豪印务有限公司	
开　本	880 毫米 × 1230 毫米　1/32	
印　张	9.75	
字　数	180 千字	
版　次	2024 年 8 月第 1 版	
印　次	2025 年 8 月第 6 次印刷	
书　号	ISBN 978-7-5594-8807-7	
定　价	59.00 元	

江苏凤凰文艺版图书凡印刷、装订错误，可向出版社调换，联系电话 025-83280257

白井智之 作品

《名侦探的献祭》

《死神广播》

磨铁
XIRON

夜莺

特约监制 _ 何寅 夜莺
产品经理 _ 胡琪
责任编辑 _ 曹波
特约编辑 _ 尹婧
版权支持 _ 冷婷 郎彤童 李孝秋
营销编辑 _ 温宏蕾 黄晓彤 马梦晗
封面设计 _ 胡崇峯
版式设计 _ 胡崇峯

从前所未闻的尸体开始的新时代本格推理!
怪诞得令人发寒、烧脑得令人发昏、诙谐得令人发笑!
推理鬼才 白井智之 以极简文字撩拨你的感官极限!

这条街上怎么总有人离奇死亡?
牟黑市是日本东北地区的港口小城,
这里发生命案的频率几乎赶上南非开普敦了。

无法阅读文字的推理作家、
暗中勾结黑帮的缺德刑警、
会占卜的神棍女高中生、
喜爱深夜广播的黑帮分子,
四个不同身份的人遭遇了一系列匪夷所思的凶杀案。

长着猪脸的尸体、
被抽干了血的尸体、
胃里有 10 公斤食物的尸体、
尸体里面的尸体、
溺死在屋顶的尸体、
活着的尸体……

上架建议 _ 畅销·推理小

ISBN 978-7-5594-8807

9 787559 488077

定价: 59.00 元

夜莺